OEUVRES

DE Mᵐᵉ. LA BARONNE ISABELLE

DE MONTOLIEU.

TOME XLII.

1038

Collection de Nouvelles.

TOME PREMIER.

Cet enfant restera comme otage auprès de moi.

Chasselat del. Delvaux sculp.

LA FILLE
DU MARGUILLIER,

SUIVIE DE

CHARLES ET HÉLÈNE;

Nouvelles,

PAR Mme. LA BARONNE

ISABELLE DE MONTOLIEU.

ORNÉ DE FIGURE.

PARIS,
ARTHUS BERTRAND, LIBRAIRE,

ÉDITEUR DU VOYAGE AUTOUR DU MONDE PAR LE CAP. DUPERREY,
Rue Hautefeuille, n°. 23.

1828

LA FILLE

DU

MARGUILLIER,

Trad. lib. de l'All., de Praetzel.

LA FILLE

DU

MARGUILLIER.

CHAPITRE PREMIER.

L'issue malheureuse d'une bataille avait livré la province de ***, située au centre du royaume de ***, dont elle faisait partie, à l'ennemi, qui y pénétra avec des forces considérables, la traita comme une conquête et la gouverna selon les lois de la guerre; tandis que le souverain légitime, accablé par sa défaite, se retirait, avec les débris de son armée, sur la frontière la plus reculée de son empire. Les nouveaux maîtres, infatigables dans leurs exactions, faisaient des réquisitions de toute espèce, plaçaient les malheureux habitans de la province envahie sous un sceptre de fer. Pareils à un torrent de lave dévastatrice, ils se répandirent avec une promptitude effrayante sur tous les points du pays,

I

incendiant et détruisant les propriétés des
paisibles indigènes. La résistance que leur
opposèrent quelques faibles détachemens isolés de troupes nationales ne put les arrêter.
Sans espoir d'être secourus, n'ayant pas de
retraites assurées, ces restes d'une armée
battue ne purent soutenir long-temps le choc
des grandes masses qui les poursuivaient; ils
épuisèrent bientôt leurs dernières ressources,
et furent réduits à mettre bas les armes ou
à se laisser massacrer. Un seul de ces corps,
formé de fuyards qui s'étaient retrouvés et
réunis, parvint à se maintenir un peu plus
long-temps et à prendre une dangereuse
consistance. Il se rendit maître d'une forte
position dans les nombreux défilés d'une
grande chaîne de montagnes qui environnent
la petite ville de Kal***. Postés dans ces vallées de l'accès le plus difficile, sur les rochers
qui les dominaient ou dans les épaisses forêts
dont elles étaient couronnées, ils avaient voué
une guerre à mort aux présomptueux conqué-
rans. D'abord cette troupe désespérée, n'ayant
pas de chef doué des talens et de l'énergie
nécessaires pour la diriger et la soumettre à
une discipline réglée, ne suivit aucun plan
déterminé, et borna ses expéditions à inquié-

ter l'ennemi, qui n'en conçut point d'alarmes
et n'y attacha que peu d'importance. Il ne se
donna pas même la peine de l'attaquer pour
la débusquer de ses retraites inabordables.
Mais bientôt le corps principal de l'armée
victorieuse ayant quitté la province pour voler à de nouveaux exploits, ces hardis aven-
turiers, dont le nombre s'était considérable-
ment accru, commencèrent à agir avec plus
de suite, d'activité, et à devenir plus dangereux. Un chef habile et vaillant était venu
se mettre à leur tête. C'était un officier distingué de l'armée nationale, que de longs et
glorieux services rendaient capable de les conduire avec une rare intelligence. Avides de
vengeance et de pillage, ils firent de fré-
quentes excursions dans la plaine, laissant par-
tout des traces sanglantes de leur passage, et
les étendirent au loin avec autant de bravoure
que de prudence. Ils interceptaient les convois
de vivres et de munitions destinés aux ennemis, et massacraient sans pitié les escortes
chargées de les conduire. Encouragés par leurs
succès, et sachant toujours se ménager la retraite dans leurs repaires, ils ne refusaient
jamais un combat, même le plus inégal, et
ne reculaient que lorsqu'ils y étaient forcés

par un nombre trop supérieur. Obligés de se
procurer des vivres, ils n'épargnaient pas même les habitans du pays lorsqu'ils ne trouvaient point de convois ennemis à piller, et
exerçaient contre leurs propres compatriotes
des actes de rapine et de violence, sous prétexte d'ôter aux troupes étrangères les ressources qu'elles pourraient tirer du pays. Le
trouble et la terreur régnaient dans toute la
contrée ; les routes n'étaient sûres ni de nuit
ni de jour, et les habitans de la ville de Kal***
osaient à peine sortir de l'enceinte de leurs
murs. On ne peut prévoir quels résultats aurait eus cette petite guerre si acharnée et si
pernicieuse, à laquelle les faibles garnisons
étrangères qui étaient restées dans la province n'auraient pu long-temps résister ; mais
une seconde victoire remportée par les ennemis et qui les rendit maîtres de tout le royaume,
leur permit de porter une attention plus sérieuse sur le point où les partisans des montagnes commettaient leurs excès, et de prendre des mesures pour y mettre fin. Ce fut
avec une grande joie que la petite garnison
qui occupait la ville de Kal***, apprit que
des renforts considérables avaient été déta-
chés de la grande armée pour venir mettre

un terme aux désastres dont la province de ***
était le théâtre et la victime. Les habitans de
Kal***, vexés par les partisans plus qu'ils ne
l'avaient été par les étrangers, privés en grande
partie des moyens de subvenir à leur propre
existence, virent aussi approcher avec plaisir
le moment de leur délivrance. Le comble de
la misère dont ils étaient menacés étouffait
chez eux tout sentiment patriotique ; ils se
sentirent déjà soulagés lorsque l'avant-garde
du corps d'armée détaché pour détruire les
brigands (c'est ainsi que les ennemis nom-
maient les partisans des montagnes) entra
dans leur ville, tambour battant, et ils la reçurent avec acclamations. Tous les jours suivans, des combats meurtriers s'engagèrent entre les troupes étrangères et le corps des aven-
turiers. Malgré toute leur vaillance, ceux-ci
devaient succomber sous les forces beaucoup
plus considérables qui maintenant les atta-
quaient. Leur repaire fut étroitement cerné,
on en força les avenues, qu'ils ne pouvaient
plus défendre avec la même énergie, jusqu'à ce
que, réduits par la faim, ils furent forcés de
faire une sortie désespérée, qui ne leur offrait
d'autre perspective que celle d'une défaite totale et d'une mort inévitable.

CHAPITRE II.

C'ÉTAIT à cette époque, à la fin de l'été, qu'un soir, après une journée sombre et pluvieuse, Gertrude, la fille du marguillier de l'église de Kal***, jolie personne de dix-huit ans, était assise dans sa chambre, occupée à maintenir éveillé son petit frère Gottwalt, âgé de huit ans, auquel elle servait de mère depuis que la naissance de cet enfant l'avait privée de celle qui leur avait donné le jour; elle lui racontait des histoires qui la distrayaient elle-même d'une angoisse vague qu'elle éprouvait sans pouvoir s'en expliquer la cause. Dès l'aube du jour, on avait entendu, de la ville, une fusillade très-vive dans les forêts et sur les montagnes d'alentour, qui, n'ayant pas discontinué de la journée, avait cessé à l'approche de la nuit. Un silence tout aussi effrayant lui succéda; il n'était, par intervalles, interrompu que par le galop des chevaux de quelques hussards isolés qui rentraient dans la ville. Gertrude avait employé les représentations les plus pressantes, les instances les plus fortes pour engager son père, le marguillier Heilmann, à ne pas sortir de chez lui, ce soir-là, pour aller, suivant son habitude journalière, passer quelques heures au cabaret. Il était malheureusement adonné au vin, et très-avide de nouvelles, et ne manquait pas de quitter sa maison à la fin de chaque journée pour satisfaire ces deux passions dominantes. Tout ce que Gertrude avait pu obtenir de lui, c'était la promesse de rentrer de bonne heure, et dès qu'il aurait pu recueillir des rapports exacts sur les événemens qui avaient eu lieu dès le matin. Cependant l'horloge du clocher voisin avait déjà frappé neuf heures, et il n'était pas encore revenu.

— Les histoires que tu me racontes, dit enfin le petit Gottwalt à sa sœur en bâillant et frottant ses yeux à moitié fermés, sont bien belles ; mais j'en ai assez pour aujourd'hui et je veux aller me coucher.

— Pas encore, répondit Gertrude. J'ai gardé la plus jolie pour la dernière. Allons, ne dors pas, et écoute-moi encore une demi-heure, jusqu'à ce que papa soit rentré ; tu sais qu'il aime te trouver levé pour te dire bonsoir, ou qu'il va toujours te réveiller pour t'embrasser lorsque tu es déjà dans ton lit.

Tu verras que tu ne regretteras pas de m'a-
voir écoutée. Il y avait donc une fois.....

A cet instant, on frappa plusieurs coups forts
et réitérés à la porte, que Gertrude avait pru-
demment fermée au verrou. Dieu soit loué !
voilà enfin mon père ! s'écria-t-elle le cœur
bien soulagé en courant ouvrir. Mais elle fut
fort effrayée lorsque, au lieu du marguillier
si impatiemment attendu, elle vit entrer un
de ses parens, le vieux commis aux péages,
Weinlich, le visage enflammé de colère. Dès
qu'il eut atteint la chambre, il jeta avec dépit son chapeau et sa canne sur une table.

— Que vous est-il arrivé pour être agité
de la sorte, mon cher oncle ? lui demanda Gertrude, dont les inquiétudes commençaient à se réveiller. Qui est-ce qui peut vous
conduire si tard chez nous ? Pourquoi ne ra-
menez-vous pas mon père ?

— Comme si j'en avais eu le pouvoir, répondit Weinlich en reprenant haleine. Il n'a
jamais voulu m'écouter, et maintenant il va
payer son obstination et son imprudence. Il
recueille le salaire bien mérité de ses sottises,
ainsi que je le lui prédis depuis long-temps.

—Grand Dieu ! que vais-je apprendre ? reprit
Gertrude en saisissant sa main. Mon oncle,

je vous supplie, je vous en conjure, dites-moi
sans détour..... Que lui est-il arrivé? quelle
faute a-t-il commise? comment doit-il en
être puni?

— Cent fois je l'ai averti de tenir sa langue
en bride, de ne pas se vanter, comme il le
fait continuellement, poursuivit sur le même
ton le vieil oncle : Prenez garde, Heilmann,
lui disais-je sans cesse, songez que, dans ces
malheureux temps, il faut peser avec prudence
et réflexion chaque mot, chaque syllabe. Abs-
tenez-vous de boire cette quantité de vin,
qui vous prive de l'usage de votre faible
raison, qui vous entraîne, lorsque vous ne
savez plus ce que vous dites, à tenir les
propos les plus irréfléchis, et qui ne peuvent
que vous compromettre ainsi que tous vos con-
citoyens. Ne savez-vous pas que toujours et
par-tout nous sommes entourés d'espions qui
se font un plaisir de calomnier de paisibles
bourgeois auprès des autorités étrangères qui
nous gouvernent maintenant, et qui ne sont
déjà que trop portées à la défiance et à la mal-
veillance? Sans cesse on les excite contre nous
en leur rapportant les conversations les plus
innocentes, auxquelles on donne les plus perfides interprétations. A quoi cela peut-il abou-

tir ? A nous exposer à être vexés plus durement, complétement ruinés et privés du peu
de liberté qu'on nous laisse.

— Mon père aurait-il été mis en prison ?
balbutia Gertrude saisie d'effroi et reculant de
quelques pas.

— Plût au ciel que je n'eusse rien de pire
à vous apprendre ! Non, on ne l'a point mené
en prison ; on l'a entraîné par cette nuit froide
et obscure dans les défilés de la montagne,
pour servir de guide aux patrouilles étrangères
qui sont à la recherche des débris des partisans échappés à la défaite totale qu'ils ont su-
bie aujourd'hui, et au massacre de tous ceux
qui sont tombés entre les mains des ennemis ;
on veut les détruire de fond en comble. Souvent j'ai senti mes cheveux se dresser lorsqu'au cabaret j'entendais votre père, entouré
de ses camarades d'ivrognerie, se vanter de
connaître à fond nos montagnes et tous leurs
défilés, pour les avoir parcourus dans sa jeunesse. Il assurait qu'il se ferait fort de ne jamais s'égarer, même dans les endroits les plus
difficiles et les plus dangereux, au milieu des
broussailles et des rochers, là où il n'y a ni
chemin ni sentier. A présent il a trouvé l'occasion de prouver ce talent dont il se targuait

si fort, et cela pour aider nos oppresseurs étrangers à s'emparer du reste de nos compatriotes et à les faire périr. Il y a une demi-heure qu'un détachement de soldats armés est entré dans le cabaret, et s'adressant à votre père, l'officier qui les commandait a déclaré qu'on avait besoin de ses services, et qu'il devait le suivre à l'instant même. Heilmann a voulu faire quelques représentations, s'excuser en alléguant son âge, ses infirmités, ses devoirs de marguillier, mais en vain : on lui a répondu par des juremens et des menaces ; on l'a saisi au collet, placé entre quatre soldats, qui l'ont fait marcher par force, et on l'a emmené. A peine a-t-il eu le temps de m'adresser en passant quelques mots, pour me prier de vous dire de sa part ce qu'il était devenu, et vous donner l'ordre, s'il n'était pas de retour demain matin à six heures, de ne pas manquer de monter au clocher à sa place pour sonner matines.

—Mon pauvre père ! répétait pendant ce récit Gertrude en sanglotant, mes pressentimens ne m'avaient donc pas trompée ! Hélas ! pourquoi n'a-t-il pas aujourd'hui cédé à mes instances ? Pourquoi a-t-il été ce soir au cabaret ? La nuit est si obscure ! la pluie doit avoir ren-

du les sentiers de la montagne déjà si escar-
pés, encore plus glissans, plus dangereux. Les
soldats, tant amis qu'ennemis, dont il est entouré sont altérés de sang et de carnage. A
combien de périls mon malheureux père n'est-il
pas exposé ?

— Le plus grand mal qui pouvait lui arriver, reprit l'oncle d'un ton sérieux, c'est sûrement l'affreux emploi qu'on le force de remplir. Le sort de la guerre est incertain : si nos
compatriotes reprennent les avantages qu'on
vient de leur arracher, ce qui peut arriver tôt
ou tard et ce que tout bon patriote doit désirer ; si l'ennemi est un jour repoussé de cette
contrée par nos troupes victorieuses, et qu'on
apprenne que votre père lui a servi de guide..... On n'ose s'arrêter à cette pensée. Le
croira-t-on lorsqu'il affirmera qu'il y a été
contraint ? Ne sera-t-il pas puni comme espion, comme traître à la patrie, sans autre
forme de procès ?

Pendant ce discours, si peu fait pour la
rassurer, la pauvre Gertrude parcourait la
chambre en gémissant et se tordant les bras
dans son désespoir. Son petit frère Gottwalt
s'était endormi profondément sur son siége
pendant qu'elle était allée ouvrir la porte à

l'oncle Weinlich, et n'avait point entendu leur conversation. Cependant M. Weinlich se disposa à partir, en recommandant à Gertrude toute la prudence nécessaire pour la sûreté de la maison, et sur-tout de ne pas oublier d'aller sonner matines le lendemain, dès l'aube; puis il sortit, et. la laissa en proie aux plus vives alarmes. Dès qu'il fut éloigné, elle déshabilla Gottwalt, le porta dans son lit sans qu'il se réveillât, et resta assise près de lui, plongée dans les plus tristes réflexions sur le sort de son père, sans pouvoir s'occuper d'autre chose.

Mais elle en fut bientôt tirée par des coups de fusil répétés à courts intervalles, qui paraissaient partir du côté des montagnes, et qu'on pouvait entendre très-distinctement dans le silence de la nuit; ils indiquaient sans doute que les partis ennemis étaient de nouveau aux prises. O mon malheureux père! s'écria Gertrude en songeant aux dangers dont il était environné : elle pensait que chaque balle pouvait le frapper, et se livrait aux plus affreuses angoisses. La fusillade se prolongea jusqu'à près de minuit. Enfin elle cessa, et le silence se rétablit, mais ne rassura point la pauvre Gertrude : ses mortelles inquiétudes ne lui permettaient plus de rester en place; elle parcou-

rait sans but toute la maison, tantôt versant
des torrens de larmes, tantôt adressant au ciel
les plus ferventes prières. Enfin, suffoquée
par la chaleur et par les sentimens les plus pénibles, tourmentée par l'impatience de savoir
ce qui pourrait être arrivé à son père, elle ne
put plus tenir en place. Elle sortit de sa
chambre sur la pointe des pieds, comme si
elle allait commetire une mauvaise action,
traversa le corridor, tira les verroux, ouvrit
la porte extérieure, après avoir posé sa lampe
par terre, et alla sur le cimetière qui touchait
à son habitation, en prêtant l'oreille et en ou-
vrant de grands yeux, comme si elle eût pu
percer les ténèbres qui l'environnaient.

La maison isolée du marguillier était située
à l'extrémité de la ville, tout près de l'église
paroissiale, autour de laquelle s'étendait le cimetière, qui n'était séparé de la campagne que
par une enceinte de murailles assez basses.

La nuit était très-sombre, d'épais brouil-
lards tombaient en fine pluie ; aucune étoile
ne perçait les nuages dont le ciel était couvert;
aucun bruit n'interrompait le morne silence
qui régnait autour de l'église, si ce n'est celui des oscillations monotones du pendule de
l'horloge au haut du clocher.

Gertrude avança encore quelques pas dans le cimetière, avec une attention toujours plus tendue. Bientôt, cependant, elle crut entendre à une distance peu éloignée le pas rapide d'un cheval, qui paraissait s'approcher ; au même instant, elle entendit dans les broussailles qui couvraient le mur, à côté d'un petit bâtiment qui y était adossé et servait d'ossuaire, un craquement singulier, puis une voix étouffée vint frapper son oreille en disant : Jeune fille, puis-je me fier à vous ? Gertrude effrayée se tourna du côté d'où partait cette voix ; elle aperçut, à la faible clarté de sa lampe, qui frappait justement dans cette direction, au travers de la porte de sa maison qu'elle avait laissée entr'ouverte, une longue figure humaine enveloppée d'un grand manteau qui lui couvrait même le visage, et qui, les bras tendus, faisait des efforts pour rompre les broussailles et se rapprocher d'elle.

Dieu me soit en aide ! s'écria-t-elle saisie d'une nouvelle terreur, en reprenant rapidement le chemin de sa maison, dans laquelle elle se précipita : elle en referma tous les verroux, et courut se réfugier dans l'alcove où dormait Gottwalt, dont elle tira la porte, afin que sa lumière, qu'elle conserva allumée, ne parût

pas au travers des croisées de la chambre.
Quoique exempte de toute superstition, elle
doutait encore si la figure qu'elle venait de
voir était celle d'un homme ou de quelque être
surnaturel. Elle passa le reste de la nuit dans
les angoisses les plus affreuses sans pouvoir
jouir d'un instant de sommeil.

Cependant, la clarté du jour, qui ne tarda
pas à paraître, ramena dans l'âme de Gertrude
un peu plus de calme et de courage ; les images
effrayantes qui s'étaient présentées à son imagination s'évanouirent avec les ténèbres aux
premiers rayons du matin, il ne lui resta que
la tristesse accablante et les inquiétudes qu'elle
éprouvait sur le sort de son père.

Pour obéir aux ordres que celui-ci avait fait
parvenir la veille par son oncle, elle s'ache-
mina vers l'église, à l'heure prescrite, tenant
d'une main la clef de la porte du clocher, et
de l'autre son jeune frère, qui avait absolument voulu l'accompagner. Elle s'était efforcée
de se persuader que l'apparition dont elle avait
été effrayée la veille n'était qu'un fantôme
enfanté par son imagination égarée. Cependant
une nouvelle terreur s'empara d'elle lorsqu'en
passant elle jeta les yeux sur la place où cette

vision s'était montrée, et vit les broussailles écartées et foulées ; ce qui lui rendit la certitude que c'était une figure humaine qu'elle avait vue. Elle doubla le pas sans plus regarder autour d'elle, et atteignit bientôt la porte du clocher, l'ouvrit, et monta rapidement l'étroit escalier, faiblement éclairé par quelques meurtrières, pour arriver aux cloches suspendues au haut de la tour. Son cœur battait avec violence ; elle n'écoutait point le bavardage innocent du petit Gottwalt, qui la suivait en s'accrochant à sa jupe. Arrivée au clocher, elle jeta un coup d'œil au travers d'une lucarne sur la contrée environnante, dont, à cette hauteur, on pouvait découvrir une vaste étendue ; mais l'horizon était encore couvert d'un brouillard si épais, qu'à peine pouvait-elle distinguer les objets les plus rapprochés ; elle se hâta de sonner matines, et dès qu'elle eut fini, elle se disposa à redescendre pour retourner chez elle. Mais quel fut son effroi, lorsqu'au bas de la première rampe, elle vit tout-à-coup devant elle la même grande figure enveloppée d'un large manteau, qu'elle avait aperçue la veille dans le cimetière !

Elle poussa un cri, roula et tomba appuyée contre le mur, en prenant son frère dans ses bras; elle ne pouvait plus douter que ce ne fût un être vivant, mais de l'aspect le plus effrayant. Il l'avait suivie sans qu'elle l'eût remarqué, lorsqu'elle était montée au clocher, et l'attendait en embuscade dans ce sombre passage; maintenant il lui barrait le chemin avec un geste menaçant et un regard étincelant; ses yeux étaient la seule partie visible de sa personne; tout le reste était couvert par le manteau bleu, qui descendait jusqu'à la cheville de ses pieds, et par un grand bonnet fourré, enfoncé jusqu'aux sourcils; mais bientôt il montra ses traits. C'était un très-grand homme, d'une physionomie sombre et dure. Tout au travers du front, il avait une profonde blessure à peine cicatrisée; une pâleur mortelle couvrait ses joues, et une longue barbe noire et crépue, qui paraissait ne pas avoir été coupée de plusieurs mois, jointe à une énorme moustache et d'épais favoris, descendait sur sa poitrine.

— Que le ciel ait pitié de moi! balbutia d'une voix étouffée la tremblante Gertrude, lorsqu'elle eut recouvré l'usage de la parole, dont l'épouvante l'avait privée pendant quelques minutes. Que voulez-vous? quelle est votre intention?

— Ce que je veux ! répondit l'étranger d'une voix rauque et profonde, je veux ce que vous m'avez refusé cette nuit avec tant de dureté, et ce que vous ne me refuserez pas une seconde fois, si votre vie vous est chère. Je vous demande un asile sûr, où je sois à l'abri des poursuites et des recherches de mes ennemis ; je vous demande le secret le plus sacré sur le lieu de ma retraite ; mais, avant tout, je vous demande quelque nourriture, donnez-moi promptement à manger.

— Comment pouvez-vous songer à vous adresser à moi, répliqua Gertrude en tremblant toujours, et me faire de pareilles demandes, il n'est absolument pas en mon pouvoir de les exécuter. Je ne vous ai jamais vu, j'ignore ce que vous êtes, qui vous poursuit, quelles recherches vous voulez éviter....

Ce n'est pas difficile à deviner. Je suis un de ces défenseurs de notre patrie, que les sangsues étrangères qui nous oppriment cherchent en vain à flétrir du nom de bandits, de rebelles et d'assassins. Nous avons tout sacrifié au noble but qui nous a réunis, nos corps, nos biens, notre vie ; nous avons bravé les dangers, la faim, la misère ; nous avons su nous maintenir en héros dans les défilés des

montagnes voisines; mais enfin il a fallu succomber sous le nombre toujours croissant de
nos ennemis, qu'une infâme trahison a mis
sur nos traces. Une sortie meurtrière que nous
fîmes hier, poussés par le besoin, la fureur et
le désespoir, a eu pour résultat notre défaite
totale. A l'heure qu'il est, il ne reste de notre
valeureuse armée que quelques malheureux
fuyards échappés presque miraculeusement au
carnage, et dispersés dans les montagnes; tous
les autres ont été impitoyablement massacrés.
C'est le hasard qui m'a amené ici dans les ténèbres, en fuyant nos persécuteurs; mais c'est
un hasard favorable, puisque je ne pourrais
trouver nulle part un meilleur et un plus sûr
asile que dans ce clocher, sous ces sombres
voûtes, entre les chevrons et les poutres de
cette antique charpente, où personne ne soup-
çonnera ma présence, ne viendra me chercher.
C'est ici que je veux rester ignoré de tout le
monde, si ce n'est de vous; c'est ici que vous
devrez me pourvoir chaque jour de nourriture,
jusqu'à ce que la contrée soit devenue plus tranquille, et que je puisse m'en éloigner sans danger.

   — Ciel! qu'exigez-vous de moi? reprit
Gertrude. Notre ville est remplie de troupes,
tous les habitans sont sévèrement surveillés,

les moindres démarches excitent le soupçon, et l'on emploie la ruse et la violence pour l'éclaircir. Comment pourrais-je vous rendre les services que vous me demandez, sans être observée ? Vous ne pouvez avoir la cruelle intention de me faire partager le sort qui vous menace, et qui ne manquera pas de vous atteindre si l'on vient à vous découvrir.

— Oh ! je ne sais que trop de quels dangers je suis environné, repartit l'étranger avec une fureur concentrée qui donnait à sa physionomie une expression féroce ; mais je pense que vous ne serez pas tentée de me trahir, et j'ai un bon moyen pour m'en assurer.

En disant cela il s'était rapproché de Gertrude, et tout-à-coup il se saisit de Gottwalt qu'elle tenait encore entre ses bras, et l'en arracha sans qu'elle eût la force ni le temps de résister à ce brusque mouvement ; puis il recula de quelques pas avec l'enfant, qu'il retenait et qui faisait, en poussant des cris, de vains efforts pour se dégager.

Cet enfant, continua l'étranger, restera comme ôtage auprès de moi, et je fais le serment solennel qu'il périra de ma main si j'entends quelque bruit suspect qui m'annonce que mon refuge est découvert et que l'on vient

s'emparer de moi. Maintenant prenez votre
parti et les mesures nécessaires pour exécuter
ce que j'exige de vous ; agissez avec prudence ;
songez à la vie de votre frère, et soyez assurée
que je tiendrai parole.

Il accompagna ces mots d'un geste menaçant
qui entr'ouvrit son manteau, et fit voir à Gertrude un sabre attaché à son côté, et un poignard ainsi que deux pistolets passés dans sa
ceinture.

— Miséricorde divine! s'écria Gertrude
hors d'elle-même, je ferai pour vous tout ce
qui sera en mon pouvoir ; je vous jure, sur le
salut de mon âme, que je vous garderai le
secret le plus absolu, que jamais une syllabe,
un geste de ma part, ne trahira votre retraite ;
mais, au nom du ciel, soyez humain, rendez-
moi cet enfant! La seule idée qu'il devrait
rester dans cet étroit et sombre donjon, exposé à l'intempérie des saisons, me brise le
cœur. Et que dirai-je quand on me demandera
ce qu'il est devenu? Quel prétexte emploie-
rai-je pour expliquer sa disparition subite?

— C'est votre affaire, répliqua l'inexorable
étranger dont Gertrude embrassait les genoux.
Inventez tel conte qu'il vous plaira ; dites qu'il
s'est perdu dans la foule et le tumulte des

troupes ennemies, que des Bohémiens l'ont
enlevé, qu'il est tombé dans la rivière, peu
importe; mais il sera pour moi le gage de votre
prudence et de votre discrétion. Rien au
monde ne peut changer ma résolution.

En vain la jeune fille employa des larmes,
des prières qui auraient attendri un rocher,
elle hasarda même la timide menace d'appeler
un secours; mais l'étranger l'écouta avec dédain, et pour toute réponse il posa la main
sur son poignard. Gottwalt se débattait encore
entre ses bras de fer; il aurait poussé des cris
perçans, si son ravisseur ne lui eût fermé la
bouche de sa main. Il fallut bien qu'enfin ce
pauvre enfant et sa malheureuse sœur se sou-
missent à la loi de l'inconnu. Gertrude, à moitié
privée de ses sens, descendit en chancelant les
degrés de la tour pour retourner chez elle y
chercher des vivres que le proscrit lui avait
demandés avec les instances les plus impé-
rieuses, disant que depuis deux jours il lut-
tait contre une faim dévorante. L'impatience
qu'il témoigna, lorsqu'un quart d'heure après
elle revint chargée de quelques alimens, l'avi-
dité avec laquelle il s'en saisit et les dévora,
confirmèrent la vérité de son assertion. Gertrude, encouragée par l'expression de plaisir

qui se répandait sur son visage en apaisant
sa faim et sa soif, réitéra les prières et les représentations les plus pressantes pour l'engager à lui rendre son frère ; mais il y resta
sourd.

———

CHAPITRE III.

Profondément accablée par la douleur et les angoisses qu'elle éprouvait, tourmentée des pensées et des pressentimens les plus noirs, Gertrude avait quitté la tour; rentrée dans sa solitaire demeure, plus elle songeait à ce qui venait de se passer au sujet de son frère, plus le désir ardent qu'elle avait eu de voir revenir son père se changeait en crainte de son retour. Quel prétexte alléguerait-elle pour lui expliuer l'absence de Gottwalt son favori? Comment pourrait-elle fournir à la nourriture des deux habitans de la tour avec des ressources aussi bornées que celles que la pénurie générale et les nombreux logemens militaires lui avaient laissées? Elle récapitulait les dangers auxquels le soin d'y pourvoir clandestinement l'exposait, les accidens presque inévitables qui pouvaient la trahir. Peut-être serait-elle forcée de subvenir long-temps aux secours que le farouche étranger exigeait d'elle sous peine de la plus cruelle vengeance, et quelles affreuses

3

conséquences pouvaient en résulter pour elle
et sa famille !

Les heures s'écoulaient lentement dans ces
déchirantes réflexions. Tantôt elle restait assise, immobile, appuyant sur sa main sa tête
appesantie ; tantôt poussée par une terreur subite, elle courait au haut de sa maison pour regarder par une lucarne ce qui se passait dans
la ville ; elle y voyait des détachemens de soldats revenir de leur expédition nocturne, elle
entendait l'expression bruyante de leur triom-
phe. Vers midi elle y était encore, lorsqu'elle
fut saisie d'une nouvelle frayeur, qui détruisit
le peu de calme qu'elle s'était efforcée de reprendre. Un bataillon d'infanterie venait encore d'arriver tambour battant dans la ville et
de s'arrêter sur une place publique, non loin
du cimetière : on y distribua aux soldats leurs
billets de logement, et ils se dispersèrent dans
les rues voisines, pour chercher les quartiers
qui leur étaient assignés. Gertrude vit l'un
d'eux se diriger vers sa maison son billet à la
main. Grand ciel ! je suis perdue, dit-elle à
mi-voix en soupirant, et elle descendit pour
ouvrir la porte à cet hôte importun qu'elle était
obligée de recevoir. C'était un jeune et beau
militaire, doué de la physionomie la plus ou-

verte, la plus heureuse, qui annonçait de la gaîté et un bon cœur ; ses manières paraissaient douces et polies. Il avait appris assez de la langue du pays pour se faire comprendre facilement à l'aide de son regard et de ses gestes expressifs.

A peine fut-il entré dans la chambre, en faisant à sa jolie hôtesse mille excuses de lui être à charge, qu'il se débarrassa de ses armes et de son havresac avec aisance, comme s'il eût été chez lui, s'assit et recommença à parler des derniers événemens de la guerre avec l'abandon et la loquacité d'une ancienne connaissance. Il raconta que les partisans de la montagne, réduits aux dernières extrémités, cernés de toutes parts, avaient combattu la veille comme des lions, que l'action avait été des plus meurtrières, qu'ils avaient été tués en grande partie les armes à la main : un petit nombre seulement était tombé vivant au pouvoir des vainqueurs. Malheureusement le chef avait échappé presque seul à la faveur des ténèbres d'une manière inconcevable, quoique ce fût sur-tout lui dont on aurait voulu s'emparer. On n'avait point retrouvé son corps parmi les morts restés sur le champ de bataille, malgré les recherches les plus soigneuses ; on pensait qu'il était peut-

3.

être tombé dans quelque précipice inabordable, ou que, s'étant jeté dans le torrent, il y avait trouvé la mort; mais que s'il avait survécu, on avait mis à un prix considérable la tête de ce rebelle aussi audacieux que redoutable. J'ai été révolté jusqu'au fond de l'âme, ajouta le soldat, des traitemens barbares qu'on a fait éprouver à nos prisonniers en les mettant à mort, au mépris des lois de la guerre et de tout sentiment d'humanité, et je désire au moins ardemment ne pas être témoin des supplices ignominieux et terribles que l'on réserve à leur coupable commandant, si l'on parvient à se saisir de lui.

Pendant ce récit, la plus vive rougeur et une pâleur mortelle alternaient sur le visage de Gertrude; mais le jeune militaire était trop plein de son sujet, trop confiant, ou peut-être trop étourdi pour remarquer l'embarras qu'elle cherchait en vain à dissimuler. Il ne parut pas frappé non plus de l'agitation de son hôtesse, ni de la vivacité avec laquelle elle mit fin à la conversation aussitôt qu'elle le put avec une ombre de politesse; elle se leva et sortit sous prétexte d'aller lui chercher quelques rafraîchissemens : il en témoigna même de la reconnaissance, assurant qu'il en avait le plus grand besoin, mais en s'excusant de la peine qu'il lui donnait.

Pendant que dans la cuisine elle s'occupait à lui préparer à dîner, il se mit à chanter et siffler gaîment en se promenant dans la chambre; cependant dès qu'il eut apaisé son appétit sans cesser de causer avec Gertrude, qui le servait, sa faconde diminua peu à peu, et cédant enfin à son extrême fatigue, il quitta la table, alla se jeter dans le grand fauteuil du marguillier et y tomba dans un profond sommeil. Gertrude profita de ce moment favorable pour courir au clocher et informer l'inconnu de ce nouvel et fatal incident, qui augmentait encore sa perplexité.

L'étranger était assis par terre, derrière une énorme poutre, plongé dans ses tristes rêveries, et tenant dans ses bras le petit Gottwalt soigneusement enveloppé dans les plis de son manteau, et dormant paisiblement. Au premier abord, les soins qu'il prenait de son frère disposèrent Gertrude mieux en sa faveur et diminuèrent les sentimens de haine et de crainte avec lesquels elle était revenue près de lui; elle fut même attendrie et commença à ressentir quelque intérêt pour ce malheureux proscrit; elle le lui témoigna en le remerciant : il lui ré-

pondit en lui réitérant sa parole sacrée, que
tant qu'elle veillerait à sa sûreté et lui fourni-
rait des alimens, quelque chétifs qu'ils fussent, il
n'arriverait aucun mal à l'enfant et qu'elle pourrait être parfaitement tranquille à son égard.
Elle avait en effet apporté ce qu'elle avait pu
soustraire à l'appétit du militaire, de plus une
couverture de lit pour son frère, avec quelques-
uns de ses vêtemens. L'inconnu lui témoigna
ensuite une grande curiosité d'être informé de
ce qui se passait au dehors, dans la ville et ses
environs. Elle lui répéta mot à mot le récit du
militaire sur les événemens de la veille, et
ce qu'il y avait ajouté concernant le chef des
partisans. Il l'écouta avec la plus grande attention sans l'interrompre; mais son regard pénétrant, les sombres nuages qui se répandaient
sur son front, les murmures, les exclamations,
les juremens qui s'échappaient de sa bouche
tandis qu'elle parlait; tout, en un mot, confirmait la jeune fille dans l'idée qu'il était ce chef
redoutable dont on cherchait à découvrir les
traces : il évitait cependant de se faire connaître. Gertrude parlait encore, lorsque Gottwalt
se réveilla, frotta ses petits yeux, les porta d'a-
bord tout autour de lui, puis sur sa sœur, avec
une expression de sérénité et de bien-être; elle

fut aussi satisfaite que surprise lorsque l'enfant, prenant la parole, lui dit qu'il aimait beaucoup le *monsieur* étranger, qui lui racontait de plus belles histoires qu'elle, et qu'il était bien content de rester près de lui pour lui tenir compagnie. L'inconnu parut aussi touché de ces expressions enfantines : Gertrude le vit sourire pour la première fois. Caressant de ses mains la chevelure blonde et bouclée de Gottwalt, il dit d'une voix douce : Et moi je suis aussi bien content de ce que tu viens de dire, mon enfant, je serais au désespoir d'être forcé d'exécuter les menaces que j'ai faites à ton égard.—Mais tout de suite, comme s'il se repentait d'avoir montré quelque sensibilité, il reprit sa mine sévère, et d'un ton dur et sec il dit à Gertrude qu'il savait fort bien pourquoi son père était absent et à quel infâme métier il s'était laissé employer. Il lui recommanda de nouveau la plus grande circonspection, un silence inviolable, sur-tout vis-à-vis du marguillier lorsqu'il rentrerait à la maison, lui donna quelques conseils sur la conduite qu'elle avait à suivre pour éviter les soupçons, et convint avec elle d'un signal qu'elle devait lui faire entendre en frappant des mains d'une certaine manière au bas de l'escalier du clocher, pour lui indiquer que c'était elle qui s'approchait, qu'elle était seule, et qu'il pouvait sortir avec sûreté du réduit où il se tenait caché pour se montrer à elle.

———

CHAPITRE IV.

LE jour commençait à baisser, Gertrude était de retour chez elle, et Philibert (c'est ainsi que se nommait le militaire logé dans la maison du marguillier) s'était réveillé bien reposé de ses fatigues, et recommençait à jaser, à chanter, à siffler avec toute la familiarité d'un membre de la famille, lorsque le vieux Heilmann rentra enfin dans ses foyers; mais il était tellement épuisé des marches forcées qu'on lui avait fait faire; la température humide et froide, jointe aux angoisses qu'il n'avait cessé d'éprouver, l'avait tellement accablé, qu'il fut forcé de se mettre au lit dès qu'il eut atteint son habitation. Gertrude en fut d'autant plus alarmée qu'elle lui trouva tous les symptômes d'une fièvre violente. Il tomba bientôt dans des rêveries et tint les propos les plus incohérens et les plus confus sur ce qui lui était arrivé et sur les sinistres événemens dont il avait été témoin. Gertrude tremblait qu'il ne se compromît de nouveau vis-à-vis de Philibert, qui les ntendait, tout en aidant sa fille à le soigner

avec le plus aimable empressement, ce dont
elle l'aurait volontiers dispensé. Cependant elle
sentait que les secours de la médecine deve-
naient à chaque instant plus urgens pour prévenir une maladie grave; elle fut donc obligée
d'aller à la ville chercher un médecin. Philibert offrait de lui rendre ce service, mais il ne
connaissait point les rues de Kal*** ni la demeure de l'Esculape; il proposa d'appeler le
médecin de son régiment, mais il ne parlait
pas la langue du pays, et Gertrude, redoutant
d'introduire un étranger de plus dans sa maison, s'y refusa obstinément. Eh bien! dit le
bon militaire, allez chercher votre docteur,
pendant ce temps je veillerai sur votre malade.

Elle sortit en effet, et ramena bientôt le
médecin, qui prescrivit au marguillier quelques calmans dont l'effet fut assez prompt pour
que Heilmann, après un sommeil assez paisible de deux heures, pendant lequel Philibert
ne quitta pas le chevet de son lit, se réveillât
avec moins de fièvre et des idées plus nettes.
Cependant, dès qu'il eut ouvert les yeux, il
regarda autour de lui, paraissant chercher quelqu'un, et les premiers mots qu'il proféra furent
cette question adressée à sa fille : Où est
mon petit Gottwalt ? Ce fut alors que la pauvre

Gertrude eut besoin de rassembler toute la force de son caractère pour retenir ses larmes et ne pas trahir son funeste secret ; elle eut recours au prétexte qu'elle avait inventé d'avance pour expliquer l'absence de son frère, et répondit que sa sœur Ulrique, étant venue à la ville dans la matinée pour quelques affaires, lui avait offert d'emmener Gottwalt et de le garder quelques jours chez elle à la campagne pour l'éloigner du trouble, du mouvement qui régnaient dans la ville et des dangers qu'un enfant pouvait courir dans de pareils momens. J'y ai consenti, ajouta-t-elle, dans l'espoir que vous m'approuveriez.

Ulrique, sœur aînée de Gertrude, était mariée, depuis plusieurs années, à un garde forestier nommé Wildheim, dont l'habitation, distante de six lieues de la ville de Kal***, était située dans un grand bois du côté opposé au théâtre des derniers combats.

Le marguillier ne révoqua point en doute le récit de Gertrude, mais il fronça le sourcil et murmura quelques paroles qui exprimaient son mécontentement du départ de son fils ; cependant il ne put point en faire de reproche à sa fille, puisque, précédemment, il avait lui-même permis à Ulrique d'emmener Gottwalt

chez elle. Ce moment d'explication, si redouté,
passa donc plus heureusement que Gertrude
n'avait osé l'espérer; mais elle n'en conserva
pas moins l'appréhension qu'un hasard imprévu n'amenât réellement sa sœur à la ville
et ne fît découvrir son subterfuge.

Tout en s'occupant de son père, en lui donnant des soins que Philibert partageait avec
un zèle touchant, elle n'avait pas fait attention
à l'entrée d'un individu qui était survenu et
s'était assis dans un coin de la chambre en ob-
servant en silence, depuis une heure, ce qui
se passait dans le cabinet attenant où gisait le
malade, et dont la porte était ouverte : c'était
Emmanuel Fraubler, parent de la famille
Heilmann. Ce jeune homme avait été jardinier-
fleuriste et décorateur chez un grand seigneur
du pays, dont le château, situé à peu de distance de Kal***, avait été dévasté et pillé par
les ennemis lorsqu'ils avaient envahi la province, parce que le propriétaire, fidèle à son
souverain, avait quitté son domicile pour aller
servir dans les armées de sa nation. Emmanuel
avait perdu sa place, et c'était sa seule ressource. Depuis leur enfance, il existait entre
Emmanuel et Gertrude un tendre et mutuel
attachement que les années n'avaient fait

qu'augmenter ; ils s'aimaient , s'étaient promis
une foi éternelle , et déjà leur mariage avait
été décidé , lorsque les malheurs de la guerre
privèrent Emmanuel de ses moyens d'existence
et le forcèrent de différer son union avec sa
cousine bien-aimée. Depuis lors, l'humeur
sévère de ce bon jeune homme avait pris un
caractère sombre et atrabilaire ; une profonde
mélancolie s'était emparée de lui ; il était devenu méfiant, soupçonneux, et un vif penchant à la jalousie s'était développé dans son
cœur jadis si confiant.

Le marguillier s'était enfin endormi de nouveau ; Philibert et Gertrude rentrèrent dans la
chambre avec de la lumière, et ce ne fut qu'a-
lors qu'elle aperçut son cousin. Ravie de le
voir et de sentir auprès d'elle un ami dont la
présence diminuait ses angoisses, lors même
qu'elle ne pouvait les lui confier, elle courut à
lui, le salua avec tendresse, lui reprocha d'a-
voir été plusieurs jours sans venir la voir, et
le remercia de sa visite. Emmanuel lui répondit à peine ; l'amitié que lui témoignait sa cousine ne put lui arracher un mot, un sourire
bienveillant : il était profondément blessé de
l'air d'intimité que Philibert prenait avec elle,
de l'aisance avec laquelle il s'établissait dans

la maison et s'y occupait même des détails du
ménage ; il ne pardonnait pas à Gertrude de to-
lérer autant de familiarité, et de l'autoriser en
acceptant les services du militaire, et en ayant
dans sa conversation avec lui un ton presque
aussi amical. La reconnaissance qu'inspiraient
à la jeune fille la complaisance et les manières de Philibert l'aurait déjà engagée à être
au moins polie ; et d'ailleurs elle ne devait
pas risquer de l'aigrir par un air froid et dé-
daigneux, puisqu'il logeait dans la maison
et qu'il pouvait observer toutes ses démarches ; Emmanuel, au contraire, affecta de le
traiter avec une froideur marquée. Plus il se
montrait incivil et plus Gertrude renchérissait
d'affabilité et d'attentions envers Philibert, qui
lui-même ne paraissait pas remarquer l'impolitesse d'Emmanuel ; au contraire, il lui adressait la parole, cherchait à lier conversation
avec lui ; mais ses prévenances ne purent dissiper l'humeur qui se peignait sur la physionomie du jaloux. En vain Gertrude lui faisait-
elle, à la dérobée, des signes d'intelligence
pour lui faire comprendre qu'il devrait ménager l'étranger, il en devint encore plus maus-
sade. Ses traits se rembrunirent toujours davantage, ses lèvres se serrèrent ; il ne profé-

ra plus une parole ; on voyait qu'il était en
proie à de violens combats, et qu'il réprimait
avec peine l'explosion de son dépit. Enfin il se
leva brusquement, saisit son chapeau sans dire
un mot, et sortit sans saluer sa cousine.

Gertrude courut après lui et le rejoignit
dans le corridor. — Vous m'avez mise dans un
pénible embarras, cher Emmanuel, lui dit-
elle avec le ton du reproche qu'elle cherchait
à adoucir, sans pouvoir dissimuler tout-à-fait
son mécontentement. Je sais combien vous
êtes malheureux, combien de motifs vous avez
pour être triste ; mais vos malheurs ne nous
sont-ils pas communs ? Souffré-je moins que
vous de la fâcheuse position à laquelle vous
êtes réduit, et qui a détruit nos plus douces
espérances ? Je n'exigerai donc jamais que vous
affectiez une insouciance, une sérénité à laquelle ni vous ni moi ne pouvons nous livrer ; mais je ne comprends pas que votre
mauvaise humeur puisse vous faire oublier
les lois de la politesse la plus simple et la plus
naturelle. D'ailleurs, n'est-il pas plus sage, plus
prudent, dans les circonstances malheureuses
où nous vivons, de faire bonne mine à mauvais jeu, de ne pas rebuter ces importuns
étrangers, que nous sommes obligés d'intro-

duire malgré nous dans nos maisons? Ne ris-
quons-nous pas, en nous comportant mal avec
eux, de les irriter, d'attirer sur nous plus de
maux qu'ils ne nous en ont déjà fait? Ils sont
les plus forts, nous sommes entièrement à leur
merci. Nous devons, pour notre propre avantage, nous résigner à un sort que nous ne
pouvons détourner, et qu'il ne faut pas ag-
graver par notre propre faute.

— Je vois, en effet, avec douleur; répondit Emmanuel d'une voix concentrée, en croi-
sant les bras sur sa poitrine et en baissant les
yeux avec une expression farouche, je vois
que vous avez fait d'étonnans progrès dans
l'art de dissimuler. Puissent les prévenances,
l'affabilité que vous croyez si nécessaire de témoigner à ce jeune guerrier vous obtenir sa
bienveillance et celle de ses compatriotes!
Mais elles me déchirent le cœur. Chaque
chose a ses bornes dans ce monde; il y a,
ce me semble, une grande différence entre
l'obligation de supporter avec patience et résignation autour de soi quelqu'un que l'on ne
peut écarter, et le plaisir que l'on trouve à
s'entretenir avec lui. Il me semble au moins
qu'il suffirait de se soumettre à cette obligation, et que le plaisir est de trop.

— Vous devriez rougir de cet indigne soupçon, répliqua Gertrude irritée. Si vous n'êtes
venu ici que pour augmenter le chagrin et les
peines sous lesquels je suis près de succomber, par des invectives aussi amères qu'elles
sont injustes, je me repens de m'y être exposée en vous accompagnant jusqu'ici. Si vous
me croyez dissimulée, perfide, coquette; si
vous avez perdu toute confiance dans la sincérité de mes sentimens pour vous, je dois
aussi douter de l'attachement que vous m'a-
viez juré.

— Plût à Dieu que de pareils doutes fussent
fondés ! reprit Emmanuel avec un profond
soupir, nous serions plus heureux tous les
deux. Mais tel est mon malheur, qu'en dépit
de tout ce que vous me faites souffrir, en dépit d'une voix intérieure qui me dit sans cesse
que vous ne m'aimez plus, vous êtes encore
ma seule, mon unique pensée. Une chaîne in-
dissoluble m'attache à vous. Sans cesse l'inquiétude, les tourmens dont mon âme est dé-
vorée m'attirent auprès de vous et me con-
damnent à vous poursuivre comme un spectre
attaché à vos pas. Oui, si les noirs pressentimens qui troublent mon cerveau se réalisaient,
si tu ne m'aimais plus, mon désespoir même

4 .

n'arracherait pas de mon cœur ce funeste amour. Gertrude, aie pitié de moi, songe que ta constance peut seule me soutenir dans l'infortune qui me poursuit. Evite même les apparences de légèreté, qui versent un poison cruel dans mon sein et me consument lentement : la certitude de ton indifférence me ferait mourir.

En disant ces mots, il avait saisi la main de Gertrude et la pressait contre son cœur palpitant. La douleur à laquelle il était en proie désarma le courroux qu'allumaient ses injustes soupçons et la disposa à l'indulgence. Calme-toi, mon cher Emmanuel, lui dit-elle avec l'accent de la tendresse et d'une conscience pure ; dissipe ces sombres idées qui nous rendent la vie si amère. Sois convaincu que je mérite toute ta confiance, que je n'ai jamais rien fait, rien pensé qui fût indigne de toi et de mon amour, aussi vif, aussi sincère que le tien. S'il plaît à Dieu, nous verrons des temps plus heureux, la paix rentrera dans ton âme, et alors tu sentiras combien ta défiance et tes reproches ont dû me blesser.

— Peut-être poussé-je trop loin mes craintes et mes soupçons, répliqua-t-il d'un ton plus radouci, mais ce n'est pas sans que vous y ayez donné lieu. Ce n'est pas la première fois que vos manières prévenantes et familières avec les ennemis de notre patrie ont excité mon ressentiment : déjà lorsque ce capitaine étranger était logé chez vous, il y a quelques mois, j'ai souvent été témoin de scènes aussi pénibles que celle qui vient de se passer sous mes yeux. Avec quel empressement, quelle attention, n'alliez-vous pas au devant de ses moindres désirs ! Combien de fois ne vous ai-je pas vue, assise auprès de lui, vers la croisée, écoutant pendant des heures entières ses fades fleurettes ! et quand il partit, que vos adieux furent pleins de cordialité, presque de tendresse ! Quels furent votre consternation, votre effroi, vos regrets, lorsque quelques heures après vous apprîtes qu'on l'avait trouvé assassiné sur la grande route.

— Cet officier, répondit Gertrude, s'était montré, pendant six semaines, notre véritable ami ; il donnait les meilleurs avis à mon père ; il nous témoignait la plus touchante bienveillance. Craignant de nous être à charge, de nous occasionner trop de dépense, il aurait voulu fournir à notre propre entretien. Ne méritait-il pas au moins notre reconnaissance ? Devais-je le repousser lorsqu'il voulait causer avec moi, non pour me débiter des fleurettes, mais pour me témoigner l'intérêt qu'il prenait à notre position? Sa conversation était douce, instructive. Je ne disconviens pas de la profonde impression que me fit la nouvelle de la fin cruelle d'un homme qui venait de nous quitter en parfaite santé, dans la force de l'âge; je ne rougirai jamais d'un sentiment d'humanité, de compassion, et je ne m'attendais pas que vous, Emmanuel, dont le cœur est si bon, pussiez m'en faire un reproche.

— Soit, s'écria Emmanuel avec véhémence, je ferai ce que vous exigez de moi; je vous promets solennellement de croire dorénavant à vos paroles, plus qu'au témoignage de mes yeux et de mes oreilles. Je vous donne ma parole sacrée que, malgré les apparences les plus fortes, je ferai tous mes efforts pour combattre mes soupçons, que je ne vous blesserai plus par mes reproches. Excusez, chère Gertrude, ma vivacité, et que ce soit aujourd'hui notre dernière querelle.

Quoiqu'une longue et triste expérience eût appris à Gertrude combien elle pouvait peu compter sur de pareilles promesses, elle ne se refusa pas à la réconciliation, bien sincère de sa part. Les amans se séparèrent d'aussi bonne

intelligence que le souvenir de cette scène pouvait le permettre. Emmanuel reprit le chemin
de la ville. Dès qu'il fut hors de sa vue, Gertrude, restée sur le seuil de la porte, jeta un
triste regard sur le sommet du clocher, qui se
dessinait dans les ténèbres. Poussée par un sentiment irrésistible, elle éleva les mains au ciel,
en demandant avec ferveur à celui qui dirige
tout, la force et le courage de persévérer dans
l'exercice des pénibles devoirs qui lui étaient
imposés, de garder le dangereux secret qui
lui était confié ; elle implora sa divine et
puissante protection pour le cher enfant confiné dans cette tour obscure, séparé de tout ce
qu'il aimait, et condamné à partager le sort
d'un proscrit.

CHAPITRE V.

La maladie que le marguillier avait gagnée dans sa course nocturne, menaçait de se prolonger et de prendre un caractère plus grave ; le lendemain de son retour, il ne fut pas en état de quitter le lit, non plus que les jours suivans, et Gertrude fut obligée de remplir les fonctions de son office de sonneur. Philibert, loin de témoigner le moindre ressentiment de l'incivilité d'Emmanuel, continuait de montrer à son hôtesse la plus active complaisance ; il la soulageait dans les soins qu'elle donnait à son père, et même dans ceux du ménage. Il paraissait suffisamment recompensé de ses services par la bienveillante affabilité de Gertrude, qui, malgré la réprimande d'Emmanuel, ne pouvait s'empêcher de lui témoigner de cette manière toute sa gratitude, ne demandait rien de plus ; il ne se plaignait pas lorsqu'elle pouvait à peine fournir pour sa nourriture, ce qu'il avait le droit d'exiger. En effet, les ressources pécuniaires du marguillier étaient à-peu-près épuisées ; Philibert se contentait de la chère la plus

maigre et la plus frugale ; il avait toujours l'air
gai, satisfait, et lorsque quelquefois elle lui
faisait des excuses de ce qu'elle ne le servait
pas mieux, en alléguant sa triste position, il
plaisantait avec grâce sur la rougeur qui couvrait alors les joues de la jeune fille en faisant
cet aveu. Jamais il ne lui adressait le moindre
propos galant qui aurait pu lui donner de l'embarras ou la faire rougir. Il avait conçu une
haute estime pour le caractère de cette jeune
fille, qui lui inspirait une amitié sincère. Elle
aurait sans doute pu faire naître chez lui un
sentiment plus tendre, mais le cœur de Philibert était déjà engagé. Souvent il parlait à
Gertrude, avec une entière confiance, de sa patrie et de sa famille. Il était fils d'un notaire et
destiné au même état ; il avait reçu une très-
bonne éducation, ce qui expliquait la politesse
et la décence de ses manières. Il l'entretenait
aussi de son amour pour la jeune et belle Isoline, à laquelle il allait s'unir dans sa ville natale, lorsque la conscription l'avait arraché à
ses paisibles et heureux foyers : comme vous,
disait-il à Gertrude, mon Isoline est bonne,
sage et jolie, son cœur est sensible, généreux
comme le vôtre. Elle aussi soignait un père
malade avec le même zèle, la même piété filiale ;

elle me permettait de m'associer à cette occupation. Vous me la rappelez sans cesse, et vous
pouvez juger si je trouve une douce satisfaction
à remplir avec vous des devoirs qu'elle m'a
enseignés et que vous pratiquez comme elle.
Avec quel désespoir nous nous sommes séparés!
avec quelle impatience nous attendons la paix,
qui sera l'aurore de notre bonheur, et qui
nous réunira à jamais, s'il plaît à Dieu d'épargner mes jours.

Dès qu'il avait dîné, Philibert avait l'habitude de sortir pour se promener ou aller visiter ses camarades, et ne rentrait ordinairement
que quelques heures après. Gertrude profitait
de ce temps pour aller porter aux deux habitans du clocher leur chétif dîner.

Un jour qu'elle était sortie dans ce but,
elle avait déjà atteint la porte de la tour et
posé à terre le panier couvert d'un linge qui
contenait les alimens, pour mettre la clef dans
la serrure et la retirer ensuite, afin de refer-
mer la porte sur elle dès qu'elle serait entrée,
lorsque Philibert, qui s'était arrêté sur le cimetière en commençant sa promenade, et
qu'elle n'avait point aperçu, courut à elle en
la priant de permettre qu'il l'accompagnât au
haut du clocher, pour jouir de la vue que l'on

devait découvrir à cette élévation. Gertrude,
effrayée, retira la porte qu'elle avait déjà entr'ouverte ; mais Philibert la rouvrit brusquement, et le courant d'air produit par le mouvement souleva le linge qui couvrait le panier
et laissa voir les vivres qu'il renfermait. Gertrude resta immobile comme frappée de la
foudre ; la terreur qu'elle éprouvait lui ôtait
la faculté de parler, mais les plus affreux pressentimens s'élevèrent dans son âme troublée.
Elle croyait son secret découvert, voyait déjà
les farouches soldats étrangers pénétrer dans
la tour, et son pauvre petit frère, baigné dans
son sang, expirant sous le poignard du proscrit, ivre de fureur et de vengeance.

Cependant Philibert avait pénétré dans le
vestibule au plein pied de la tour ; Gertrude
s'y était précipitée après lui, l'avait devancé
et lui barrait l'escalier en se retenant toute
tremblante à la colonne qui soutenait la rampe ; elle jetait sur le jeune militaire un regard
égaré, pareil à celui d'un criminel qui cherche
à lire sur la physionomie de son juge l'arrêt
de mort qui va être prononcé. La surprise et
la douleur se peignaient sur le visage de Philibert ; immobile à son tour, et ne proférant
plus une parole, il paraissait réfléchir au parti

5

qu'il avait à prendre sur la découverte qu'il
venait de faire. Bientôt cependant sa consternation parut prendre le caractère d'un pénible embarras; d'une voix timide et concentrée, en balbutiant, il fit à Gertrude des excuses de son importunité, et sortit de la tour
avec une lenteur qui contrastait singulière-
ment avec la vivacité qu'il avait mise à y entrer. Délivrée de sa présence, Gertrude chercha à se remettre de sa frayeur et à reprendre
courage; elle resta dans la tour, en referma la
porte à clef en dedans, et s'arrêta encore quelques minutes à écouter, en retenant son haleine, si personne n'approchait; puis elle donna le signal accoutumé, reprit son panier,
et monta précipitamment les escaliers. Lorsqu'elle eut atteint le réduit des deux reclus,
la frayeur qu'elle avait éprouvée lui fermait
encore la bouche; elle remit en silence à l'é-
tranger les alimens qu'il attendait avec impatience, sans faire mention de la scène qui venait de se passer au bas de la tour, et ne resta
que quelques minutes à caresser le petit Gottwalt, qu'elle trouvait chaque jour plus gai,
plus content de sa triste demeure, et plus
attaché à son compagnon, qu'il assurait ne
pas vouloir quitter, quand même il en aurait

la liberté ; puis elle redescendit. Mais quelle fut la consternation dont elle fut saisie lorsqu'en sortant du clocher, elle vit Emmanuel posté derrière la grille qui fermait le cimetière, son chapeau enfoncé jusqu'aux yeux, qu'il tenait fixés sur la porte de la tour, avec l'expression la plus sinistre ! Gertrude le reconnut au premier coup-d'œil et voulut courir à lui ; mais il lui jeta un regard douloureux et sévère ; et sans attendre son approche, il se détourna et disparut derrière le mur qui entourait l'enclos. Il avait passé par hasard lorsque Philibert était sorti de la tour, et il était resté en proie à la plus vive irritation à guetter le retour de Gertrude, qu'il soupçonnait être restée dans l'intérieur. Lorsqu'en effet il la vit sortir, il fut tellement confirmé dans ses soupçons jaloux, qu'il préféra éviter une explication avec elle ; il ne voulait pas qu'elle pût encore une fois ébranler sa conviction, et depuis lors il prit la résolution de ne plus même retourner chez sa cousine, où il n'était déjà revenu que rarement depuis son entrevue avec Philibert, et toujours quand il pouvait présumer qu'il était absent.

Gertrude prévit à l'instant les suites fàcheuses de cette funeste rencontre, et en fut

5.

désespérée. Elle rentra dans sa maison, craignant et désirant cependant d'y retrouver
Philibert. Il n'y était pas. Il a donc continué
sa promenade, se dit-elle, ou peut-être est-il
déjà allé parler de la découverte qu'il a faite
et qui a dû faire naître chez lui les idées les
plus étranges... Cependant, elle avait de la
peine à croire que ce jeune homme si bon, si
sensible, qui lui témoignait sans cesse tant de
complaisance et d'amitié, fût capable de la
perdre ou de lui attirer le moindre désagré-
ment; mais, d'un autre côté, elle l'avait souvent entendu tenir des propos qui indiquaient
qu'il était rigoureusement attaché à ses devoirs militaires, à la gloire et aux succès de
l'armée à laquelle il appartenait, et qu'il envi-
sageait les habitans du pays où il se trouvait
maintenant comme les ennemis de sa nation.
Elle attendait son retour avec un sentiment
mêlé de crainte et d'espérance. Il lui laissa le
loisir de se livrer long-temps à de pénibles réflexions et à ses inquiétudes dévorantes; il
rentra plus tard qu'à l'ordinaire et, avec un
air de contrainte qu'elle n'avait jamais remarqué en lui, même lorsqu'il était le plus
sérieux : il était rêveur et silencieux. Qu'avait-
elle à faire ? Elle réfléchissait s'il serait pré-

férable d'en appeler à sa générosité, à sa sensibilité, en lui faisant l'aveu de la position dans
laquelle elle se trouvait, de lui dire comment
elle y avait été entraînée; ou s'il valait mieux
continuer de garder son fatal secret, et faire
comprendre tacitement à Philibert qu'elle
comptait sur sa discrétion. Elle prit enfin ce
dernier parti, et se persuada qu'elle avait bien
fait, lorsqu'elle vit que lui-même évitait de
parler de ce qui s'était passé à la porte de la
tour, et d'y faire même la plus légère allusion ;
mais il en résulta que, dès ce moment, leur
manière d'être ensemble, leurs conversations
devinrent gênées et pénibles. Tout en cherchant à le dissimuler, ils éprouvaient récipro-
quement un embarras qui les éloignait l'un de
l'autre, mais qui s'exprimait assez clairement
sur leurs physionomies lorsqu'ils se trouvaient
tête à tête, aux heures des repas, le marguillier étant toujours alité. Philibert avait perdu
toute sa gaîté, sans que sa politesse, son empressement à se rendre utile au malade eussent diminué; il paraissait oppressé, décou-
ragé, poursuivi par l'idée que son séjour
prolongé dans la maison y était importun, et
il l'énonçait souvent. Aussi chaque jour ré-
pétait-il qu'il était ennuyé de la vie oisive

qu'il menait à Kal***, et témoignait son impatience de partir et de voir se rouvrir la campagne.

Ce désir s'accomplit plus tôt qu'on aurait dû le croire. Le corps dont Philibert faisait partie reçut peu après inopinément, au milieu de la nuit, l'ordre de rejoindre sur-le-champ la grande armée; et le jour commençait à poindre lorsque le jeune militaire, tout équipé pour sa route, parut auprès du lit du marguillier pour lui faire ses adieux. Sa physionomie exprimait un profond chagrin qui démentait le désir de s'éloigner, qu'il avait exprimé les jours précédens. On voyait qu'il se faisait violence pour retenir ses larmes et ne pas trahir ses regrets. Gertrude, vivement émue, l'accompagna jusque sur le seuil de la porte extérieure. Tous deux gardaient le silence. Là, ils s'arrêtèrent un instant en se regardant. Enfin, Philibert tendit la main à Gertrude; elle la saisit et la serra avec tendresse. A cet instant, elle ne put être maîtresse de ses sentimens, et fondit en larmes; Philibert retira sa main avec un mouvement convulsif, lui fit signe de ne pas parler, et s'éloigna à pas précipités : ce ne fut que lorsqu'il eut atteint la grille du cimetière, qu'il se retourna, fit un geste d'adieux, posa avec un

regard expressif son doigt sur sa bouche,
comme s'il eût voulu promettre de garder un
secret, puis il porta la main sur son cœur et
disparut au détour de la rue. Généreux, excellent jeune homme ! s'écria Gertrude, que Dieu
veuille te bénir et te préserver dans les nouveaux dangers auxquels tu vas être exposé !
Puis, elle rentra en pleurant dans sa chambre.

La paix et la tranquillité étant rétablies
dans la province depuis l'anéantissement du
corps des partisans, les troupes étrangères qui
occupaient encore la ville de Kal*** et les environs, l'évacuèrent peu à peu, pour suivre
de nouvelles destinations ; il n'y resta que
quelques faibles détachemens, composés en
grande partie de blessés convalescens : mais en
partant, ils laissèrent les habitans complétement épuisés de toute ressource, et réduits à
la plus cruelle disette. La famille du marguillier Heilmann se ressentait aussi de cette pénurie générale, et de la difficulté de se procurer
les moyens de subsister, d'autant plus pénible
que sa maladie faisait des progrès effrayans.
Gertrude prit enfin le parti de déclarer en tremblant au proscrit du clocher qu'il lui devenait
impossible de fournir plus long-temps à sa
nourriture. Il n'en parut point aussi courroucé

qu'elle l'avait craint; il ne révoqua point en
doute la nécessité qui la forçait à cette démarche, il compatit même à sa misère, maudit
en termes énergiques les ennemis qui avaient
réduit sa patrie à cet état de dénuement, et finit en disant qu'il croyait maintenant pouvoir
partir sans danger à l'aide d'un déguisement,
et échapper enfin à ses persécuteurs, puisqu'il
n'y avait plus autant de troupes dans la contrée.
Il remit alors à Gertrude une bague enrichie de
diamans et d'un grand prix, en lui donnant
l'ordre de la vendre, d'employer une partie de
l'argent qu'elle en tirerait à acheter pour lui
un costume de paysan et de lui en rapporter le
reste. En vain Gertrude lui représenta qu'il lui
serait impossible de se défaire d'un bijou aussi
précieux dans la ville même, où il n'existait
point de joaillier, où régnait d'ailleurs un dénuement total de numéraire, sans courir le risque d'éveiller les soupçons les plus dangereux.
L'étranger, reprenant son ton sévère et menaçant, insista de la manière la plus impérative,
lui dit que c'était à elle à songer aux moyens
les plus sûrs et les plus prudens d'exécuter sa
volonté, et qu'au plus tard le surlendemain il
attendait qu'elle lui apportât ce qu'il demandait.

La pauvre Gertrude le quitta plus triste,

plus chagrine que jamais. Elle ne savait à qui
s'adresser pour l'aider à s'acquitter d'une commission si difficile et si épineuse ; elle n'osait se
confier à personne, ni aller offrir à vendre elle-
même la précieuse bague ; elle ne pouvait d'ailleurs quitter que pour quelques instans son
père malade. Elle songea à Emmanuel ; mais celui-ci paraissait courroucé contre elle et n'avait
point reparu dans la maison du marguillier
depuis le jour où elle l'avait aperçu vers la grille
du cimetière : elle hasarda cependant de lui
écrire un billet conçu dans les termes les plus
pressans, où elle le conjurait de venir chez
elle, en lui témoignant la crainte qu'une indisposition l'eût empêché depuis plus de huit
jours de visiter son oncle malade.

Il arriva en effet avec un visage pâle, portant l'empreinte d'un profond chagrin ; d'une
voix concentrée il assura sa cousine qu'il se
portait bien, et lui demanda ce qu'elle désirait
de lui. Elle lui montra la bague et le pria de la
porter dans la capitale de la province, distante
de six lieues de Kal***, de la vendre et de lui
en rapporter la valeur qu'il pourrait en tirer.
Emmanuel regarda à peine ce bijou ; mais ses
traits se contractèrent convulsivement, et après
un moment d'hésitation qui trahissait les com-

bats de son âme, il répondit, avec un sourire amer, qu'il se chargerait de la commission qu'elle lui donnait, qu'il l'exécuterait
aussi bien et aussi promptement qu'il le pourrait, en lui promettant le secret qu'elle avait
exigé de lui : il ne demanda d'ailleurs aucune
explication ultérieure et ne fit aucune objection. Il ajouta qu'il pourrait profiter d'une voiture qui partait le soir même pour la capitale
et devait revenir le lendemain. Gertrude s'était
attendue à de nouvelles explosions de sa défiance, à de violens reproches, elle fut donc
très-surprise du calme et de la complaisance avec
lesquels il se rendait à sa demande ; cependant
ne pouvant se dissimuler les sentimens dont il
était tourmenté, son cœur se serra, elle éprouvait une profonde tristesse, et se sentit entraînée à ajouter encore quelques mots pour le
rassurer. Ne conçois aucun soupçon, cher
Emmanuel, lui dit-elle en rougissant, cette bague est un héritage de ma feue bonne mère.
Regarde autour de toi, et tu seras convaincu
de la dure nécessité qui m'oblige à m'en défaire ; je n'ai plus d'autre ressource pour vivre,
bientôt tu en sauras davantage.

—Mon Dieu! s'écria Emmanuel avec le ton du
dépit, t'ai-je donc demandé d'où te vient cette

bague ? Tu as besoin de moi et je ferai tout ce
que tu désires ; cela doit te suffire, je te tiens
quitte de toute autre explication.

— Tu m'avais promis une entière confiance,
répliqua Gertrude, et cependant tu t'es livré
de nouveau à d'injustes soupçons, à la suite
d'une circonstance fortuite et bien innocente.
Je te jure que ce qui t'a irrité dernièrement
contre moi n'était qu'une fausse apparence.
Oh ! si tu savais ce que j'ai souffert, ce que je
souffre encore, bien loin d'augmenter mes peines, tu aurais pitié de moi.

— N'entamons pas nos anciennes et inutiles
querelles, répondit Emmanuel. Puis-je me refuser à l'évidence, aux preuves que j'ai eues par
mes propres yeux ? Oui, c'est ce qui a détruit la
paix de mon âme, c'est ce qui empoisonne ma
vie ! mon cœur n'a plus de courage, plus de foi
dans les assurances que tu voudrais en vain me
donner de ton amour. Elles ne me retireront
plus de l'abîme dans lequel tu m'as plongé.

A cet instant, la voix du marguillier appe-
lant sa fille se fit entendre, et mit fin à leur
conversation. Attends-moi seulement un instant, dit Gertrude, je reviens à la minute ;
mais Emmanuel ne l'attendit pas ; il mit la bague
dans sa poche et s'éloigna tristement,

CHAPITRE VI.

Le jour suivant, Gertrude attendait avec impatience le retour d'Emmanuel, assise auprès
d'une croisée et les yeux fixés sur la rue par
où il devait venir : il avait promis positivement d'être de retour à midi, déjà quelques
heures s'étaient écoulées depuis lors, et il n'é-
tait pas encore revenu. Il pleuvait, il est vrai;
mais elle ne pouvait croire que le mauvais
temps l'eût retenu, connaissant son exactitude
et lui ayant si fort recommandé de revenir le
plus tôt possible. Il n'était pas probable qu'il
n'eût pu vendre la bague à l'un ou à l'autre
des nombreux et riches joailliers de la capitale. Elle éprouvait la plus vive inquiétude et
ne pouvant plus la supporter, elle se rendit,
pendant que son père dormait, chez le voiturier qui avait dû conduire Emmanuel la veille,
et qu'il lui avait nommé. Cet homme était en
effet de retour depuis quelques heures, et le
rapport qu'il fit à Gertrude ne fut pas propre à
la rassurer; il lui dit qu'à leur arrivée dans la

capitale, Emmanuel avait mis pied à terre à la
porte de la ville, et s'était éloigné en promettant toutefois de venir coucher dans la même
auberge où le cocher devait passer la nuit ;
mais il n'y avait point paru, et le matin, quoique l'heure du départ fût fixée, on l'avait attendu vainement plus d'une heure. Le voiturier craignait que quelque accident l'eût empêché non-seulement de se mettre en route,
mais de se rendre même à l'auberge pour
avertir qu'il était forcé de rester plus long-
temps à la ville. Gertrude, poursuivie par les
angoisses les plus pénibles, et réfléchissant
tristement à ce qui pouvait avoir retenu son
cousin, retourna chez elle : le marguillier
dormait encore.

Enfin le jour commença à baisser et le moment arriva où elle devait porter aux deux
reclus de la tour leur modique pitance. Depuis qu'elle avait été surprise par Philibert
en y allant de jour, elle n'y montait qu'à la
tombée de la nuit. Elle ne put se dispenser
de raconter à l'étranger le nouveau sujet de
crainte dont elle était tourmentée, le départ
d'Emmanuel, la commission dont elle l'avait
chargé, sa promesse d'être de retour dans le
jour qui venait de s'écouler, son retard et

enfin les rapports alarmans du voiturier. L'é-
tranger en fut consterné; il ne fit cependant
point de reproche à la jeune fille; il se borna
à lui adresser quelques questions sur le caractère, l'état, la position de son messager; mais
loin d'être rassuré ni par les protestations
qu'elle lui fit de la probité, de la discrétion,
des sentimens nobles et patriotiques, du courage, de l'exactitude de son cousin, ni par
l'assertion qu'elle ne lui avait point confié d'où
elle tenait ce bijou, le proscrit témoigna les
plus vives inquiétudes.

Jamais le séjour du donjon n'avait paru
aussi triste à Gertrude que ce soir-là dans le
crépuscule. Le mauvais temps avait empiré,
un ouragan affreux s'était joint à la pluie qui
tombait à grands flots, et pénétrait au travers
des lucarnes mal fermées : les poutres, les boi-
series de la charpente craquaient, paraissaient
ébranlées et prêtes à s'écrouler; le vent déta-
chait des tuiles, qui roulaient avec fracas sur le
toit; la girouette sur la pointe de la flèche tournait rapidement sur ses gonds enrouillés avec
un bruit aigu et sinistre. Un éclair qui pré-
céda un affreux coup de tonnerre éclaira tout-
à-coup cette lugubre enceinte et fit voir à Gertrude la physionomie bouleversée de l'étranger,

qui tressaillit à cet instant comme saisi d'une idée subite.

— Ne me permettrez-vous pas enfin d'emmener mon frère? lui dit-elle timidement ; il me semble que depuis un mois que vous êtes ici vous avez pu vous convaincre que vous pouvez compter sur ma discrétion : je vous en conjure, rendez-moi Gottwalt.

— Non, répondit l'étranger d'une voix foudroyante, aujourd'hui moins que jamais. Cet enfant doit rester auprès de moi jusqu'à ce qu'il me plaise de le restituer.

— Tu sais que j'aime bien être avec toi, ma bonne sœur, s'écria Gottwalt du ton le plus gai ; mais je ne veux pas m'en aller d'ici tant que mon bon ami y restera ; puis se serrant contre son geôlier et caressant de ses petites mains sa longue barbe crépue, il ajouta : N'ayez peur, mon bon ami, que je veuille vous laisser seul pendant cette nuit si noire, si orageuse ; je ne crains ni tonnerre, ni vent, ni pluie quand je suis auprès de vous, je veux y demeurer.

— Écoutez bien ce que je vais vous dire, reprit l'inconnu en s'adressant à Gertrude ; de temps en temps pendant cette nuit, j'irai regarder au travers de la lucarne du côté de votre

maison. Si d'ici à minuit vous aperceviez dans
la ville quelque mouvement extraordinaire et
suspect, posez une lumière près de la croisée
de votre chambre au second étage. Si l'on venait vous interroger au sujet de la bague que
je vous ai remise, dites que vous l'avez reçue
comme un souvenir d'un officier étranger qui
a logé chez vous, à la suite de relations intimes que vous auriez eues avec lui. J'exige de
vous que pendant trois jours vous souteniez
cette déclaration; ce terme écoulé, vous serez
libre de dire la vérité, à moins que vous ne
préfériez persister dans votre première assertion.

— Comment pouvez-vous exiger de moi une
pareille infamie ? répliqua Gertrude profondément blessée. Vous voulez donc que je me
voue au déshonneur, que je ternisse à jamais
ma réputation ?

— Il y va de la vie de votre frère, reprit l'é-
tranger du ton le plus dur en posant la main
sur son poignard et en jetant un regard menaçant sur l'enfant, qui ne paraissait point alarmé de ce qu'il entendait. C'est probablement le
dernier service que vous me rendrez, ajouta-
t-il : ainsi décidez-vous promptement, et ju-
rez-moi de vous conformer à ce que j'exige
de vous.

— Infortunée que je suis ! s'écria Gertrude en fondant en larmes ; puis elle répéta en sanglotant le serment que l'étranger lui fit prêter. Quand elle l'eut proféré, il l'attira à lui, la prit dans ses bras, imprima un baiser sur son front en disant : Allez maintenant et soyez bien assurée que je n'oublierai jamais tout ce que vous faites pour moi ; s'il plaît à Dieu, vous en serez un jour récompensée ! Il prononça ces mots avec émotion et d'une voix douce, que Gertrude n'avait pas encore entendue ; puis prenant Gottwalt par la main, il se retira dans le coin reculé du donjon où il avait établi sa couche, tandis que Gertrude, confondue de ce qui venait de se passer, redescendit lentement les degrés de la tour et rentra chez elle.

Le reste de la soirée et la nuit se passèrent sans qu'elle reçût de nouvelles d'Emmanuel, mais aussi sans qu'elle eût besoin de donner le signal convenu. Tout était calme dans la ville. Cependant les angoisses dont elle était tourmentée éloignèrent le sommeil de ses paupières : son père, qui s'affaiblissait chaque jour davantage, resta assoupi et n'eut pas besoin de ses soins. L'orage continua encore et ne laissa percer que tard les premières clartés du jour. A peine cependant eurent-elles frappé les yeux

fatigués de Gertrude, que, poussée par un secret pressentiment, elle courut à la tour ; lorsqu'elle y fut entrée, elle annonça comme à l'ordinaire son arrivée en battant des mains ; elle
n'entendit point la réponse accoutumée, la ré-
pétition du même bruit par lequel l'étranger
indiquait qu'il l'avait comprise, et venait à sa
rencontre : le silence le plus complet régnait
autour d'elle. Elle monta au donjon et s'avança
en tâtonnant, le jour étant fort sombre, vers la
retraite où les deux reclus passaient la nuit et
se tenaient cachés ; elle n'y trouva que Gottard,
qui dormait paisiblement enveloppé dans sa
couverture. Elle chercha encore de tous côtés,
elle appela, l'étranger n'y était plus. Elle dut
alors se convaincre que le proscrit, qui depuis
quatre semaines lui avait causé tant de peines
et de tourmens, avait profité de la nuit orageuse qui venait de s'écouler pour partir et s'é-
loigner de ces lieux. En effet, lorsqu'elle redescendit, elle chercha à découvrir par où il
avait pu s'échapper, et trouva dans l'intérieur
de l'église, où l'on pouvait entrer de la tour
par une seconde porte qui n'était jamais fermée
à clef, la fenêtre d'une chapelle latérale ouverte ; ce ne pouvait être que par là que l'étranger avait pu passer pour sortir du bâtiment.

Dès qu'elle se fut bien assurée qu'il n'y était plus, elle se hâta de réveiller son cher petit frère, qui lui était rendu, et courut avec lui auprès du lit de son père, qui venait aussi de se réveiller ; elle lui présenta son fils gai et bien portant, et ne se fit aucun scrupule de lui avouer où l'enfant avait été et de lui raconter tout ce qui s'était passé avec le proscrit, ce qu'elle n'avait osé faire jusqu'alors, celui-ci lui ayant particulièrement défendu, avec les plus terribles menaces, de confier son secret à son père, qu'il croyait entièrement vendu à l'ennemi ; elle ne tut que la circonstance de la bague. Le marguillier était stupéfait et ne pouvait en croire ses oreilles. Il tenait son fils dans ses bras décharnés, le couvrait de baisers, et bénissait Dieu de ce qu'il lui était rendu après avoir échappé à tant de dangers ; puis il portait sur sa fille des yeux hagards comme s'il eût été effrayé de ce qu'elle avait fait et des risques auxquels elle s'était exposée. Il lui adressa encore mille questions, la fit entrer dans les détails les plus minutieux, et recommencer plusieurs fois son singulier récit ; enfin il remercia Gertrude de ne lui avoir pas fait plus tôt cette importante confidence, certain, disait - il, qu'elle lui aurait donné la mort.

Ce malheureux étranger, ajouta-t-il, ne peut être que le chef des partisans, que l'on n'a pu retrouver ni mort ni vif; on a cru que, dans le désespoir que devait lui causer sa défaite, il s'était donné la mort en se jetant dans la rivière. Ce que tu me dis de sa figure se rapporte exactement à son signalement. Grand Dieu! s'il avait été découvert dans le clocher! si l'on savait que ma fille l'y a caché et nourri! s'il avait exécuté ses horribles menaces contre mon fils! et sûrement il l'aurait fait. D'après tous les rapports c'est l'homme le plus féroce, le plus furieux; il l'a bien prouvé dans ces derniers temps.

— Non, non, papa! s'écria Goitwak avec beaucoup de vivacité, et ne pouvant dissimuler ses regrets d'avoir perdu le compagnon de sa captivité; ce sont des mensonges, oui, des mensonges; c'est le meilleur homme du monde; personne ne peut le savoir mieux que moi. Quand nous étions seuls, il me faisait mille caresses, il jouait avec moi, me racontait les plus belles histoires, et puis il m'apprenait bien des choses. Je sais calculer à présent. Il me faisait tracer les chiffres sur les poutres du clocher avec de petits morceaux de plâtre qui tombaient de la muraille. Et puis, il m'ensei-

gnait de belles prières ; il me disait qu'il fallait
demander au bon Dieu qu'il rendît la paix à
notre chère patrie, et qu'il bénît ma sœur pour
la récompenser de tout le bien qu'elle lui faisait ; il priait lui-même le bon Dieu pour elle
et pour moi. Il me donnait toujours les meilleurs morceaux de ce que Gertrude nous ap-
portait ; il me couvrait de son manteau quand
j'avais froid, et tous les jours il me répétait
qu'il m'aimait beaucoup, et ne me ferait jamais
le moindre mal. Il disait qu'il n'en ferait volontairement à personne, et qu'il avait été bien
malheureux d'être obligé de faire tuer tant de
monde à la guerre ; mais qu'il fallait bien se
défendre et se battre pour notre bon roi, afin
de délivrer le pays des étrangers, d'y ramener
la paix et l'abondance ; mais quand ma sœur
venait, il faisait tout de suite une autre grimace, il reprenait son air méchant pour lui
faire peur, afin qu'elle n'allât pas le dénoncer
à ces méchans étrangers.

Le marguillier, effrayé de ces propos enfan-
tins, posa sa main sur la bouche de l'enfant
pour le faire taire, et dit à Gertrude : Au nom
du ciel, ne perds pas un instant de vue ce petit bavard ; ne le laisse pas sortir : s'il disait de
pareilles choses en présence d'autres personnes,

nous serions perdus. Peut-être vaudrait-il
mieux maintenant l'envoyer chez sa sœur Ulrique; il ne manquera pas de nous compromettre, s'il reste ici.

— Oh! n'ayez peur, papa, reprit Gottwalt,
mon bon ami de la tour m'a appris aussi à être
discret, à ne pas dire à tout le monde ce qui
passe par la tête, et ce qu'on a dans le cœur.
Ah! si j'étais déjà aussi grand que le cousin
Emmanuel, je sais bien ce que je ferais!

Ce nom réveilla de pénibles sentimens dans
le cœur de Gertrude; en dépit du plaisir qu'elle
éprouvait d'avoir retrouvé son frère et d'être
délivrée du proscrit, la tristesse se répandit
de nouveau sur sa jolie physionomie. Quelques
jours s'écoulèrent encore sans qu'elle reçût de
nouvelles d'Emmanuel, auquel elle pensait sans
cesse. Depuis long-temps, elle n'en avait eu de
sa sœur; dans sa perplexité, elle ne lui avait
pas même mandé les progrès de la maladie de
leur père; Ulrique serait accourue à Kal*** pour
le voir, lui donner des soins, et Gertrude, n'o-
sant lui confier son secret, aurait eu à craindre
qu'elle n'observât ses démarches; elle n'avait
d'ailleurs pas eu d'occasion de lui faire parvenir une lettre. Cependant, un matin, elle vit
inopinément sa sœur entrer dans la chambre

du marguillier; Gertrude s'aperçut, au premier
moment, qu'Ulrique avait quelque chose d'im-
portant à lui communiquer en secret. En effet,
après avoir passé quelques instans auprès du
malade, et lui avoir témoigné son chagrin de
le trouver indisposé, elle fit à Gertrude un
signe pour l'inviter à sortir. Dès qu'elles furent seules, Ulrique lui remit une lettre que
son mari avait reçue la veille. Gertrude reconnut à l'instant l'écriture d'Emmanuel, et d'une
main tremblante, elle ouvrit la lettre et lut ce
qui suit :

» Il est nécessaire, mon cher Wildheim,
que je t'informe de l'événement singulier et
malheureux qui m'est arrivé, en te priant de
communiquer à ta femme et sur-tout à ta belle-
sœur Gertrude, le plus tôt possible, le contenu
de cette lettre. Il est plus que probable que je
ne reverrai jamais mon pays, que j'ai été forcé de
quitter par les circonstances les plus extraor-
dinaires, et auxquelles je n'aurais jamais dû
m'attendre. Mais à quoi bon remonter à la première cause de mon infortune, en nommer
l'auteur ? Fût-il même innocent, il se conso-
lera bientôt de mon éloignement. Il se serait
sans doute consolé aussi facilement si j'avais

été accusé d'un assassinat, et que l'on m'eût
fusillé dans ma ville natale : c'est cependant à
quoi il m'a exposé. Je me bornerai donc à raconter les faits. Dans des temps plus heureux,
il y a plusieurs années, j'avais acheté une
bague garnie de très-beaux diamans, à laquelle
je tenais beaucoup ; je ne la portais pas publi-
quement, mais quand j'étais seul, j'aimais à
la contempler, à m'en parer ; j'ai été cruellement puni de l'espèce d'idolâtrie que j'avais
vouée à ce bijou. Pressé par le besoin, n'ayant
plus d'autre moyen de pourvoir à ma subsis-
tance, je me vis forcé de me défaire de cet objet chéri. Dans ce but, je me rendis dans la
capitale en profitant de l'occasion d'un voiturier de Kal***, qui y conduisait un étranger.
Dès que j'y fus arrivé, et avant même d'aller à
l'auberge où mon conducteur voulait loger, je
me rendis dans l'atelier d'un bijoutier pour
lui proposer d'acheter ma bague. Par un singulier hasard, elle avait déjà été entre les mains
de cet homme, qui (à ce que j'ai appris depuis) faisait l'infame métier d'espion à gages
des ennemis de notre patrie ; dès que je la lui
présentai, il me témoigna, d'un air rusé, qu'il
s'efforçait de rendre gracieux, ses regrets de
ne pouvoir acheter lui-même, dans le moment,

un objet d'une telle valeur ; mais il ajouta qu'il espérait pouvoir la placer chez une de ses pratiques, qui lui avait demandé, quelques jours auparavant, une bague à-peu-près semblable. Il m'offrit d'aller à l'instant même la montrer à cet amateur, si je voulais la lui confier, et me pria de passer chez lui deux heures plus tard, pour apprendre le succès de sa tentative. Ses ouvriers étaient présens à notre conversation, je consentis fort imprudemment à laisser entre ses mains mon bijou, dont il me donna un reçu. Je sortis, et j'allai me promener sur les remparts de la ville, où je contemplai, avec un étonnement mêlé de dépit, les fortifications énormes que nos vainqueurs y avaient construites pour mieux nous opprimer. Ce ne fut qu'en reprenant le chemin de l'atelier du joaillier, que je réfléchis à la physionomie hypocrite de cet homme, à son regard équivoque et scrutateur, et aux questions indiscrètes qu'il m'avait faites sur le lieu de ma naissance, mon domicile, et même sur ma position pécuniaire ; j'y avais répondu avec toute la franchise d'une bonne conscience ; j'en tirai seulement la conséquence que ce négociant était fort curieux, et qu'il avait des manières déplaisantes : mais il y a dans ce monde tant de choses, tant d'individus qui déplaisent, et auxquels il faut bien s'accoutumer ! On m'a dit si souvent qu'on ne devait pas juger témérairement sur les apparences les plus évidentes, que je fus encore une fois la dupe de ma sotte confiance ; je combattis les soupçons, les appréhensions qui s'étaient élevés dans mon âme. Je doublai le pas, le jour commençait à baisser ; au moment où je tournais le coin d'une rue pour entrer dans celle où est situé l'atelier du bijoutier, je vis un jeune homme qui paraissait me guetter ; dès qu'il m'aperçut, il courut au devant de moi, et me fit signe de le suivre. Il s'arrêta dans un cul-de-sac écarté et solitaire. A quelques pas de là, il me dit à voix basse, avec le ton de la crainte, de l'empressement : « Votre liberté, peut-être votre vie, sont en danger ; croyez-moi, sortez au plus vite de la ville. Je suis un des ouvriers du joaillier auquel vous avez présenté, il y a quelques instans, une bague, et il l'a reconnue pour avoir appartenu à un capitaine de l'armée ennemie. Cet officier était venu dans notre atelier pour faire estimer ce bijou par mon maître, et l'avait acheté en sa présence : ce même officier a été depuis lors assassiné et dépouillé dans les environs de Kal***. Dès que vous avez tourné le dos, mon maître est allé vous dénoncer à la police comme détenteur de cette bague; peu après, il est rentré avec une escouade de gendarmes, qui est cachée dans notre atelier pour se saisir de vous dès que vous y mettrez les pieds : vous êtes perdu si vous y retournez. Croyez-moi sans défiance, je vous le répète. Je suis natif de ce pays, j'ai en horreur nos ennemis, leurs vexations et sur-tout les menées de mon maître, qui leur est vendu; c'est pour les déjouer, c'est par humanité que je vous avertis en bon compatriote; fuyez au plus tôt.

— Que me dites-vous! répliquai-je stupéfait. Mais avant que j'eusse pu demander quelques explications ultérieures, et au moins remercier ce jeune homme de l'avis qu'il me donnait, il avait disparu en courant à toutes jambes.

Malgré le sentiment de mon innocence, je sentis tout le danger de ma position, et profitant des conseils du généreux ouvrier, je changeai de route et sortis de la ville à pas précipités. Peut-être aurais-je dû me défier de cet avertissement; peut-être n'était-ce qu'une ruse abominable pour s'emparer de ma bague; peut-être encore aurais-je mieux fait de retourner chez

7.

le joaillier, d'y faire valoir mes droits de propriété. Une bague peut ressembler parfaitement à une autre. Quelquefois l'innocence, la franchise imposent à la plus noire perfidie. J'aurais pu alléguer tel prétexte que j'aurais voulu pour expliquer comment ce bijou se trouvait entre mes mains; j'aurais pu dire que je l'avais trouvé sur la grande route, ou que j'en avais *hérité de ma mère*. Comment aurait-on pu me prouver le contraire? Et si, malgré mes assertions, on m'avait accusé d'avoir été l'un des assassins du capitaine étranger, et que l'on m'eût fait mon procès, qu'on m'eût condamné à mort, le mal n'aurait pas été grand, il y aurait eu un infortuné de moins sur la terre, et l'on m'aurait bientôt oublié. Cependant, puisque, malgré ce dégoût de la vie que j'éprouvais alors plus que jamais, j'ai été poussé par une espèce d'instinct à mettre, en fuyant, ma triste existence en sûreté, il faut croire que j'ai bien fait. Je vais chercher à être utile à ma patrie, et à trouver une mort plus honorable que celle qui m'était réservée, si j'étais tombé entre les mains de la police. Dans l'état où je suis, toutes les passions se taisent, l'amour et la haine se changent en la plus froide indifférence; je n'ai plus rien à redouter, plus rien à espérer ici-bas. Je n'accuse personne de mes malheurs, j'ai réglé mon compte avec le monde, avec moi-même. Mon bon cousin, ma chère Ulrique, recevez mes derniers adieux; je vous remercie de l'amitié fraternelle que vous m'avez témoignée dans des temps plus heureux; conservez un tendre souvenir à l'infortuné qui n'aspire qu'au repos de la tombe.

« EMMANUEL FRAUBLER. »

Cette lettre n'était point datée.

Lorsque Gertrude, les yeux baignés de larmes, en eut achevé la lecture, Ulrique lui dit : Eh bien, pourras-tu nous expliquer toutes ces énigmes? Je t'avoue que Wildheim et moi nous trouvons cet écrit tellement obscur, tellement inexplicable, que nous ne savons que penser; mon mari croit que tu pourras peut-être nous en donner la clef, c'est dans ce but qu'il m'envoie près de toi.

Il est vrai que personne ne peut mieux que moi expliquer ce funeste mystère, répondit Gertrude avec l'expression d'une profonde douleur. Après avoir gardé quelques instants le silence pour se remettre de l'émotion qui lui ôtait la parole, elle raconta à sa sœur sans

omettre la moindre circonstance, tout ce qui
lui était arrivé depuis un mois. Ulrique fut vivement touchée en écoutant le récit de ce que
sa sœur avait eu à souffrir. Elle se décida à
rester à Kal*** pour aider Gertrude à soigner leur père, dont l'état devenait toujours
plus alarmant, tandis qu'elle-même avait besoin
de repos et de ménagemens pour rétablir sa
santé, que de si violentes secousses avaient attaquée.

L'automne avançait, déjà les arbres se dé-
pouillaient de leurs feuilles; le marguillier
s'affaiblissait de jour en jour, bientôt il expira
doucement dans les bras de ses trois enfans,
laissant à peine de quoi suffire aux frais de sa
sépulture, même en vendant tous ses meubles,
ses effets. Jadis, il avait possédé un petit patri-
moine; à l'aide des appointemens de sa place,
il avait joui d'une certaine aisance, et avait pu
donner une excellente éducation à ses filles;
mais le fléau de la guerre, les réquisitions, les
logemens militaires, l'avaient complétement
ruiné. La maison qu'il occupait était une propriété communale dont la jouissance était affec-
tée à l'emploi de marguillier, ses enfans devaient donc l'évacuer incessamment pour faire
place à son successeur. Ces infortunés se trou-

vaient sans feu ni lieu, Gertrude accepta avec reconnaissance l'offre que lui firent sa sœur Ulrique et son beau-frère Wildheim d'aller habiter chez eux avec le petit Gottwalt. Peu de jours après avoir rendu les derniers devoirs à leur père, elle partit en disant un éternel adieu au lieu de sa naissance, pauvre, dénuée de toute ressource, épuisée de fatigue, de chagrin, avec une santé délabrée, et désolée d'être désormais à la charge de sa sœur, qui cependant lui témoignait la plus vive tendresse : Wildheim aussi l'accueillit avec l'amitié la plus fraternelle dans sa solitaire demeure, au milieu des bois.

CHAPITRE VII.

Déjà Gertrude y avait passé huit mois; l'hiver s'était écoulé pour elle dans une tranquillité dont elle n'avait pas joui depuis longtemps; sa santé s'était rétablie. Elle s'occupait à soulager sa sœur dans les soins du ménage, et s'occupait avec tendresse à diriger l'enfance de deux jolis petits garçons dont Ulrique était mère. Elle donnait aussi des leçons à Gottwalt, et remarquait avec étonnement les développemens que l'esprit de cet enfant avait pris pendant son séjour dans la tour, et les connaissances qu'il y avait acquises. La peine que l'étranger avait dû se donner pour arriver à cet heureux résultat; les bontés qu'il avait témoignées à son jeune compagnon pendant sa captivité, la réconcilièrent avec cet homme et adoucissaient le souvenir des tourmens qu'il lui avait fait éprouver.

Le printemps vint, Gertrude trouva de nouvelles occupations agréables, salutaires dans la culture du jardin de sa sœur. Cependant elle n'avait pu reprendre encore son ancienne

sérénité. Le souvenir d'Emmanuel troublait la
paix de son cœur ; elle se regardait comme la
cause innocente de ses malheurs ; elle ne doutait pas qu'étant décidé à chercher la mort, il
n'eût pris du service dans l'armée nationale,
sa lettre l'indiquait assez clairement. Elle fré-
missait en pensant aux dangers auxquels il serait exposé tant que durerait la guerre, et s'il
devait périr, elle sentait qu'elle s'accuserait
seule de sa fin, dont elle ne se consolerait
jamais.

Enfin on reçut l'heureuse nouvelle que la
paix venait d'être conclue ; elle se répandit
rapidement dans les parties les plus reculées
du royaume, et porta la joie dans tous les
cœurs, même dans celui de Gertrude, où l'espoir commença à renaître. Si Emmanuel vivait encore, elle ne doutait point qu'il ne revînt dans sa ville natale : elle sentait qu'il lui
serait facile de se justifier à ses yeux ; elle espérait qu'elle pourrait encore être heureuse.
Son teint, jusqu'alors décoloré, reprit toute
sa fraîcheur, ses beaux yeux bleus tout leur
éclat ; elle était plus jolie que jamais, à mesure
que le calme rentrait dans son âme.

Ne vous opposez pas plus long-temps à mes
projets, dit-elle un matin en déjeunant à sa

sœur et à son beau-frère, reprenant ainsi une conversation qu'elle avait souvent entamée depuis quelques jours. Je sens toujours plus vivement que je dois vous être à charge; vous n'avez pas de fortune; les appointemens de la place de garde-forêt forment tout votre revenu; vous avez des enfans qui grandissent et dont l'éducation augmentera vos dépenses. Si vous avez la bonté de garder Gottwalt auprès de vous; si vous, mon cher Wildheim, vous voulez bien l'instruire dans la profession que vous exercez, et pour laquelle il montre des dispositions, vous ferez déjà plus pour nous qu'on ne pourrait l'exiger, et que vos moyens ne vous le permettent. Quant à moi, permettez que je vous quitte, que je cherche à gagner ma vie. Je sais faire tous les ouvrages de mode; je suis en état de donner à de jeunes demoiselles leur première instruction. Les petits services que je vous rends ne paient pas à beaucoup près ce que vous coûte mon entretien; il serait injuste que je continuasse à vivre à vos dépens, puisque j'ai quelques moyens de pourvoir moi-même à mon existence par mon industrie.

Ulrique et Wildheim lui firent en vain de nouveau les plus tendres objections, l'assurèrent qu'ils se trouvaient trop heureux de la posséder chez eux, qu'elle leur était éminemment utile ; elle persista avec fermeté dans sa résolution.

Enfin, ma chère Gertrude, dit Wildheim, si vous voulez absolument nous faire le chagrin de nous quitter, je ne m'y opposerai plus, et puisque vous le désirez, je ferai mon possible pour chercher une place qui puisse vous convenir ; mais souvenez-vous bien que si vous n'étiez pas heureuse, notre maison vous sera toujours ouverte, que vous y serez reçue à bras ouverts, et que vous y trouverez en tout temps un asile.

Il serait difficile, ajouta-t-il après avoir reçu les plus tendres remercîmens de Gertrude émue jusqu'aux larmes, de trouver à Kal*** une place telle que vous la désirez, vous ne pourriez même y gagner votre vie par le travail de vos mains, vous savez que tous les habitans de cette ville sont réduits à la misère ; mais il serait possible que je pusse vous placer au château de Weilbach : vous savez qu'il n'est qu'à cinq lieues d'ici, vous resteriez alors dans notre voisinage ; nous serons à même de vous voir souvent et de veiller à votre bien-être.

— Weilbach ! s'écria Gertrude en rougissant

jusqu'aux yeux : n'est-ce pas le château où
notre cousin Emmanuel servait en qualité de jardinier avant l'invasion des ennemis ? N'a-t-il
pas été dévasté et pillé ? Je le croyais inhabité.

— En effet, répondit le garde-forêt, le propriétaire l'avait abandonné, car les ennemis
n'y ont laissé que les murs ; mais j'ai appris, il
y a quelques jours, qu'on travaille avec activité
à lui rendre son ancien lustre. La comtesse
d'Alming, épouse du propriétaire, doit même
y être arrivée avant-hier pour diriger et accé-
lérer les travaux.

— Vous vous trompez, mon cher Wildheim,
reprit Gertrude, Emmanuel m'a dit souvent que
son maître, le comte d'Alming, n'était pas marié.

— J'ai appris, répliqua Wildheim, par un
paysan de Weilbach, qui vint, hier au soir,
chercher du bois dans nos forêts, que l'ancien
propriétaire, qui était en effet célibataire et qui
avait été rejoindre l'armée de notre monarque,
était mort au champ d'honneur. Son frère, qui
servait aussi dans la même armée, a hérité de
toute sa fortune, c'est lui qui est aujourd'hui
propriétaire de la terre de Weilbach.

— Et qui sait, dit Ulrique, si Emmanuel n'a
pas cherché à rentrer au service de cette maison, à y reprendre son ancien emploi de jar-

dinier. Feu le comte était parfaitement content de lui et l'aurait certainement toujours gardé à son service. Peut-être notre cousin est-il déjà à Weilbach.

— C'est justement pour cela que je ne voudrais pas chercher à obtenir une place dans ce château, reprit Gertrude après un moment de réflexion ; j'avoue que j'envisagerais comme le plus grand bonheur auquel je pusse aspirer de revoir Emmanuel, de m'expliquer avec lui au sujet des funestes circonstances qui l'ont éloigné de moi ; mais un sentiment qui n'est pas uniquement de la fierté, me défend de chercher à vouloir en apparence me rapprocher de lui, et entreprendre une justification à laquelle il n'ajouterait peut-être pas plus de foi qu'à celles que j'ai si souvent entreprises. J'ai déjà trop souffert de son injuste méfiance, de ses soupçons, de ses reproches, pour m'y exposer encore en allant au-devant de lui ; il devait assez me connaître pour me les épargner. Cependant je n'ai jamais douté de son amour, et je lui ai conservé le mien : s'il revient à moi, tout sera oublié ; oui, nous pourrons encore être heureux. Et si malheureusement, ajouta-t-elle avec un profond soupir, il avait péri dans les combats, je ne pourrais habiter les

lieux où il était naguère si heureux, où chaque objet me parlerait de lui, me rappellerait
sa perte. Ainsi donc, mon cher Wildheim, si
vous voulez avoir la bonté de vous occuper de
mon sort et de chercher à me placer, que ce
ne soit pas à Weilbach.

Ici finit cette conversation; la famille se sé-
para, Gertrude alla s'occuper du jardin. Elle
y était à peine depuis un quart d'heure, lorsqu'elle vit avec surprise une calèche élégante
attelée de quatre beaux chevaux s'avancer
lentement, au travers du bois, sur le chemin
étroit et raboteux qui aboutissait à l'habitation
du garde forestier. Cet équipage s'arrêta devant
la porte de la maison; un laquais descendit du
siége, ouvrit la portière, une dame d'environ
quarante ans, belle encore, d'un maintien
rempli de grâce et de dignité, descendit de
cette voiture.

Wildheim était accouru. Je viens chercher
ici, dit l'étrangère en le saluant avec aménité,
une jeune personne nommée Gertrude Heilmann, on m'a dit qu'elle habitait chez vous.

En effet, madame. C'est ma sœur, la voici
avec ma femme dans le jardin, dit-il en les
montrant; car la curiosité les avait attirées auprès
de la haie qui les séparait de la cour.

A l'instant, l'étrangère s'approcha d'elles avec une physionomie pleine d'affabilité et de sérénité qui contrastait avec les vêtemens de deuil qu'elle portait. Elle regarda un instant en silence, avec un regard où se peignaient la satisfaction et la bienveillance, la pauvre Gertrude, qui baissait les yeux en rougissant.

— Il ne faudra, mon enfant, que peu de mots pour vous expliquer ce qui m'amène près de vous. Je suis venue me fixer dans une terre que je possède à quelques lieues d'ici, et je désire trouver une compagne qui soit au fait mieux que je ne le suis des usages et des mœurs de cette contrée que je n'ai jamais habitée, et où mes gens sont aussi tout-à-fait étrangers : on m'a dit tant de bien de vous, Gertrude, que je n'ai pas hésité à vous choisir, avant même d'avoir fait d'autres recherches. J'arrive pour vous faire moi-même mes propositions, je vois avec grand plaisir que votre extérieur répond à tout ce qu'on m'a rapporté de votre caractère. Je suis la comtesse d'Alming de Weilbach.

— Ah! madame, répondit Gertrude avec le plus grand embarras, comment ai-je mérité une telle distinction? Qui a pu vous parler d'une jeune fille ignorée, qui ne connaît ni le

ton ni les manières des personnes de votre
rang, n'ayant jamais vécu qu'avec mes égaux ?
Madame, je ne suis pas digne de l'honneur
que vous daignez me faire et je suis incapable
de remplir les devoirs de la place que vous
avez la bonté de m'offrir.

— Si vous n'avez pour la refuser, ma chère
enfant, reprit la comtesse avec une aimable
vivacité, que les motifs que vous alléguez, sans
doute par excès de modestie, notre affaire est
conclue : n'hésitez donc plus et consentez à venir à Weilbach. Je ne vous parle pas encore des
avantages que je vous offrirai, soyez assurée
que vous en serez pleinement satisfaite. Rien
ne sera plus facile que de remplir les devoirs
que je vous imposerai : le cœur les dictera.

La chaleur que mettait la comtesse dans sa
conversation avec une jeune fille qu'elle voyait
pour la première fois ; les instances qu'elle faisait pour parvenir à son but, confirmèrent Gertrude dans l'idée qu'Emmanuel était à Weilbach.
Lui seul pouvait l'avoir ainsi recommandée à
la comtesse. Elle en éprouvait un sentiment
bien doux ; cependant elle sentait encore de la
répugnance à se rapprocher de lui avant qu'elle
se fût expliquée. Gertrude gardait le silence ;
au milieu de ses combats intérieurs, elle ne

savait à quoi se décider : mais Wildheim et sa femme voyaient dans les propositions de la comtesse une voie presque miraculeuse de la Providence, et la bénissaient du bonheur qu'elle présentait à leur sœur chérie. Ils joignirent donc leurs instances à celles de la comtesse pour engager Gertrude à ne pas rejeter une offre aussi flatteuse qu'inattendue, elle-même en sentait tout le prix. Craignant de blesser ses parens en persistant dans ses refus, elle céda non sans peine et avec une extrême timidité. J'aurai besoin de beaucoup d'indulgence, madame, dit-elle d'une voix étouffée par les larmes qu'elle s'efforçait en vain de retenir; mais je ferai les plus grands efforts, je mettrai tout mon zèle à me rendre digne de vos bontés et de la confiance que vous daignez m'accorder sans me connaître. Quand désirez-vous que je me rende à Weilbach?

Le plus tôt possible, ma chère enfant, reprit la comtesse; et si vous le pouvez, venez-y avec moi; pour que vous ne vous trouviez pas trop isolée dans ma maison, et qu'une séparation aussi subite avec de bons parens ne vous soit pas trop douloureuse, j'ai songé à la rendre moins pénible : je sais que vous avez ici un jeune frère, nous l'emmenerons avec nous. Il

8

ne vous quittera point , je me charge de son
éducation.

Gertrude , saisie d'étonnement , ne pouvant
concevoir ce qui lui procurait tant de bienfaits,
témoigna à la comtesse sa profonde reconnaissance, consentit à partir avec elle, et rentra
dans la maison pour faire ses paquets et ceux
de Gottwalt ; ce qui ne lui prit pas beaucoup de
temps. Lorsqu'elle retourna au jardin , elle remarqua que la comtesse s'entretenait avec Wildheim et sa femme , avec un air de mystère.
Dès qu'elle parut sur le seuil de la porte. cette
conversation fut brusquement interrompue.
Gertrude amenait Gottwalt , qu'elle présenta à
sa bienfaitrice ; la physionomie vive et spiri-
tuelle de cet enfant parut plaire à la comtesse,
qui l'accueillit avec la plus grande bienveillance,
et fut ravie de la franchise avec laquelle il l'assura qu'il était très-content du sort qu'elle
lui préparait , et qu'il irait volontiers par-tout
où l'on voudrait le conduire, pourvu qu'on ne
le séparât pas de sa bonne sœur Gertrude.

Les préparatifs du départ furent bientôt terminés ; Gertrude , profondément émue, fit de
tendres adieux à Ulrique et à Wildheim , et se
plaça dans la voiture, à côté de la comtesse, que,
quelques instans auparavant , elle ne connais-

sait pas. Trois heures plus tard, ils arrivèrent
à Weilbach, où l'on avait tout préparé pour la
réception des enfans du marguillier. Le château
était encore fort délabré ; cependant, une partie des nombreux appartemens qu'il contenait
était déjà réparée et mise en état de loger les
propriétaires. L'intendant, bon et respectable
vieillard, occupait le rez-de-chaussée : ce fut
à lui que la comtesse remit Gottwalt ; il élevait un petit-fils âgé de dix ans, dont le frère
de Gertrude pouvait partager l'instruction :
elle assigna à sa dame de compagnie une jolie chambre contiguë à la sienne, simplement,
mais commodément meublée. La comtesse la
comblait d'amitiés ; elle s'entretint avec elle
pendant le reste de la soirée, et la mit au fait
des devoirs qu'elle aurait à remplir. Ils étaient
bien légers et bien agréables ; la comtesse n'exigeait de sa compagne que de l'aider à surveiller
sa maison, l'accompagner dans ses promenades,
lui faire quelques lectures, et rester constamment près d'elle. Elle s'efforçait, avec la plus
grande bonté, de dissiper la timidité que la
jeune fille ne pouvait encore vaincre, en présence d'une dame d'un rang aussi élevé ; elle
voulait gagner sa confiance en lui accordant la
sienne. Retirée enfin dans sa chambre, Ger-

trude s'approcha de la croisée, qui donnait sur
un grand parc que la lune éclairait ; elle réfléchissait à la tournure inattendue que venait de
prendre sa destinée, et cherchait en vain à deviner ce qui avait pu causer un tel changement. Elle croyait rêver et craignait que le
réveil ne lui ravît de si flatteuses illusions;
Gertrude pensait avec ravissement qu'Emmanuel pouvait être près d'elle, qu'il allait peut-
être lui être rendu, que c'était à lui seul qu'elle
était redevable d'un bonheur qu'elle était si
loin d'espérer, et auquel le retour de la tendresse de cet ami tant regretté devait mettre
le comble.

CHAPITRE VIII.

Le lendemain matin, après le déjeuner que
Gertrude avait pris avec la comtesse, dont elle
devait partager tous les repas, celle-ci la pria
de l'accompagner dans le jardin, où elle voulait examiner quelques travaux qui avaient dû
être exécutés la veille pendant son absence.
Elle s'arrêta devant un massif de fleurs à moitié détruit, et qu'elle avait l'intention de faire
rétablir; elle réfléchit quelques instans, et tout-
à-coup elle s'écria : Il me vient une excellente
idée ! il faut que je la communique à mon maître
jardinier, afin qu'il me donne son avis sur mon
projet, et s'il l'approuve, qu'il mette tout de
suite la main à l'œuvre. Ma chère Gertrude,
dit-elle à sa compagne, qui, préoccupée de l'i-
dée qu'elle pourrait rencontrer Emmanuel, et
n'étant pas maîtresse de son émotion, osait à
peine lever les yeux; ma chère Gertrude, je
l'aperçois là-bas, derrière ces arbres; veuillez
avoir la bonté d'aller l'appeler et de l'amener
ici.

Gertrude, excessivement troublée, se tourna

du côté que la comtesse indiquait, et vit en
effet un homme de la taille d'Emmanuel, qui
travaillait à cinquante pas de là, dans une pé-
pinière d'arbres fruitiers. Ciel ! pensa-t-elle,
quel moment ! Elle se mit en route en tremblant pour remplir sa commission. A chaque
pas, son cœur se serrait davantage, ses genoux
fléchissaient, elle pouvait à peine avancer. Le
jardinier lui tournait le dos et ne la voyait
point ; elle eût été incapable d'élever la voix
pour l'appeler. Enfin, elle est près de lui et
prononce d'une voix étouffée : Monsieur, madame la.... ; le jardinier se tourne, ce n'était
pas lui, ce n'était pas Emmanuel ; elle voit un
visage tout-à-fait inconnu. Soulagée de son
émotion, mais affligée de voir son espoir déçu,
elle lui communiqua les ordres de sa maîtresse ;
il vole près de la comtesse, et elle le suit lentement.

Dans le courant de la journée, elle eut occasion de voir tous les gens de la comtesse, que
celle-ci lui présenta l'un après l'autre, en leur
ordonnant d'avoir pour son amie autant d'é-
gards que pour elle-même, et Gertrude acquit
la triste conviction qu'Emmanuel n'était point
parmi eux ; elle n'entendit pas même prononc-
cer son nom, et n'osa faire aucune question

sur lui ; elles eussent été d'ailleurs infruc-
tueuses, selon toute apparence ; car les domestiques étaient étrangers à la contrée : ce ne
pouvait donc être à lui qu'elle devait les recommandations qui l'avaient amenée à Weilbach. Elle recommença à penser douloureusement qu'elle ne le reverrait jamais, que peut-
être il était mort pendant la guerre. Gertrude
retomba dans une noire mélancolie. Cependant,
la comtesse continuait à faire tout ce qui était
en son pouvoir pour la distraire et lui rendre
agréable son séjour au château. Chaque jour,
elle lui donnait de nouvelles preuves de sa bienveillance, de sa confiance, lui faisait mille petits cadeaux, et la traitait comme une sœur.
Gertrude perdit au moins bientôt sa timidité,
et fut tout-à-fait à son aise avec sa bienfaitrice
sans perdre de vue le respect qu'elle devait à
son rang. Elle n'osa cependant lui confier le
mortel chagrin qui pesait sur son cœur, elle
cherchait au contraire à le dissimuler en présence de la comtesse ; sans le souvenir d'Emmanuel, elle aurait été parfaitement heureuse.

Dès son arrivée à Weilbach, la comtesse lui
avait parlé de son époux, le général d'Alming,
qui après avoir servi avec gloire son roi et sa
patrie, avait donné sa démission, et voulait

venir s'établir pour toujours dans ses terres,
pour se reposer des fatigues de la guerre, et
se vouer à la vie champêtre : il était encore retenu à la cour par des affaires importantes. Six
semaines s'étaient écoulées lorsqu'il annonça
son prochain retour, et fixa le jour de son arrivée. Dès le matin de ce jour si impatiemment attendu par la comtesse, elle déclara
qu'elle voulait aller à la rencontre du comte,
à quelques lieues de là ; mais au lieu de proposer à Gertrude de l'accompagner, comme
elle le faisait toujours lorsqu'elle sortait en voiture, elle la pria de rester pour surveiller les
préparatifs, et fit appeler Gottwalt, disant,
que pour aujourd'hui, elle se contenterait de
la compagnie de cet enfant, auquel elle témoignait aussi toujours beaucoup de tendresse. Il
habitait chez l'intendant et mangeait avec lui ;
ses journées étaient employées à son instruction, mais chaque soir il passait quelques
heures avec la comtesse et Gertrude, et les
amusait par ses saillies enfantines.

Gertrude, restée seule au château et ayant
rempli les ordres de la comtesse, sortit enfin
pour aller se promener dans le parc, attirée par
la beauté du temps et la fraîcheur de l'om-

brage. Il était midi, les ouvriers, les domestiques étaient allés dîner ; le parc était désert.
En parcourant ces longues et sombres allées,
elle rêvait tristement à Emmanuel ; elle redoutait aussi l'arrivée du comte, craignant que sa
présence n'éloignât d'elle sa bienfaitrice, et ne
troublât la vie douce, paisible, qu'elle avait
menée jusqu'alors. Elle reprenait un accès de
la timidité qu'elle avait eu tant de peine à surmonter, en pensant qu'elle allait se trouver en
face d'un grand seigneur, d'un officier aussi distingué, qui lui imposerait sans doute par ses
manières et son ton militaire. Plongée dans ces
réflexions, elle avait atteint l'extrémité du parc,
et se trouvait sur un point d'où la vue s'étendait sur une riante vallée, traversée par une
petite rivière qui serpentait en gracieux con-
tours sur de vastes et belles prairies. Gertrude
aimait de préférence cette place solitaire, d'où
elle découvrait au loin les montagnes dont sa
ville natale est environnée. Tout-à-coup,
son attention fut attirée par un bruit dans les
broussailles de la forêt, à quelques pas d'elle ;
elle tourna les yeux du côté où elle l'avait entendu. Non, cette fois, ce n'était plus une illusion ! Immobile de surprise et de saisissement, ses yeux restèrent fixés sur l'apparition

9

qui se présentait à elle. C'était la figure d'un
homme qui écartait les buissons pour s'avancer de son côté; c'était Emmanuel, son cousin, son ami, son amant! mais il portait la
livrée de l'indigence; ses habits étaient usés
et grossiers, et son teint hâlé; il s'approchait
avec timidité, au lieu de voler dans les bras
de son amie : cependant, sa physionomie n'exprimait ni courroux ni rancune, il avait seulement l'air triste et abattu.

— Est-ce bien toi, Emmanuel, mon cher
Emmanuel ? Tu ne m'as donc pas oubliée ?
s'écria Gertrude avec l'abandon de la tendresse, en se précipitant au devant de lui et en lui
tendant la main.

— Déjà depuis hier, répondit-il, je rôde
dans ces environs autour du parc et du château, espérant au moins t'apercevoir de loin;
je n'osais aspirer à rien de plus, depuis qu'il
s'est fait un si grand changement dans nos
conditions réciproques. La Providence t'a placée dans une position brillante et digne d'envie; tandis que moi, je lutte encore contre
le malheur et l'indigence, qui n'ont cessé de
me poursuivre.

Gertrude fut blessée d'un accueil aussi froid,
aussi singulier. Elle l'attribua à la funeste

défiance de son cousin, et crut qu'il nourrissait encore ses anciens et injustes soupçons. Cependant, voulant ménager ce caractère si ombrageux et ne désespérant pas de
le ramener à plus de confiance, elle s'efforça
de dissimuler son sentiment, et répliqua du
ton le plus affectueux : Il est vrai que, par
une disposition presque miraculeuse de la divine Providence, j'ai obtenu un sort bien
plus heureux que je n'eusse jamais osé l'espérer; mais ma nouvelle position n'a point
altéré mes sentimens pour toi. La peine que
tu as prise de venir me chercher ici me prouve
que tu es enfin revenu de tes erreurs, et que
de plus mûres réflexions t'ont convaincu que
tu ne dois plus douter de mon amour, de mon
innocence, de ma sincérité. Je n'ai donc pas
besoin de te jurer que, malgré les grands
avantages, les agrémens que ma place dans
le château et l'amitié de madame la comtesse
me procurent, mon cœur t'appartient toujours
tout entier; que je suis prête à tout quitter
pour partager ton sort, fût-il encore plus malheureux.

— Je ne pourrais, en effet, t'offrir que le
sort le plus misérable, répliqua-t-il avec la
même contrainte. Fatigué de la vie oisive que

9.

j'ai menée depuis long-temps, et plus encore
des vains efforts que j'ai faits, soit dans l'é-
tranger, soit dans ma patrie, pour trouver
une place de jardinier-fleuriste, j'ai pris le
parti de renoncer à jamais à cette profession,
que j'avais apprise à grands frais et que j'aimais dans des temps plus heureux, pour en
embrasser une qui a du moins quelques rapports avec la première : je suis devenu simple
laboureur; j'ai pris à ferme un chétif et petit
domaine de paysan, distant de vingt lieues de
ce village. Le sol, peu favorisé par la nature,
ne peut être rendu productif et fournir à mon
existence qu'à force des travaux les plus pénibles et les plus assidus. J'habite une misérable chaumière, vieille, dépourvue de toutes
les commodités de la vie. Cependant je ne
puis me passer d'une épouse, d'une ména-
gère active, d'une compagne dévouée qui
veuille partager mes peines, mon indigence
et mes rudes travaux. C'est sur toi qu'est tombée ma première pensée; je n'ai plus mis en
doute ton attachement et la foi de tes sermens, si souvent répétés. J'ai donc été te chercher à Kal***, où je croyais te trouver aussi
pauvre que moi. Ayant appris la mort de ton
père, alors j'aurais osé te proposer ma main,

et mon cœur qui n'a cessé d'être à toi. Mais j'ai appris que tu avais eu le bonheur d'être placée ici d'une manière digne de toi, aussi brillante qu'elle est avantageuse. Comment oserais-je prétendre t'arracher à un sort aussi désirable? Cependant j'ai été entraîné, presque malgré moi, à venir dans ces lieux, te revoir une dernière fois et te dire que je t'aimerai toujours, qu'une femme, même celle que je serai obligé de m'associer, ne pourra effacer ton souvenir de mon âme, et que je ne goûterai jamais un instant de bonheur loin de toi : c'est l'unique but de mon voyage.

En prononçant ces mots, il jetait sur Gertrude un regard scrutateur, où se peignait la plus vive tendresse.

Je t'ai donné ma foi, ma parole sacrée, s'écria Gertrude sans hésiter, et je suis décidée à la tenir : oui, mon Emmanuel, reçois le serment que je suis, que je serai toujours à toi. Les plus rudes travaux, la plus accablante misère, les privations les plus pénibles, rien, rien ne me coûtera, si je puis les partager avec toi, si je puis te soulager, t'aider à les supporter, et sur-tout si je puis être assurée de ton amour et de ta confiance. Dès aujourd'hui je ferai à la comtesse un aveu sincère de nos anciens engagemens, de notre rencontre, et de mon inébranlable résolution de m'unir à toi. Son cœur est trop sensible, trop généreux pour qu'elle ne me rende pas ma liberté; et dût-elle me la refuser, je saurai faire valoir mes droits à en jouir.

Un rayon de ravissement le plus pur brilla dans les yeux d'Emmanuel. Ah! comment ai-je jamais pu douter de ton cœur? s'écria-t-il à son tour en la serrant dans ses bras; comment pourrai-je jamais réparer mes torts et tous les chagrins que je t'ai faits?

Leur conversation fut interrompue par un grand bruit de chevaux et de voitures, qui partait de la cour du château. Voilà déjà le comte et la comtesse qui arrivent, dit Gertrude; je ne puis rester une minute de plus. Adieu, cher Emmanuel : pardonne si je te quitte, c'est pour hâter le moment de notre bonheur, de notre réunion, pour ne plus jamais nous séparer. Reviens ici à cette place demain à la même heure, et j'espère, je suis certaine même que je t'annoncerai la décision de notre sort. Elle s'arracha des bras de son ami, et reprit en courant le chemin du château.

CHAPITRE IX.

Quel fut son saisissement lorsque, après avoir traversé la foule de chevaux, de domestiques, de voitures et de villageois ravis de l'arrivée de leur seigneur, dont les cours étaient encombrées, elle entra dans le salon, et reconnut, au premier coup-d'œil, dans la personne du comte, ce même proscrit qui, l'année précédente, s'était présenté à elle sur les escaliers de la tour de Kal***, lui avait arraché son frère, et l'avait forcée, par les plus horribles menaces, de lui accorder un asile et de fournir à son entretien durant plusieurs semaines, au risque de sa vie. Cependant l'aspect effrayant de cet homme, jadis si terrible, avait bien changé. Il portait le brillant uniforme de son grade de général ; sa physionomie était douce, pleine d'aménité ; le son de sa voix n'avait plus cette rudesse qui la faisait trembler ; mais la profonde cicatrice sur son front, ses yeux noirs, vifs et brillans ne permettaient pas de le méconnaître. Dès qu'elle parut à la porte de l'appartement, la

comtesse courut à elle en lui disant avec amitié : Où restez-vous donc, ma chère enfant ?
Mon mari est impatient de faire la connaissance de ma nouvelle aimable et bonne amie,
qui a si bien su adoucir l'ennui de son absence.
Puis la prenant par la main, elle la conduisit
auprès du comte et la lui présenta. Celui-ci
lui fit l'accueil le plus bienveillant, mais en
se donnant l'apparence de la voir pour la première fois. Il la remercia affectueusement des
soins qu'elle avait donnés à son épouse, qu'il
félicitait d'avoir trouvé une compagne aussi
douce, aussi jolie. Gertrude, troublée et confuse,
osait à peine lever les yeux, et ne put que bal-
butier quelques mots inintelligibles. Le comte
lui fit encore quelques questions sur le lieu de
sa naissance, son nom et sa famille, comme
il les aurait adressées à une personne complétement inconnue, elle ne put y répondre que
par monosyllabes; puis, après avoir ajouté encore quelques paroles obligeantes pour la rassurer, il se détourna pour aller parler à son
intendant, au pasteur du lieu et aux notables
du village, qui venaient lui présenter leurs
hommages : Gertrude se retira dans l'embra-
sure d'une croisée pour réfléchir à cette singulière rencontre et tâcher de se remettre de

son trouble. Maintenant elle commençait à
comprendre pourquoi elle avait été attirée
dans le château de Weilbach; et les prévenances de la comtesse n'étaient plus une
énigme; le comte lui avait tenu sa parole et
lui avait prouvé sa reconnaissance de la manière la plus noble, la plus délicate. Elle lui
en savait gré et lui pardonnait sincèrement
tous les tourmens qu'il lui avait fait éprouver.
Elle était touchée jusqu'au fond de l'âme; le
sentiment de sa propre reconnaissance versa
un peu plus de calme, d'assurance dans son
cœur agité. Mais elle ne pouvait concevoir
pourquoi le comte dissimulait avec elle et ne
se faisait pas reconnaître; c'était sans doute
pour éviter une explication embarrassante.
Cependant elle allait s'éloigner de nouveau
de ses généreux bienfaiteurs, se donner l'apparence de la rancune, montrer un apparent
dédain pour leurs bontés et le bonheur qu'ils
lui offraient; elle s'exposait à paraître ingrate,
orgueilleuse à leurs yeux, et cela pour échan-
ger un sort aussi fortuné contre les peines et
la misère. Son cœur se serra de nouveau;
mais elle pensa à son cher Emmanuel : sa résolution ne fut point ébranlée. Comment, se
disait-elle, pourrais-je vivre dans le bien-

être, tandis que je le saurais en proie à l'indigence, à la douleur? Je n'aurais point de jouissance : la seule à laquelle je puisse aspirer, c'est de partager sa misère et de l'adoucir.

Cependant le comte ne lui adressa plus la parole jusqu'au moment du repas, et continua à s'entretenir avec ses gens d'affaires ou avec son épouse, qui ne songeait qu'au bonheur de le revoir, et le lui témoignait par les plus tendres démonstrations. Gottwalt n'avait point paru dans l'appartement, Gertrude en fut étonnée; elle aurait voulu le voir et lui demander s'il avait aussi reconnu le compagnon de sa reclusion; mais la comtesse ne lui permit pas de sortir, et lui dit que l'enfant, fatigué de sa course du matin, s'était endormi si profondément dans la voiture, qu'il ne s'était point réveillé en arrivant et qu'on l'avait porté sur son lit.

Même au commencement du dîner, où Gertrude assista comme à l'ordinaire, le comte ne lui témoigna aucune attention particulière : le pasteur, l'intendant et le bailli y étaient aussi invités, le comte leur raconta sa dernière campagne sans en omettre aucun détail ni aucune circonstance. Ce récit fort long durait

encore lorsqu'on servit le dessert ; il était alors
au moment de l'invasion des ennemis dans la
province où est située la ville de Kal***, il disait que, poussé par le désespoir de la funeste
chance de la guerre, il s'était mis à la tête
d'un corps de partisans qui s'était formé dans
les défilés des montagnes environnantes, pour
conserver à son roi au moins cette position
presque inexpugnable, et porter autant de dom-
mage que possible à l'ennemi en restant sur les
derrières de sa grande armée, qui avançait
toujours. Il avait pris ce parti, pensant que
le sort des armes changerait, que les ennemis seraient repoussés, et qu'il pourrait leur
couper la retraite ou du moins la rendre plus
difficile. Il parla des exploits de sa petite troupe,
tout en déplorant les excès auxquels elle s'était
livrée contre les habitans de la province, au
mépris de ses ordres les plus positifs ; mais il
l'excusa en disant que son but était d'enlever
aux ennemis toutes les ressources qu'ils auraient pu trouver dans le pays, où régnait un
assez mauvais esprit, qui portait les nationaux
à leur fournir des secours et à trahir ainsi leur
légitime souverain. Il insista sur l'extrême difficulté de soumettre à une discipline régulière
un corps de soldats recueillis de toutes parts,

composé en partie de gens sans aveu et sans
moralité, de vagabonds, de brigands même
qu'il avait dû y admettre pour augmenter ses
forces, ou qui s'y trouvaient déjà lorsqu'il
avait pris le commandement : il ajouta qu'ils
n'avaient aucun moyen de subsister que le pillage et la rapine, et termina après avoir fait le
récit de la défaite totale de sa troupe et du massacre auquel il avait presque seul échappé, en
disant qu'il avait obtenu de son roi des faveurs
abondantes pour la province, qui avait tant
souffert, et des dédommagemens pour ceux de
ses habitans qui les avaient mérités par leur
fidélité. Moi-même, dit-il encore, je suis résolu à employer en grande partie la fortune
qui m'est échue par la mort de mon frère, à
réparer les maux que cette funeste guerre a
versés sur ce pays, puisque j'y ai contribué.

Tout-à-coup se tournant vers Gertrude,
qui était placée à-peu-près vis-à-vis de lui et
qui l'écoutait avec la plus grande attention, il
fit une grimace épouvantable; ses traits, jusqu'alors doux et affables, se décomposèrent et
prirent une expression féroce; d'un son de
voix creux et rauque il dit à la jeune fille : Ne
vous souvenez-vous pas, mon enfant, d'avoir
vu à cette époque un visage pareil à celui-ci ?

Au même instant on vit paraître entre les jambes du comte la petite tête blonde et frisée de Gottwalt sortant de dessous la nappe et regardant sa sœur avec un sourire malin, puis, s'élançant sur les genoux de son ancien ami, jeter ses petits bras autour de la tête du comte et l'embrasser tendrement. Il s'était glissé dans le salon pendant que l'on servait le dessert en se cachant derrière un grand heiduque sans que Gertrude eût pu l'apercevoir, et s'était placé sous la chaise du comte, qui avait préparé cette surprise. La comtesse aussi regardait Gertrude avec un sourire où se peignait la plus tendre reconnaissance.

— Oh! oui certainement, monseigneur, répondit la jeune fille en rougissant et en souriant à son tour, je me souviens de cette physionomie effrayante ; mais dès-lors je suis devenue si courageuse, que je puis l'envisager sans la moindre terreur ; je la vois au contraire avec plaisir, elle me paraît la plus belle, la plus douce que j'aie jamais aperçue. Si vous voulez excuser ma mémoire trop fidèle, j'avouerai à Votre Excellence que je l'ai reconnue au premier coup-d'œil.

— Serait-il possible ? s'écria le comte. Je serais en effet tenté d'être fâché que votre mé-

moire m'ait ôté le plaisir de vous causer une
surprise ; mais soit, je n'en goûte pas moins
celui de me faire connaître à vous sous mes
formes naturelles, qui ne sont en effet pas tout-
à-fait aussi dures. Oui, mon enfant, je suis
touché d'avoir fait sur vous une impression
aussi durable, en me montrant à vous sous des
traits et avec un caractère qui ne sont pas les
miens, et qui certainement n'étaient pas faits
pour gagner votre cœur ; mais j'espère que
vous les oublierez à jamais, et que vous me
pardonnerez la peur que je vous ai faite ; j'y
étais forcé par la plus extrême nécessité : ne
voyez désormais en moi, ainsi que mon cher
petit compagnon de captivité, que votre meilleur ami, votre père. Le ciel m'a refusé le
bonheur d'avoir des enfans, j'en trouve en
vous et vous me dédommagerez de cette priva-
tion. J'avais adopté Gottwalt, dans mon cœur,
lorsqu'il me faisait une si douce compagnie
dans la tour de Kal***, dès aujourd'hui je
l'adopte formellement pour mon fils ; mon au-
guste souverain m'en a accordé la permission ;
je ne veux pas le séparer de sa sœur, qui oc-
cupe le même rang dans mes affections. Et toi
aussi Gertrude, tu es et tu seras toujours ma
fille bien-aimée, mes soins les plus doux et

les plus consolans seront de faire ton bonheur.

Gertrude profondément émue, d'autant plus qu'elle était déterminée à renoncer aux bienfaits inappréciables qui lui étaient offerts, se leva toute en larmes pour aller se jeter aux pieds du comte, lui témoigner sa reconnaissance, mais aussi pour lui faire l'aveu de la résolution qu'elle avait prise de le quitter pour suivre Emmanuel; mais elle fut encore bien plus boulversée quand le comte la relevant et interrompant les remercimens qu'elle balbutiait au travers de ses sanglots, reprit la parole et lui dit : Il suffit, mon enfant, je connais ton cœur, je sais qu'il est digne de tout ce que je veux faire pour toi; j'ai déjà songé à ton avenir; je te prépare un sort qui doit assurer à jamais ton bonheur, et qui ne t'éloignera ni de moi ni de ton frère. Tu peux te fier à la tendresse paternelle que je t'ai vouée, et tu ne refuseras pas la proposition que je vais te faire. Ecoute, ma chère fille.

Tu te souviens du temps affreux qu'il faisait pendant la nuit où je quittai l'asile que tu m'avais accordé dans le clocher de Kal***, je commençai mon périlleux voyage, malgré la pluie, les éclairs, les vents déchaînés, et je me dirigeai sur les montagnes dont je croyais

connaître tous les défilés; mais à la pointe du
jour, je m'aperçus que, dans l'obscurité, j'avais
totalement perdu la route que je voulais suivre.
J'étais près de succomber de fatigue; je craignais
à chaque instant d'être découvert par quelque
patrouille ennemie, ou par quelque traître, qui
m'aurait infailliblement livré, d'autant plus
que je ne pouvais plus sortir de l'endroit où
je me trouvais, sans prendre de nouveau le
chemin d'un village que j'avais traversé à la
faveur des ténèbres. J'essayai en vain de gravir les rochers dont j'étais entouré, pour gagner le revers opposé de la montagne, où j'aurais été en sûreté; j'avais déjà marché pendant
dix heures; mes forces m'abandonnèrent, je
pus à peine encore me traîner dans une profonde caverne, dont l'entrée était masquée
par des broussailles, résolu à m'y reposer
jusqu'à la nuit suivante. J'avais emporté quelques vivres, restes chétifs de ceux que vous
m'aviez fournis la veille; ils servirent à me
soutenir pendant la journée. Dès que l'obscurité le permit, je me remis en marche, et
j'eus le bonheur de retrouver le chemin qui
devait me conduire à la frontière, d'où, en
faisant un long détour, je pourrais rejoindre
notre armée; mais il fallait encore traverser

des montagnes et d'épaisses forêts, jusqu'à ce
que j'eusse atteint l'extrémité de la province.

Dès le second jour, sur le soir, je rencontrai
dans une vallée déserte un jeune voyageur
qui paraissait aussi éviter les chemins frayés,
et qui se dirigeait du même côté que moi. Il
m'acosta ; sa physionomie intéressante et ses
discours m'inspirèrent de la confiance : il paraissait malheureux ; il me dit que des circonstances fâcheuses le forçaient à s'éloigner de sa
patrie, et qu'il avait l'intention d'aller chercher
du service dans l'armée de notre souverain.
Sans me découvrir à lui, je cherchai à sonder
ses sentimens, et ce ne fut que lorsque je fus
bien assuré de sa sincérité et de sa loyauté, que
je lui confiai qui j'étais et où j'allais. Je lui
proposai de m'accompagner, lui promettant
de le seconder dans ses projets lorsque j'aurais rejoint notre armée. Il accepta mes offres
avec reconnaissance et me devint fort utile.
Il avait pris des renseignemens sur la position
de nos ennemis, et m'indiqua les points où
nous pourrions risquer d'en rencontrer. N'o-
sant me montrer dans aucun lieu habité, et
me cachant pendant le jour pour ne marcher
que de nuit, je l'envoyai dans les villages de notre route pour prendre des informations et m'ap-

porter des vivres, qu'il se procurait au moyen
de quelque peu d'argent qu'il avait encore,
mais qui tirait à sa fin. Il me montra toujours
le plus grand dévouement, et chaque jour il
me donnait de nouvelles occasions d'apprécier
encore mieux son noble caractère. Enfin, après
huit jours de la marche la plus pénible, nous
passâmes la frontière, et nous fûmes hors de
danger. Dans la ville de P......., où j'avais
des connaissances, je pus me procurer de l'or
et des vêtemens plus convenables. Je pris la
poste avec mon fidèle compagnon de voyage,
et bientôt nous arrivâmes au quartier général
de notre roi, qui daigna me faire l'accueil le
plus gracieux; il me remercia des services que
j'avais rendus à la patrie, me décerna le rang
de général, et me promit de m'accorder telle
faveur que je lui demanderais. Je me bornai
à solliciter une place de lieutenant pour mon
nouvel ami, auquel j'avais de si grandes obligations : je l'obtins sans difficulté. Dès ce moment, cet excellent jeune homme ne m'a plus
quitté et ne me quittera jamais. Il a fait à mes
côtés la dernière campagne, où il s'est distingué
de la manière la plus honorable. Enfin, dans
la sanglante affaire de F..., où il se signala par
de nouveaux exploits, et fut nommé capitaine

sur le champ de bataille, il me sauva la vie
au péril de la sienne. Oui, mon enfant, lui
aussi, comme toi, a sauvé ma vie ; lui aussi
est devenu mon fils, et je lui dois la plus belle
récompense. Je l'ai trouvée en l'unissant à toi,
ma Gertrude ; en lui donnant pour épouse ma
fille chérie, je suis sûr de le rendre le plus
heureux des mortels. Veux donc me seconder
en lui accordant ta main !

Ici, le comte s'arrêta, et fixa sur Gertrude
un regard pénétrant. La pauvre jeune fille, stu-
péfaite, plus morte que vive, ne pouvait proférer une syllabe, et cherchait en vain des paroles pour faire à son bienfaiteur l'aveu de ses
engagemens avec Emmanuel.

Tu te tais, tu consens donc, mon enfant,
reprit le général d'une voix ferme ; j'étais bien
sûr que tu ne me refuserais pas cette nouvelle
preuve de ton attachement et de ta générosité.

Pardonnez, ô mon bienfaiteur ! s'écria alors
Gertrude avec effort, ce que vous exigez de
moi est impossible. Je ne puis, je ne dois,
sans être parjure, accepter une proposition qui
sans doute ne m'est pas sérieusement faite....
Je ne suis pas digne, monseigneur, de faire
le bonheur de votre ami, mon cœur....

Sur mon honneur, interrompit le comte,

d'un ton impératif, je parle sérieusement, et
dans deux minutes vous en serez convaincue,
et vous verrez votre futur époux. C'est une
chose décidée. J'entends que vous fassiez ma
volonté; vous savez si je sais me faire obéir,
ajouta-t-il en faisant encore une fois la grimace de la tour. Vous et le capitaine, vous êtes
mes enfans; je puis en conséquence m'arroger
sur vous les droits d'un bon père. Je veux
vous rendre heureux, fût-ce même malgré
vous. Vous m'avez tous les deux sauvé la vie,
et je vous dois le plaisir inexprimable de pouvoir faire votre bonheur. Crois, mon enfant,
continua-t-il d'un ton plus radouci, que tu
peux te fier à ma tendresse. Le mari que je te
destine est digne de toi; je suis sûr que tu ne
tarderas pas à le chérir dès que tu l'auras vu.
Je lui ai dépeint ton caractère, ta figure; il
t'aime déjà, il brûle d'impatience de te voir,
de t'offrir lui-même son cœur, sa main. Je vais
le chercher, à ce soir tes fiançailles.

Ah! monseigneur, ayez pitié de moi, s'é-
cria Gertrude avec l'accent de la plus vive
douleur, ne me rendez pas malheureuse et parjure à mes sermens! J'ai donné mon cœur,
j'ai dès long-temps disposé de ma main, de
l'aveu de mon père; vous me donnerez la

mort si vous me forcez à former un autre lien,
et vous causerez celle de l'ami qui ne peut
vivre sans moi ; je viens de le retrouver lorsque
je croyais l'avoir perdu pour toujours, et que
je m'accusais d'être la cause de sa mort.

Elle embrassait les genoux du général, qui,
se levant brusquement et se dégageant d'elle,
s'écria encore : « Il le faut, je le veux ! » Il sortit du salon à pas précipités ; mais un instant
après, il rentra précédé d'un jeune militaire
tenant par la main un officier en grand uniforme et décoré de l'ordre de mérite. Gertrude
n'aperçut que le premier, c'était Philibert. Incapable de réfléchir dans ce cruel moment,
elle crut qu'il était l'époux que le comte lui
destinait. Se rappelant seulement que ce jeune
guerrier avait excité la jalousie d'Emmanuel,
elle s'écria : Oh ! non, non... jamais, et tomba
à moitié évanouie sur le carreau, le visage
contre terre ; elle ne put donc voir que le général conduisait auprès d'elle l'autre officier
qui l'accompagnait, en disant : Mon ami, recevez de ma main l'épouse que j'ai choisie pour
vous ; et vous, Gertrude, persisterez-vous encore à le refuser ?

La jeune fille ne pouvait et ne voulait relever sa tête, et restait immobile sur le plancher,

lorsqu'elle se sentit doucement saisie par un
bras qui s'efforçait de la soulever, et qu'elle
entendit les accens chéris de son Emmanuel,
qui lui disait : Viens donc sur le sein de ton
heureux époux ! C'était en effet lui-même que
le comte avait amené ; elle pousse un cri de
surprise et se jette dans ses bras.

Veuillez me pardonner encore cette épreuve,
ô ma tendre amie, lui dit-il en lui prodi-
guant les plus douces caresses : c'est la dernière
que ma fatale défiance m'ait inspirée, je la
bannis à jamais de mon cœur. Notre généreux
et noble bienfaiteur, à qui je dois plus qu'à
mon faible mérite ce que je suis, l'état honorable où il m'a placé, et le bonheur inappré-
ciable de te posséder, y a consenti à regret ;
il me répondait de ton amour. Oublions le
passé, jouissons de notre félicité, et de la
riante perspective qui nous sourit dans l'avenir.

C'est ce que je voulais, dit le général, je
ne souffrirai point de démenti. A ce soir vos
fiançailles.

La comtesse, qui avait souffert des tourmens
dont on accablait sa jeune amie, s'approcha
de l'heureux couple avec Gottwalt ; elle serra
à son tour Gertrude dans ses bras, et lui dit :

Toujours, toujours tu seras ma fille! Tous trois
vous serez mes enfans chéris ! nous ne nous sé-
parerons jamais, et jusqu'à mon dernier jour
je bénirai le ciel de m'avoir accordé une si
aimable famille.

Lorsque le calme fut rétabli, et que les autres assistans se furent retirés après avoir témoigné l'intérêt qu'ils avaient pris à cette scène
par des larmes d'attendrissement, Philibert,
qui était resté près de la porte, d'où il contem-
plait avec une vive émotion ce qui se passait,
s'avança vers Gertrude, qui, dans son ravissement, avait oublié sa présence, et lui dit : Permettez, mademoiselle, qu'un ancien ami, qui
vous est toujours sincèrement attaché, vienne
vous témoigner le bonheur qu'il éprouve de
vous voir heureuse, et près d'être unie à son
meilleur ami.

Ce ne fut qu'alors que Gertrude put se livrer à la surprise de voir ce militaire ennemi dans ces lieux, et de l'entendre donner
un titre pareil à Emmanuel ; elle allait en demander l'explication, lorsque celui-ci, saisissant la main de Philibert, prit la parole : Oui,
ma Gertrude, dit-il, c'est un intime ami que
je te présente ; maintenant je le connais et lui
rends justice. Si jadis il a excité mon dépit ja-

loux ; si j'ai pu te faire des reproches à son
égard, je t'en demande excuse, il me l'a déjà
pardonné. Je n'en éprouve pas moins de cuisans
remords, et je ne pourrai jamais lui témoigner
assez d'amitié pour expier mes torts envers lui.
Aujourd'hui, loin de te faire un crime de la
bienveillance et de la reconnaissance que tu
lui témoignais à si juste titre, je te prie de lui
accorder la même estime, le même attachement
que je lui porte, et que je lui ai voués pour la
vie. Que ne peut-il toujours rester près de nous
pour en recevoir les témoignages ! Sans sa discrétion généreuse et délicate, ta vie eût sans
doute été compromise ; c'est lui qui t'a conser-
vée à mon amour, et j'aime à reconnaître,
à publier tout ce que je lui dois.

Vous vous êtes acquitté envers moi, reprit
Philibert, je n'ai fait que suivre l'impulsion
de l'honneur et des sentimens d'estime que
m'avait inspirés notre excellente amie lors
même qu'elle agissait contre les ordres auxquels je devais obéir ; je ne pouvais prévoir
alors qu'elle me conservait un bienfaiteur.
Mais il est temps de lui expliquer toutes ces
énigmes ; permettez, mon général, que je lui
en donne la clef, quoique vous en soyez déjà
instruit.

Le comte exprima par un signe qu'il y con-
sentait, et Philibert continua en ces termes :
Vous avez pu vous apercevoir, mademoiselle,
que votre piété filiale, votre loyauté, vos vertus, m'avaient inspiré pour vous un tendre,
mais respectueux attachement lorsque j'avais
le bonheur d'habiter sous le même toit que
vous. Je vous aimais comme une sœur, j'aurais voulu que vous en eussiez les sentimens
pour moi ; je m'efforçais de mériter toute votre
confiance, comme je vous donnais la mienne,
et j'osais me flatter de l'avoir acquise. Lorsque
je vous priai de permettre que je montasse
avec vous au clocher, je vous proteste que je
n'avais aucun soupçon qu'il fût habité, et que
j'étais uniquement guidé par le désir d'y jouir
d'un beau point de vue. J'eus le malheur de découvrir en partie votre secret, en m'apercevant
que vous y portiez des vivres ; je pensai à l'instant qu'ils étaient destinés à l'un de nos ennemis, et sans doute au chef de partisans, que
l'on cherchait avec tant d'activité et qui avait
disparu presque miraculeusement. Aucune autre idée qui aurait pu blesser votre délicatesse,
détruire la haute opinion que j'avais de vous,
n'entra dans mon âme ; mais dès ce moment la

paix en fut bannie. J'éprouvai une foule de
sentimens pénibles ; je songeai avec effroi aux
dangers auxquels vous vous exposiez, dangers
qui pouvaient aussi retomber sur moi, si l'on
venait à découvrir que vous donniez un
refuge à l'illustre proscrit. On m'aurait sans
doute accusé d'être de connivence avec vous,
j'en aurais été sévèrement puni, et l'idée d'une
peine infamante me mettait au désespoir. J'é-
tais incapable de vous dénoncer, c'eût été mon
devoir ; mais je vous aimais trop pour ne pas
le sacrifier à votre sûreté, quoi qu'il dût m'en
coûter. Je ne voulais pas même chercher à ap-
profondir ce funeste mystère ; je me reprochais
déjà ma fatale indiscrétion, et la brusquerie
avec laquelle j'avais presque forcé l'entrée de
la tour. Je sentais que je devais désormais
vous être odieux ; que vous deviez me craindre,
m'éviter ; que mon séjour dans votre maison
devait vous être doublement à charge, puisque, avec vos ressources si bornées, vous aviez
encore quelqu'un à nourrir, et que vous deviez
redouter que j'observasse vos démarches. Vous
l'avouerai-je ? j'étais peiné que vous eussiez
un secret à garder vis-à-vis de moi, qui désirais
lire dans votre cœur ; j'allais quelquefois jusqu'à vous reprocher une coupable dissimula-

tion. Je devais vous envisager comme une ennemie de ma nation : dans d'autres momens,
j'admirais votre courage, votre humanité. Cependant je ne pouvais me résoudre à m'éloigner de vous, ce qui m'eût été facile en demandant, sous quelque prétexte, un autre logement; je me serais accusé d'inhumanité, si je
vous eusse laissée seule remplir vos pénibles
devoirs auprès de votre père malade, tandis
que vous aviez d'autres soins et tant de soucis ;
j'avais au moins la satisfaction de vous soulager, quoique je visse avec douleur que vous
n'aviez plus avec moi cet aimable abandon,
cette même amabilité auxquels je trouvais
tant de charmes; tout me disait que ma présence vous était importune. Cependant je pensais que tant que je resterais dans votre maison, vous deviez être assurée de ma discrétion.
Je désirais ardemment être obligé de partir
pour l'armée, tout en frémissant de vous quitter, et lorsque ce moment arriva j'eus le cœur
déchiré. Je tremblais pour votre sûreté. Je
n'eus pas la force de provoquer une explication, qui vous aurait embarrassée, ni de vous
faire des adieux tels que mon cœur me les dic-
tait; mais votre image me suivit par-tout, même

11.

dans les combats. J'eus bientôt le bonheur d'obtenir le grade de capitaine à la suite d'une affaire où l'on trouva que je m'étais distingué : enfin, dans la sanglante bataille de Fr... je fus blessé légèrement, mais assez pour ne pouvoir me soutenir debout ; gisant sur la terre, des maraudeurs de votre armée se jetèrent sur moi pour me dépouiller, et comme je faisais quelque résistance, ils allaient me massacrer impitoyablement, lorsque le brave Emmanuel survint et m'arracha à la mort en reprochant à ces lâches assassins leur cruauté et en les dispersant. Je me rendis à lui, il traita son prisonnier avec la plus touchante humanité. Il était d'autant plus généreux qu'il m'avait reconnu, et qu'il m'a avoué depuis que j'avais excité sa jalousie lorsque j'habitais chez vous. Je le rassurai sur les sentimens que vous m'aviez inspirés, il fut bientôt convaincu qu'ils se bornaient à la plus haute estime, à l'amitié la plus désintéressée. Il me sut gré de vous apprécier ; la conformité de nos sentimens pour vous, qu'il chérissait toujours, nous attacha l'un à l'autre ; vous étiez le sujet de toutes nos conversations. Il me présenta à son digne général, qui daigna aussi m'accorder sa bienveillance, et me remercier d'avoir contribué à sa conservation, en ne vous trahissant pas. Informé de l'impatience que j'éprouvais de retourner dans mes foyers, de voler dans les bras de mon Isoline, il obtint pour moi de son magnanime souverain, dès que la paix fut conclue, la faveur d'être relâché de ma captivité sur parole, avant les autres prisonniers, et de pouvoir me rendre dans ma patrie ; mais il me proposa de l'accompagner jusqu'ici, afin de me procurer le bonheur de vous revoir, de passer quelques jours avec vous, avec mon cher Emmanuel, qui désirait lui-même que je fusse témoin de sa félicité. Ils savaient combien je le désirais, mais ils ont mis cette faveur à un prix qui coûtait à mon cœur....

— Oui, ma fille, interrompit le général, c'est Emmanuel qui a exigé que notre ami Philibert jouât un rôle dans l'épreuve qu'il voulait te faire subir.

— Et je dois dire, ajouta Emmanuel, que Philibert n'y a consenti qu'avec une extrême répugnance ; il m'assurait sans cesse qu'elle n'était pas nécessaire, qu'il était cruel de te tourmenter. Daigneras-tu me pardonner en faveur du plaisir que te cause la présence de cet excellent ami ?

— Je te remercie, en effet, de m'avoir pro-

curé l'occasion de lui exprimer ma reconnaissance, mon amitié, reprit Gertrude en tendant
la main au jeune étranger, qui la saisit et la
baisa avec transport.

Le comte reprit, en s'adressant à Gertrude :
Je te dois encore, ma chère fille, l'explication
d'une circonstance qui pourrait te laisser quelques doutes sur mon caractère. La bague que
je te remis pour la vendre, et qui a failli coûter la vie à notre Emmanuel, avait appartenu
à feu mon frère; lors du pillage de ce château
elle fut enlevée par les soldats ennemis avec
d'autres bijoux de famille, qu'il avait eu l'imprudence d'y laisser lorsqu'il partit pour l'armée : le militaire auquel cette bague était tombée en partage voulut s'en défaire, elle fut
achetée par ce même capitaine qu'un détachement de mes gens trouva assassiné sur la grande
route. C'est le même officier qui avait logé
quelque temps chez ton père, et qui, avant de
faire l'acquisition de ce bijou, l'avait montré
au joaillier auquel Emmanuel le présenta.
Lorsque j'eus connaissance du meurtre du capitaine, j'en fus indigné; je fis punir les au-
teurs de cet acte de barbarie, et l'on trouva
sur l'un de ses assassins la bague, que je re-

connus à l'instant, et dont je m'emparai. Depuis la paix, il m'a été facile de la réclamer de la police de la capitale, où elle était restée en dépôt. La voici cette bague : je te la donne, ma Gertrude ; qu'elle soit ton anneau de mariage.

FIN.

CHARLES

ET

HÉLÈNE DE MOLDORF,

OU

HUIT ANS DE TROP.

Traduit de l'Allemand de Mesner.

CHARLES

ET

HÉLÈNE DE MOLDORF.

———

Le colonel de Moldorf, après avoir servi pendant cinquante-cinq ans sa patrie, ou plutôt son prince, avec passion, sentit enfin le besoin du repos. Il se retira avec une petite pension, un ruban rouge à sa boutonnière, le bras droit gêné dans ses mouvemens par suite de ses blessures, et les genoux dans le même état par l'effet de la goutte. A côté de ces biens et de ces maux, il possédait une assez belle fortune, héritée de ses parens et augmentée par une sage économie. Le colonel de Moldorf avait la réputation d'avoir été non-seulement un brave officier, mais encore un homme honnête, bon, quoiqu'il fût en apparence, ainsi que tous les vieux guerriers, brusque, grondeur. Il ne s'était jamais marié, et ne s'en crut que plus obligé d'avoir soin de

deux jeunes parens assez pauvres, qui devaient
naturellement hériter de lui : l'un était le fils
de son frère cadet, jeune garçon de douze ans ;
l'autre, la fille de sa sœur, âgée de vingt ans.
Ils n'avaient que lui pour appui ; son premier
soin fut de les prendre dans son château, et
de mettre sa nièce à la tête de son économie
domestique.

Ce cousin et cette cousine avaient les plus
grands rapports de situation : tous les deux
orphelins, tous les deux sans fortune et dé-
pendans des bontés de leur oncle. Mais il y
avait encore plus de différence entre leur caractère que de ressemblance dans leur sort.

Charles de Moldorf était le plus beau, mais
le plus indiscipliné des jeunes garçons : bouil-
lant, impétueux, ne sachant ce que c'était que
de céder et d'obéir, faisant toujours sa volonté, jamais celle de ses supérieurs. Il faut
cependant lui rendre justice : tout ce qu'il se
commandait à lui-même était très-bien fait,
tandis qu'il faisait mal ou ne faisait point ce
qui lui était impérieusement ordonné ; mais
on obtenait de lui ce qu'on voulait, avec de
bonnes paroles et par la douceur. Les présens
le touchaient peu ; il détestait également et de
flatter et d'être flatté.

Hélène de Drevitz était douce, calme, réfléchie, timide. Son éducation, du côté des talens, avait été négligée : une belle-mère, jeune et mondaine, ne s'en était pas occupée ; mais elle avait acquis par elle-même et dans la retraite ce qui vaut bien mieux, un cœur bon, sensible, un esprit juste, cultivé par de bonnes lectures, tous les talens d'une maîtresse de maison, joints à celui de la musique, pour laquelle elle avait ce goût naturel qui tient lieu d'étude et plaît mieux que les grandes difficultés. Elle était d'une extrême modestie, se croyant moins bien qu'elle ne l'était réellement ; se comptant pour rien, et comptant pour tout ceux qu'elle aimait ; toujours prête à faire céder ses désirs à son penchant à obliger ; attentive pour en saisir les occasions, et empressée de prouver sa reconnaissance à son oncle. Quand la goutte et l'hiver eurent confiné le colonel dans sa chambre, le caractère de sa nièce et celui de son neveu se développèrent ; il put mieux les connaître, les juger. Charles, étant moins sous sa surveillance, se livrait à tous les goûts de son âge, passait la journée à glisser sur la glace, à jeter des boules de neige, à sauter, à polissonner, et restait le moins possible ou dans la chambre d'étude

ou près de son oncle. Hélène, au contraire,
ne le quittait presque pas, le soignait avec
tendresse et gaîté, lui préparait, lui donnait
elle-même ses repas et ses potions de gaïac.
Elle lui jouait des marches guerrières sur le
clavecin, lui chantait des airs de chasse, ou
bien lui faisait quelque lecture agréable, ou
enfin lui demandait le récit, entendu déjà
plus de cent fois, de quelque bataille importante.

Ces deux conduites produisirent naturellement leur effet sur l'esprit du colonel. Celle de
son petit neveu l'aigrit contre lui; celle de sa
nièce l'attacha tendrement à cette aimable fille.
Toute l'intendance de la maison de son oncle,
depuis la cave jusqu'au grenier, lui était con-
fiée, et tout allait à souhait. Dès que le colonel
fut mieux, il voulut récompenser de ses soins,
de ses attentions sa chère garde-malade, et
lui acheter de belles étoffes, de beaux bijoux.
Il la pria de lui dire franchement ce qui pourrait lui plaire, en lui promettant de le lui donner à l'instant. Hélène rougit, et baisa la main
de son oncle. Je n'ai besoin d'aucune parure, lui dit-elle; vous ne me laissez rien à
désirer : mais, mon cher oncle, puisque vous
le voulez, je vous demanderai ce qui me fera

plaisir.—Le mien, ma chère nièce, sera de te
l'accorder. Hélène sollicitait la patience du
colonel pour quelque fermier qui ne pouvait
payer sa rente, ou le pardon d'un domestique
qui avait excité sa colère : tantôt elle le priait
de remplacer la vache qu'une pauvre paysanne
avait perdue ; tantôt de faire venir un médecin
pour quelque malade ; et ces demandes étaient
faites avec une telle éloquence de cœur, que
le bon oncle ne pouvait rien refuser à celle
qui s'oubliait toujours pour ne songer qu'à
secourir les malheureux. Son jeune cousin,
Charles, se ressentait aussi de sa douce in-
fluence sur leur oncle. Ce dernier avait prié
sa nièce de se charger de surveiller ce turbulent petit garçon, dont le bruit l'importunait,
et de lui donner quelques leçons. Hélène y
consentit d'autant plus volontiers, qu'elle eut
par là plus de moyens de lui rendre mille petits services, d'excuser ou de cacher ses sottises.
Lorsqu'il s'était battu avec quelque enfant du
village, qu'il avait brisé quelques palissades,
ou écrasé quelques planches de fleurs, elle tâchait vite ou de réparer le mal, ou de le présenter sous le jour le plus favorable. Et de
quelle patience angélique n'avait-elle pas besoin dans les leçons qu'elle lui donnait, pour

le fixer seulement quelques instans! Quelquefois le petit étourdi témoignait sa reconnaissance à sa cousine par les plus tendres caresses ;
mais le plus souvent il la tourmentait elle-même
pour toute récompense, gâtait ses fleurs, laissait échapper ses oiseaux, effarouchait sa basse-
cour, non cependant pour lui faire de la peine,
mais par manque d'attention. Hélène le grondait quelquefois avec amitié, et ne manquait
jamais après d'obtenir pour lui quelque grâce.
Ainsi lorsqu'il eut quatorze ans, après un accès de goutte où elle avait redoublé de soins
pour son oncle, elle demanda à celui-ci d'a-
cheter un cheval pour son cousin Charles :
elle savait que c'était ce qu'il désirait le plus
au monde. Il en fut extrêmement touché, et
la remercia avec vivacité et sentiment. Hélène, qui n'y était pas accoutumée, lui en sut
autant de gré que si elle n'avait rien fait pour
exciter sa reconnaissance. Lorsqu'il eut atteint sa dix-huitième année, sa manière avec
sa cousine changea à quelques égards. Il devint plus posé, plus attentif ; il lui rendait à
son tour quelques petits services ; il restait davantage à causer avec elle, mais cependant
sans jamais lui céder en rien. Hélène avait alors
vingt-six ans. Si elle eût été moins douce et

moins bonne, elle aurait dominé facilement un jeune garçon de dix-huit ans; mais comme elle cédait toujours, et lui jamais, c'était réellement lui qui la dominait, qui paraissait être l'aîné.

Il fut question de l'envoyer à l'Université : Hélène fut chargée de son linge et de ses vêtemens, et il en eut une bonne provision. Le colonel lui alloua une petite pension pour son argent de poche, ainsi que c'est l'usage; l'oncle la trouvait trop considérable, et le neveu trop mesquine. Charles n'était pas cependant ce qu'on peut appeler un prodigue; mais il était généreux, facile, bon camarade : bientôt sa bourse fut aussi vide d'argent que les lettres de son oncle étaient pleines de reproches. Une ou deux fois même, le colonel menaça de lui retirer entièrement ses bontés et de l'abandonner à son sort; mais Hélène était là pour le calmer, l'adoucir, excuser son jeune cousin; et à force de prières elle obtenait son pardon. On comprendra facilement qu'une fille aussi douce, aussi excellente, fût adorée des domestiques, des vassaux de son oncle et de lui-même, rien n'est plus facile à croire; mais ce qui le paraîtra moins, c'est qu'elle fût parvenue à l'âge de trente-deux ans sans être mariée, et sans que personne l'eût positive-

ment demandée ; cependant cela peut aussi
s'expliquer. Hélène de Drevitz n'était pas , il
faut en convenir, tout-à-fait aussi belle que
la princesse dont elle portait le nom, la célèbre Hélène; elle n'était pas laide non plus,
mais *ni belle ni laide* était tout ce qu'on en
pouvait dire. En la voyant au premier moment,
lorsqu'elle était parfaitement à son aise, sa
physionomie se développait à son avantage, et
son expression de sensibilité, de bonté plaisait
extrêmement. Elle était d'une taille au-dessus
de la médiocre et très-bien faite, quoiqu'un
peu maigre; ses traits étaient fins, bien dessi-
nés ; mais elle était un peu trop pâle. Ses yeux,
d'un beau bleu foncé, avaient le regard le plus
velouté; mais sa vue basse l'obligeait souvent
à les fermer à demi. Lorsqu'elle parlait ou
qu'elle était animée par quelque sentiment,
sa physionomie était très-expressive, et un
sourire charmant laissait voir les dents les
plus belles; mais elle parlait peu et jamais la
première. Avant qu'elle fût chez son oncle,
elle passait pour n'avoir point de fortune, ce
qui n'attire pas les prétendans. Depuis qu'il
l'avait adoptée, on croyait bien généralement
qu'il lui ferait une dot; mais que son neveu,
portant le même nom que lui, serait son uni-

que héritier. On pensait d'ailleurs que le vieillard, goutteux et malade, ne se séparerait pas
volontiers de sa bonne garde : en effet, il
fronça le sourcil à deux ou trois propositions
sur lesquelles on voulut le sonder, et dont il
parla cependant à sa nièce; mais du moment
qu'elle s'aperçut qu'il ne s'en souciait pas, elle
se hâta de rompre toute espèce de négociation,
et d'autant plus volontiers que son cœur ne
lui disait rien pour aucun de ces prétendans.
Peut-être s'en serait-il présenté d'autres plus
difficiles à refuser; mais le bruit se répandit
que mademoiselle Hélène de Drevitz ne voulait point se marier, et l'oncle ne disait pas le
contraire. Toujours plus goutteux, toujours
de mauvaise humeur, il n'était guère visité
dans son château que par des militaires à peu
près ses contemporains; aucun jeune homme
n'y était attiré, et mademoiselle de Drevitz
n'eut pas l'occasion de faire des connaissances.
Ainsi s'écoulèrent douze années. Quelquefois
elle éprouvait bien un certain vide de cœur,
un ennui de la vie dont elle ne se rendait pas
raison. L'été, elle désirait les soirées d'hiver;
l'hiver, elle soupirait après le retour du printemps et de l'été. Lorsqu'elle entendait dire
qu'une de ses anciennes amies était fiancée,

ou qu'une autre avait de jolis enfans, elle en était bien aise ; et cependant un pesant soupir s'échappait de sa poitrine oppressée. Elle s'efforçait de remplir sa vie soit par les soins domestiques, soit par la bienfaisance ; souvent elle y réussissait. Elle croyait de bonne foi avoir passé l'âge d'aimer, et ne se doutait pas qu'elle avait au contraire atteint celui où l'amour est le plus dangereux pour une femme, et que le cœur n'a point d'âge.

Charles de Moldorf avait passé cinq ans à l'académie et deux à parcourir l'Europe. Il avait séjourné à Paris, à Londres, en Italie ; il revint au château de son oncle après sept ans d'absence, bien différent de ce qu'il était quand il en partit. Le jeune étourdi était devenu un homme sensé, aimable. Ayant voyagé avec fruit, son esprit naturel s'était orné de beaucoup de connaissances acquises, et son moral, de mille vertus. Cette opiniâtreté que rien ne pouvait vaincre n'était plus que la noble fermeté d'un homme assuré dans ses principes, mais qui sait céder lorsque la raison et la politesse l'exigent. Sa charmante figure, plus mâle, plus formée, était encore embellie ; il avait grandi, pris du corps, et vraiment, au premier moment, il était difficile de le reconnaître : il avait gagné doublement par la comparaison de ce qu'il était il y avait sept ans. Un caprice du vieillard, ou peut-être un peu d'aigreur l'avait retenu tout ce temps hors du château ; et lorsqu'il quitta l'académie pour voyager, il ne lui avait pas même été permis de faire visite à ses parens. Tout fut donc pour eux surprise et joie : le colonel ne pouvait se lasser de l'admirer ; il ne l'appelait plus son *neveu*, mais son fils chéri, et loin de regretter tout ce que son éducation lui avait coûté, il ne cessait de répéter à sa nièce qu'il avait placé son argent à un bien haut intérêt ; Hélène était du même avis.

Au premier moment où elle revit son cousin, elle fut vivement frappée de sa belle et noble tournure, de l'expression de ses traits ; chaque jour, chaque instant augmentait, fortifiait cette impression. Elle se demandait si c'était bien là ce petit cousin indocile, turbulent qui avait été remis à ses soins, et avec qui elle avait si souvent été obligée d'avoir une sévérité maternelle. A présent, elle est presque intimidée devant lui ; elle écoute avec une admiration presque respectueuse ce qu'il raconte de ses voyages, ne se permet pas de le contredire, craint, si elle parle, de perdre

quelque chose de son entretien, et ne cesse
de se répéter : Est-ce bien Charles que j'ai devant les yeux, si aimable, si beau? Pour être
toujours près de lui elle néglige ses affaires domestiques et le soin de ses fleurs; elle ne va
plus au jardin que pour s'y promener avec lui;
à table, il est à côté d'elle, et lorsqu'il est une
heure ou deux dans son cabinet, ou qu'il se
promène à cheval, elle ne peut s'empêcher de
dire à son oncle : Mon cousin reste bien long-
temps! Ce mot amène son éloge; et la timide,
la silencieuse Hélène parle alors avec feu, avec
vivacité, répète ce qu'elle a déjà dit cent fois,
et compte les minutes jusqu'au retour de celui
dont elle ne peut plus se passer. Elle ne voit
là rien que de très-naturel, rien qui soit à
blâmer : n'ont-ils pas été séparés sept mortelles années? N'est-il pas son ancien ami, son
plus proche parent? N'a-t-elle pas mille choses
à lui dire, mille à lui demander?

Mais Hélène n'était ni d'un âge ni d'un caractère à conserver long-temps son illusion.
Elle ne tarda pas à réfléchir sur tout ce qu'elle
éprouvait pour la première fois de sa vie; elle
s'avoua à elle-même la passion dont elle était
menacée, ou plutôt qui la dominait déjà. Mais
loin de la flatter, elle se dit tout ce que l'amie

la plus franche, la plus sévère aurait pu lui dire; l'inégalité de leur âge, le peu d'agrémens de sa figure (que sa modestie s'exagérait beaucoup trop), la différence de leur caractère, leurs rapports antérieurs, tout fut mis dans la balance. Le partage de ses sentimens lui parut la chose la plus impossible, et le ridicule qu'ils lui donneraient s'ils étaient connus, la plus positive : elle résolut donc de les combattre avec force, ou du moins, si elle ne pouvait y réussir, de les cacher avec soin.

Elle commença par changer de manière d'être avec Charles si insensiblement, qu'on ne put s'en apercevoir. L'empressement qu'elle lui avait témoigné jusqu'alors put être mis sur le compte des premiers instans de réunion et de curiosité : peu à peu elle reprit ses occupations de ménage, qui la tenaient souvent éloignée; et lorsqu'elle était avec lui, son ton, ses discours étaient seulement ceux d'une parente, d'une amie. Elle veilla sur elle-même avec tant de soin, qu'aucun mot, aucun regard ne trahit ce qu'il y avait de plus caché au fond de son cœur.

Mais combien elle souffrait intérieurement de ces combats continuels! Ses joues devinrent plus pâles, ses yeux plus baissés; toute sa contenance annonçait son abattement ; son oncle, son cousin, toutes les personnes qui les visitaient, s'en aperçurent et s'en alarmèrent ; Charles lui en parla avec le plus vif intérêt, en lui demandant ce qu'elle avait ; elle nia qu'elle fût malade, ils n'en furent que plus inquiets. On craignit que, sans s'en douter, elle ne tombât dans la consomption ; quelques personnes assuraient même qu'elle y était déjà. Celui qui s'en alarmait le moins, et qui cependant l'aimait le plus tendrement, était son oncle ;..... c'est qu'il avait deviné son secret.

Le colonel avait trop bien étudié sa nièce depuis douze ans qu'il vivait avec elle : dans la crainte qu'elle ne se mariât, il avait trop bien examiné sa manière d'être avec les hommes pour n'avoir pas remarqué aussi celle qu'elle avait eue avec son cousin ; d'abord si tendre, si animée qu'à peine il pouvait la reconnaître, et tout à coup si froide, si réservée, évitant plutôt que de chercher les occasions de parler de lui, d'être avec lui. Jamais le colonel n'avait vu à Hélène le moindre caprice. Toute cette conduite lui parut singulière ; il réfléchit, eut des soupçons, et il résolut de savoir à quoi s'en tenir. La première fois qu'il fut seul avec sa nièce, il lui demanda tout à coup si elle ne connaîtrait pas quelque jeune demoiselle qui pût convenir à Charles, ajoutant qu'il faudrait alors l'inviter au château, les rapprocher l'un de l'autre, et arranger un mariage. Hélène rougit jusqu'à la racine des cheveux, puis redevint encore plus pâle qu'à l'ordinaire, et après quelques instans de silence, elle dit, d'une voix basse et tremblante, qu'elle ne connaissait personne, absolument personne qui fût digne... qui voulût... qui pût convenir... Et prétextant une occupation, elle sortit de la chambre de son oncle, fut trois ou quatre heures sans revenir, et quand elle rentra il était facile de voir, à la rougeur de ses yeux, qu'elle avait pleuré. Le colonel l'observait, et se crut sûr de son fait. Deux jours après, le médecin vint faire une visite au château : frappé du changement de mademoiselle de Drevitz, il dit au colonel qu'il ne fallait pas différer un traitement pour la poitrine de sa nièce. Écrivez votre recette, cher docteur, lui dit-il, de mon côté, j'essaierai de la guérir, nous verrons qui réussira le mieux.

Ordinairement, dans les romans, dans les comédies, lorsqu'une héroïne aime en secret, et que son oncle, son père ou son tuteur l'ont deviné, leur rôle est de faire tout ce qui dé-

13

pend d'eux pour contrarier cet amour, qui va
son train malgré eux : ici, c'est exactement le
contraire. Hélène fait ce qu'elle peut pour
éviter la société dangereuse de celui qu'elle
aime, et son oncle fait tout de son côté pour
les rapprocher. Elle regarde son penchant
comme la chose du monde, si ce n'est la plus
coupable, au moins la plus ridicule, et l'oncle
le voit sous un jour bien différent. Il lui semble que sa nièce, qui sait toujours rencontrer
ce qui peut lui plaire, lui convenir, a cette
fois encore dirigé son cœur d'après ce qui pouvait le rendre le plus heureux. Cette nièce
chérie aurait le plus charmant des maris ; son
neveu bien-aimé la plus digne, la meilleure
des femmes ; ses biens ne seraient point par-
tagés ; et quant à lui-même, son vœu le plus
ardent, celui de ne jamais se séparer de ses
deux enfans adoptifs, et sur-tout de sa favorite,
serait rempli. Il sentait fort bien cependant
l'inconvénient de la différence de leur âge ; il
avait vu souvent et plus souvent entendu dire
que des mariages où la femme est la plus âgée
ne réussissent pas. Que n'aurait-il pas donné
pour pouvoir leur faire changer d'extrait bap-
tistaire ! Mais cet arrangement étant hors de
son pouvoir, le bon colonel chercha du moins

à se persuader que cela n'était pas absolument contraire au bonheur, et qu'on le trouve bien plus dans les rapports du cœur que dans celui des années. Il est prouvé, se disait-il, qu'au bout de cinq ou six ans, la figure d'une femme devient parfaitement indifférente à son mari : n'est-il pas assez heureux quand il lui reste une parfaite amie, une confidente de ses plaisirs, une consolatrice de ses peines? Hélène n'a jamais été belle, mais sera très-agréable encore pendant dix ou douze ans; les années se remarquent bien moins sur une figure de ce genre, que sur celles qui perdent chaque jour leur fraîcheur et leur beauté. A quarante ans, les moins jolies ont leur tour, et sont mieux alors que celles dont on dit sans cesse : Se douterait-on qu'elle a été belle? Ah ! s'il pouvait savoir qu'elle l'aime! s'ils pouvaient s'expliquer! Je ne suis plus en peine; s'il s'attache une fois, elle saura se faire aimer toute la vie.

Sans doute il y avait dans tout ce raisonnement quelques fausses conclusions; mais l'intention était si bonne! Il ne voulait que le plus grand bonheur de ses enfans. Comment s'y prendra-t-il? Sans doute il a sur Charles tous les droits d'un père; il peut ordonner, il peut

13.

prier, conseiller.... Mais il ne fera rien de
tout cela; il connaît son neveu; il sait que la
moindre apparence de contrainte le révolte,
et il ne l'en estime que davantage; il sait aussi
que, malgré cette révolte, il céderait peut-être
au désir de son bienfaiteur, et il aime trop Hélène pour la marier de cette manière.

Il cache avec soin ses remarques, ses projets
à l'un et à l'autre : pas une raillerie, pas un
mot ne font soupçonner à sa nièce qu'il a pénétré son secret. Il craint sa timidité, sa modestie, le refus d'un aveu dont il n'a nul besoin
pour agir en sûreté de conscience; mais s'il a
un présent à faire à Charles, c'est par Hélène
qu'il l'envoie. Dès qu'il est seul avec lui, il
trouve le moyen d'amener l'éloge d'Hélène :
Charles s'y joint de cœur et d'âme, mais il ne
va pas plus loin; et le colonel, qui n'y tient
plus d'impatience, pense enfin qu'il est temps
de parler plus clairement.

Un soir, l'oncle et le neveu restèrent seuls à
veiller dans le cabinet du colonel, avec un bol
de punch, sa boisson favorite. Hélène, plus
abattue qu'à l'ordinaire, s'était retirée. La conversation, dirigée par le colonel, tomba sur les
voyages, sur les dangers de toute espèce que
court un jeune homme en vivant avec des

étrangers, les écueils où l'entraînent trop de facilité, l'imprudence, la mauvaise compagnie.
Le jeune de Moldorf en convint, et il avoua
même qu'il avait été plus d'une fois tout près
d'y tomber.

Le colonel rit amicalement en lui prenant la
main. Oui, mon cher Charles, lui dit-il, rien
n'est plus vrai ; j'ai vu le temps où j'étais loin
d'espérer de te voir tel que tu es à présent, et
où j'étais sur le point de te rejeter de mon
cœur. Te rappelles-tu ta seconde année d'académie ? J'appris, dans la même semaine, tes
amourettes avec la fille de ton hôte, la perte
énorme que tu fis au pharaon, et ta querelle à
la suite d'une partie de traîneau. Mon cœur fut
brisé, je désesperai entièrement de toi. Je pris
alors la résolution, trop prompte et trop dure,
je le sens à présent, de te punir en te privant
de ma fortune, et de m'enchaîner de manière
à ne jamais révoquer cet arrêt. Le colonel
se leva, prit des papiers dans son bureau, et
revint auprès de son neveu. Vois, Charles,
continua-t-il, voilà un testament signé et scellé,
où le seul héritage auquel tu pouvais prétendre à ma mort était fixé à mille écus, qui devaient même t'être ôtés au moindre murmure
de ta part. Vois cette lettre enfermée sous le

même paquet dans une enveloppe déchirée ; elle
t'annonçait mon invariable résolution , et renfermait une lettre de change de deux cents écus,
comme le dernier secours que tu dusses recevoir de moi. Le jour suivant, je voulais déposer
ce testament chez un notaire , et lui donner
toutes les formes qui pouvaient le rendre invariable... A présent, mon fils , devine ce qui
m'en empêcha ; devine quelle main a fait cette
déchirure au testament, et a tiré cette lettre de
son enveloppe.

    — Quelle main, mon père, l'aurait osé, si ce
n'eût pas été la vôtre ? Peut-être aussi l'intercession de ma cousine Hélène ?

    — Oui, d'Hélène, et d'Hélène seule. Mais ne
nomme pas seulement *intercession* ce qu'elle a
fait, ce serait trop l'affaiblir : encore à présent,
je ne puis comprendre comment elle a pu deviner ce que j'avais résolu et exécuté en silence.
Quelques signes involontaires de colère, quelques plaintes sur ta conduite , donnèrent sans
doute l'éveil à son cœur généreux sur le danger qui te menaçait ; et combien ce danger n'é-
tait-il pas avantageux pour elle ! Par ce même
testament, je la faisais mon héritière univer-
selle : elle aurait été le plus riche parti à dix
milles à la ronde ; mais ce n'était pas ce qu'elle

voulait. Elle m'arracha le secret de mes intentions sur elle, sur toi, et me conjura, avec
la plus vive éloquence, de n'y pas persister ;
elle parla pour toi comme une sœur pour son
frère bien-aimé, et bien mieux que tu ne l'aurais fait pour toi-même. Sa conduite en cette
occasion fut grande, noble. Ici, à cette même
place où te voilà, voyant qu'elle ne pouvait rien
gagner, ni par ses supplications, ni par ses larmes, elle se mit à genoux, et ne voulut pas se
relever qu'elle n'eût obtenu de moi la permission de déchirer le testament, la lettre, et ma
parole de te pardonner encore cette fois.

— Et jamais, mon père, vous ne m'en avez
écrit un seul mot?

— La prière de te cacher ce qui venait de se
passer, fut le second acte de générosité de cette
fille magnanime : elle m'arracha encore cette
promesse ; et même à présent, elle serait fort
en colère si elle soupçonnait le sujet de notre
conversation.

Chaque parole du colonel causait à Charles
un nouvel étonnement. Il savait bien, depuis
long-temps, que l'intercession de sa cousine
avait souvent calmé le courroux de son oncle
contre ses fredaines de jeunesse ; mais il avait
ignoré qu'il eût été jamais aussi près d'être

rejeté. Il ne savait lequel il devait le plus admirer de la générosité de sa cousine, de son
noble désintéressement, ou du silence qu'elle
avait exigé. Ses sentimens de vive reconnaissance éclatèrent avec la vivacité qu'il mettait
à tout; son oncle vit avec plaisir qu'il avait
atteint son but, et que le jeune homme s'en-
flammait de son propre feu. Charles finit en
disant que sa seule peine était de ne pouvoir
trouver l'occasion de témoigner à Hélène toute
la reconnaissance, toute l'admiration dont son
cœur était rempli.

— Et si cette occasion se présentait à présent, Charles ? Si tu pouvais reconnaître en
un moment, et toute ta vie, ce qu'elle a fait
pour toi ?

Charles devint plus attentif : Comment cela,
mon père ?

Le colonel, en secouant la tête : Est-ce que tu
ne me comprends pas ? Ne devines-tu pas ce
qu'Hélène, par une modestie poussée trop loin,
voudrait cacher au monde entier, et peut-être
à elle-même ?

Charles, toujours plus intrigué : Quoi donc,
mon père ? quoi donc ? — Qu'elle t'aime, mon
fils ; qu'elle t'aime de toute la puissance de
son cœur. Lorsqu'elle intercéda pour toi si

vivement, Charles, elle ne voyait alors en toi
que son cousin et un jeune homme qui avait
besoin de protection : à présent elle t'aime d'une
manière bien différente! Ce sentiment, qu'elle
combat avec courage, remplit et déchire son
cœur, mine sa santé, détruit son existence.
Est-ce aveuglement, Charles, ou défiance de
toi-même, qui t'empêche de remarquer ce qui
doit frapper tout observateur intéressé, comme
nous le sommes, au bonheur de notre chère
Hélène ?

On voit que le colonel s'était laissé entraîner plus loin qu'il ne l'aurait voulu. Une fois
que son secret se fut échappé presque malgré
lui, il ne sut pas s'arrêter, et dit tout ce qu'il
avait sur le cœur. Ses remarques, ses plans,
ses espérances, tout arrivait ensemble et se
confondait dans ses paroles. Son neveu, frappé
à l'excès de tout ce qu'il entendait, le laissait
parler sans l'interrompre : ce qu'il apprenait
était si nouveau, si inattendu! Cette découverte des sentimens de sa cousine ne lui donna
pas d'abord l'extase de joie qu'un jeune homme bien amoureux éprouve lorsqu'il apprend
qu'il est aimé; mais cependant il sentait, à
côté d'une extrême surprise, une émotion très-
vive, très-douce. Il resta en silence trois ou

quatre minutes, ses yeux attachés sur son oncle, comme pour s'assurer mieux encore que
tout ce qu'on venait de lui dire était vrai. Enfin le colonel, ayant cessé de parler, eut l'air
d'attendre une réponse, et le combat intérieur
de Charles se décida à l'avantage d'Hélène.

Mon père! s'écria-t-il, jamais en ma vie
je n'ai rien appris de plus inattendu que ce
que vous venez de me dire. Mais si vous ne
vous trompez pas ; si réellement cette noble,
cette généreuse fille m'aime comme vous le
croyez ; si c'est ce sentiment qui cause sa maladie, je serai de bon cœur le médecin qui doit
la guérir : heureux de pouvoir lui témoigner
ma vive et tendre reconnaissance ! S'il n'était
pas si tard, ce soir même je volerais dans sa
chambre pour lui offrir mon cœur et ma main,..
ou plutôt, mon bon père, je vous chargerais
d'être mon ambassadeur.

Le colonel, dans l'excès de sa joie, sauta
au cou de son neveu, et le serra presque à
l'étouffer. Est-il bien vrai, lui disait-il, que
tu veuilles être doublement mon fils ? Béni
sois-tu mille et mille fois pour cette résolution ! Tu seras heureux, tu le seras, c'est moi
qui te le promets, moi qui connais si bien ma
bonne Hélène ! Elle a, tu peux m'en croire.

elle a dans son cœur de quoi faire le bonheur de l'homme le plus difficile. Vois comme elle soigne ma vieillesse ! et ta jeunesse ne sera pas moins heureuse. Vingt fois il lui demanda de jurer, en lui touchant la main, que c'était réellement son intention d'épouser sa cousine, et de bon cœur qu'il l'aimait, qu'il la rendrait heureuse. Il était d'autant plus ravi, que, jusqu'à ce moment, son indifférence pour cette cousine, que le colonel trouvait si charmante, si digne d'être adorée, lui avait persuadé que Charles n'était plus libre, et que son cœur était engagé. Enroué à force de parler : Bonsoir, Charles, dit-il à son neveu en lui tendant la main ; il faut aller se coucher, dormir si nous pouvons : depuis la bataille de Torgau, je n'avais autant causé, et de si bon cœur. A demain, mon garçon, avant dîner ; tu me le promets ?

— Oui, mon père ; et vous, me promettez-vous que je ne serai pas refusé ?

— J'en suis caution ; va, dors tranquille là-dessus. Ils se séparèrent. Le colonel laissa au choix de Charles d'écrire ou de parler ; il se décida pour une lettre, et l'écrivit encore la même nuit, avant de se coucher. Sans doute que la joie tint aussi le vieillard éveillé quel-

que temps ; son sommeil ne fut ensuite que
plus doux et plus prolongé. Il dormait profondément à huit heures, quand Hélène,
suivant son usage, entra pour lui apporter
elle-même son déjeuner. Ordinairement elle
le trouvait couché, mais éveillé depuis long-
temps. Elle crut qu'il en était de même ; et
s'approchant du lit, elle posa la tasse sur un
papier en disant : O mon oncle! qu'avez-vous
fait ? Qui donc a pu vous découvrir mon secret ? Pourquoi l'avez-vous dit à Charles ? ...
Cette lettre... Charles l'a écrite, mais c'est vous
qui l'avez dictée.

Ces mots réveillèrent le colonel, qui se leva
brusquement sur son séant en se frottant les
yeux : Que dis-tu ?.... Quoi, ma fille! déjà...
il t'a écrit?... quelle heure est-il ?—Huit heures. — Diable! le jeune homme n'a pas perdu
de temps ! Avant dîner, disait-il ; et déjà, avant
déjeuner! Allons, allons, je boirai mon café à
votre santé. Donne-moi mes lunettes, Hélène,
que je lise comment il a tourné cela. Hélène
les lui donna en soupirant : tout ce qu'il disait
la confirmait dans l'idée que c'était lui qui avait
exigé cette démarche de son neveu.

Il lut la lettre, et la trouva selon son gré.
Charles ne parlait pas à sa cousine avec l'en-

thousiasme d'un amour passionné, mais avec
toute la chaleur d'un homme plein d'un sentiment vrai. Il lui disait que leur excellent oncle
lui avait fait espérer qu'il trouverait du retour
dans son cœur. Il n'offrait point sa main comme
une preuve de reconnaissance, moins encore
comme par compassion, mais comme une suite
de la profonde estime, de la parfaite amitié
qu'il avait toujours eues pour elle, et qui étaient
devenues un sentiment plus tendre depuis qu'il
avait appris à la mieux connaître. Il espérait
que ses tendres soins lui rendraient la santé, et
demandait avec instance le droit de s'en occuper
toute sa vie. Il parlait aussi du bonheur de rester ensemble près du bon père qui les avait
élevés.

Le colonel lut deux fois cette lettre; puis,
les larmes aux yeux et en souriant, il dit à sa
nièce : Eh bien ! Hélène, que répondras-tu ?

Rien n'était si simple que cette question ;
rien n'était si difficile que la réponse. Hélène ne savait elle-même quel parti elle devait prendre. Le bonheur qui s'offrait à elle
était si inattendu, si grand, si fort d'accord
avec ses vœux secrets, avec le sentiment dont
son cœur était plein : devait-elle, pouvait-
elle le rejeter? Elle voit, elle sent aussi tout

le danger qu'elle court en l'acceptant. Ce qu'elle s'était dit contre son sentiment se présente devant ses yeux avec une nouvelle force. Son cousin n'a que vingt-cinq ans, elle en a trente-trois; il est le plus beau, le plus séduisant des hommes. Elle le voit ainsi, et se croit à peine elle-même supportable. Charles ne peut avoir, à cet égard, l'illusion ou le bandeau de l'amour : rien dans ses manières avec elle n'a pu lui donner l'espoir d'être aimée : il ne cherche pas même à la tromper; le mot d'*amour* n'est pas dans sa lettre : elle ne l'en aime et ne l'en estime que davantage. Mais abusera-t-elle de sa complaisance à céder à l'ascendant de son oncle, pour lui laisser former un lien dont peut-être il se repentira lorsqu'il sera trop tard? Elle voit la froideur de son époux; elle entend les moqueries de la société; elle sent d'avance son repentir et le malheur qu'elle peut encore éviter. Sans doute elle n'est pas heureuse, elle ne le sera jamais; mais du moins elle souffre seule et n'a rien à se reprocher.

Assise auprès du lit de son oncle, sa tête appuyée sur sa main, elle réfléchissait et ses larmes coulaient sans qu'elle s'en aperçût. Tu pleures, mon Hélène, lui dit-il en prenant sa main; ouvre-moi ton cœur, ma fille. Je ne me suis pas trompé? Tu aimes ton cousin, et tu fais bien, car il le mérite; et tu veux le rendre heureux, n'est-ce pas? — Oui, oui, mon oncle, je veux le bonheur de Charles avant le mien, et c'est pour cela que je dois peut-être refuser sa proposition...... Elle lui dit alors tout ce qui devait donner de la force à cette résolution, mais ne lui cacha pas non plus combien elle coûtait à son cœur.

Le colonel la laissa parler sans l'interrompre, et quand elle eut fini il lui répondit à son tour. Il la rassura d'abord sur le point le plus essentiel, en lui jurant que non-seulement il n'avait donné aucun ordre à son neveu, mais même aucun conseil; qu'il lui avait seulement témoigné sa joie d'une résolution que Charles avait absolument prise de lui-même, et d'une union dont il attendait le bonheur de sa vie. Hélène le crut, parce que dans le fond elle avait envie de le croire. Il lui dit ensuite sur la différence de leur âge tout ce qu'il s'était précédemment dit à lui-même; que le cœur ne compte pas les années; que la femme qu'on aime et qui nous rend heureux est toujours jeune et belle; qu'elle possédait le genre d'agrémens qui ne passe pas; que Charles aurait peu d'occasions de voir des personnes moins âgées qu'elle; que puisqu'il

n'avait pas été entraîné jusqu'alors par la jeunesse et la beauté, il en était bien' à l'abri ;
qu'il prouvait la solidité de son caractère en
fixant son choix sur elle ; il finit par la persuader. Il avait à côté de son éloquence un aide
qui valait encore mieux, le cœur même d'Hélène et l'amour dont il brûlait. Aurait-il décidé
de même ce cœur si sensible, si le colonel avait
épargné sa rhétorique ? Nous le laissons à deviner.

Bientôt Charles entra pour souhaiter le
bonjour à son oncle, et sans doute dans l'espoir d'y trouver Hélène. A peine fut-il entré
que le colonel s'écria : Bravo ! bravo ! jeune
homme ; la forteresse déploie déjà le drapeau
blanc ; avance, avance : et il s'approcha de
sa cousine. Rouge, interdite, muette, elle lui
laissa prendre sa main, sur laquelle il imprima
un baiser de feu. Plus haut, plus haut, s'é-
cria le colonel ; un époux embrasse sa fiancée
sur la bouche et non pas sur la main. Charles
ne se le fit pas répéter ; et nous pouvons rassurer ceux de nos lecteurs qui craignent que la
bonne Hélène ne soit pas assez aimée, en leur
disant que jamais peut-être un premier baiser
d'amour ne fut donné plus tendrement et reçu
avec plus d'émotion. Ma cousine ! mon Hé-

lène! ma bien-aimée! dites ce *oui* que je désire si vivement d'entendre; confirmez le bonheur que mon oncle me fait espérer, dit Charles en la serrant contre son cœur. Les yeux pleins de larmes, et après un soupir bien doux, Hélène dit à mi-voix : O Charles! si ce n'est pas une raillerie, si..... si réellement vous désirez ma main et mon cœur, Hélène, l'heureuse Hélène est à vous pour la vie. L'amour, la modestie d'Hélène répandaient un charme si inexprimable dans ce peu de mots, le regard qu'elle jeta sur Charles en relevant ses beaux yeux bleus exprimait tant de tendresse et de vraie dignité, que Moldorf, dans ce moment, ne pouvait croire qu'il eût été besoin de le solliciter pour demander une main dont il sentait vivement le prix. Cent et cent fois il la pressa sur ses lèvres, qui, d'accord avec son cœur, remerciaient Hélène et lui faisaient oublier les huit années qu'elle avait de trop. Elle put, dans cet instant fortuné, se croire aimée comme elle aimait; et quel bonheur peut se comparer à celui de trouver dans le seul objet qu'on ait jamais adoré le sentiment qu'on éprouve? Plus de doutes, de craintes, de calculs, de réflexions; elle presse contre son cœur la main de Charles. Tous deux se jettent à genoux auprès du lit

14

de leur oncle et lui disent ensemble : O notre bon père ! bénissez vos enfans.

La joie du colonel passait toute expression. Il répéta vingt fois cette bénédiction désirée ; et si dans cette minute ces enfans si chéris lui avaient demandé tout ce qu'il possédait, il le leur aurait donné. Il se hâta de se lever pour assembler ses gens, et leur apprendre la joyeuse nouvelle, avec laquelle chacun d'eux reçut un présent. Avant une heure, elle avait fait le tour de ses terres, et les fermiers vinrent aussi apporter leurs félicitations. Le soir même, toute la noblesse du voisinage en fut informée : plus d'un sourcil se fronça ; plus d'une jeune personne à seize quartiers rougit de colère ou pâlit de dépit. Plusieurs dirent que depuis plus de dix ans on avait deviné que c'était le plan du vieux colonel ; d'autres assuraient savoir positivement que Charles avait résisté autant qu'il avait pu ; que c'était la crainte d'être contraint d'épouser sa vieille cousine, qui l'avait retenu si long-temps absent, et qu'il n'avait cédé qu'à la menace d'être déshérité. Quelques-uns, plus méchans encore, firent les plus malignes interprétations sur la maladie d'Hélène, sur sa pâleur. Il y a toujours du danger, disaient-ils, à vivre ainsi dans l'intimité avec un jeune

homme qui n'est pas son frère ; à l'âge de
Charles, on se laisse toujours entraîner par une
femme plus âgée et plus adroite....... Et l'on
ajoutait, avec un rire sardonique, que le re-
mède était pire que le mal. Enfin la méchanceté,
l'envie, la calomnie jouèrent tout leur jeu, et le
mot de *blâme* fut à l'ordre du jour. Mais il ne
tombait que sur la pauvre Hélène, car toutes
les femmes s'accordaient à plaindre Charles.

Il les en aurait dispensées : jamais de sa vie
il ne s'était trouvé plus heureux. Ceci, peut-
être, paraîtra un peu singulier à quelques lecteurs ; et nous pouvons facilement l'expliquer.

Ainsi que le colonel l'avait prévu, le contentement du cœur, la douce espérance avaient
été le meilleur médecin pour Hélène : elle eut
bientôt retrouvé sa belle santé. Ses joues s'ar-
rondirent, se colorèrent ; ses yeux s'animèrent ;
elle prit plus de vivacité, plus d'assurance ;
sa démarche était plus légère, tous ses mouvemens plus gracieux ; l'amour heureux et la
certitude de plaire répandirent tous leurs
charmes sur cette personne intéressante jusqu'alors, mais rien de plus. Elle devint tout-
à-coup très-aimable lorsqu'elle fut électrisée
par un sentiment vif et partagé. Dans le cercle de sa société, on la reconnaissait à peine.

Hélène de Drevitz a rajeuni de dix ans,
disaient tous ceux qui la voyaient. Charles ne
fut pas le dernier à remarquer combien sa cousine était embellie. Ses yeux, son amour-pro-
pre en furent également satisfaits ; et sa tendre reconnaissance augmenta pour celle qui
les flattait. Charles, avec sa belle figure et
tous ses moyens de séduction, ayant voyagé,
étant formé par la nature pour toutes les jouissances de la vie, n'en était pas à son appren-
tissage en amour. Plus d'une fois il avait eu
des goûts assez marqués pour leur donner pendant quelque temps le nom d'inclination ; mais
bientôt il avait été détrompé, ou par la facilité de ses succès, ou par la légèreté des femmes
à qui il s'était attaché, quelquefois aussi par
la sienne propre. Il avait avoué à son oncle
que deux fois dans le cours de ses voyages il
avait été sur le point de s'engager pour la vie,
et que sa confiance avait été trahie. Il s'était
cru passionnément aimé ; mais un riche Anglais et un comte polonais lui avaient prouvé
combien il était dans l'erreur : l'or du premier, le titre du second l'avaient emporté sur
son amour. Il était revenu presque persuadé
que l'amour véritable n'existait pas, ou n'était,
chez les femmes au moins, qu'un caprice, un

jeu de leur imagination. Le sentiment qu'il
avait inspiré à sa cousine, cette passion qui
la conduisait doucement au tombeau sans
plainte, sans murmure, sans espérance, qui
lui rendait ensuite comme par enchantement
la vie et la santé ; cet amour si passionné, si
tendre, et pourtant si vertueux, lui firent complétement changer d'opinion. Il sut alors ce
que c'était qu'un sentiment véritable et réci-
proque ; car il éprouva ce dont il n'avait pas
même l'idée, c'est qu'un seul baiser de son
Hélène le rendait vraiment plus heureux qu'il
ne l'avait encore été par toutes les faveurs des
femmes qu'il aimait sans les estimer. Ainsi
chaque jour il s'attachait davantage à celle qui
allait devenir la compagne de sa vie. Par un
effet contraire, quoique naturel, ce sentiment,
fondé sur la raison, sur toutes les convenances
de situation et de famille, semblait augmenter
ses années ; tandis que celui d'Hélène, un peu
craintif, et cependant très-vif, la rajeunissait :
en sorte qu'à ce moment de leur vie il leur
semblait que l'accord de leurs cœurs égalisait
leur âge.

Dans le premier instant de sa joie, le colonel avait fixé le jour de la noce à trois semaines au plus tard. Il y en avait déjà quatre

d'écoulées depuis qu'ils étaient fiancés, et les
grands préparatifs du colonel n'étaient pas encore terminés. Charles lui témoignait souvent
son impatience ; Hélène ne disait rien, mais
n'en pensait pas moins ; elle raillait doucement
son oncle sur l'éclat qu'il voulait donner à
cette fête : elle aurait mieux aimé qu'elle fût
plus mystérieuse. Le colonel alla son train et ne
voulut rien céder. Je veux que dans dix ans
on parle encore de votre noce, leur disait-il ;
ce souvenir prolonge le mois de *miel :* sur ce
point-là, mes enfans, je prétends que ma volonté soit faite. Elle ne le fut pas ; car la volonté des hommes est toujours subordonnée à
celle de Dieu. L'heureux jour était enfin fixé,
et les invitations faites. La veille, le colonel
était ivre de joie. Pour la dernière fois, dit-
il au dessert, je bois à la santé de mademoiselle de Drevitz ; d'aujourd'hui en une année
j'espère boire à la santé du petit-fils qu'elle
me donnera, et je veux que la fête du baptême
soit aussi belle au moins que celle de la noce.
Dans deux ans, ce cher petit marchera, parlera, sautera... En disant ces mots il tombe de
dessus sa chaise, frappé d'un coup d'apoplexie.

On peut juger de l'effroi de Charles et d'Hélène. On relève le digne vieillard ; on le porte

sur son lit ; on le frotte ; on le baigne d'eaux spiritueuses, et l'on parvient enfin à le rappeler à demi à la vie. Il ouvre des yeux étonnés, veut bégayer quelques paroles, tendre la main à ses enfans : le bras gauche est paralysé ; il ne peut même le soulever. La jambe et tout ce côté sont dans le même état. Un coureur, qu'on se hâta d'envoyer à la ville, revint avec le médecin, qui ne donne nulle espérance. Il est rare, dit-il, qu'un coup d'apoplexie du côté gauche ne soit pas foudroyant, et presque sans exemple qu'on puisse en revenir.

Le colonel avait vu trop souvent la mort de près pour la craindre : il entendit son arrêt avec résignation. Je me flattais, dit-il, d'avoir encore quelques jours de bonheur sur cette terre ; mais le plus grand de tous, la perspective que mes enfans seront unis et heureux ensemble, je l'ai déjà obtenu.... ; si tu le voulais, mon Hélène, tu la rendrais plus sûre encore cette espérance, en consentant à te marier à côté de mon lit de mort. Cette cérémonie, pour laquelle j'avais fait tant de plans évanouis, ne sera pas aussi gaie que je l'avais pensé ; mais j'en serai le témoin. Dis, ma fille, y consens-tu ? Le malade avait bégayé ces mots avec beaucoup de peine. Hélène n'en avait pas moins à lui répondre. Noyée dans les larmes, étouffée de sanglots, elle ne pouvait parler. Obéir à vos ordres, mon père, dit-elle enfin, fut toujours mon plus grand bonheur. J'aime Charles de toute mon âme ; hier encore je lui aurais donné la main avec transport au moment où vous l'auriez voulu... mais à présent, mon père, à côté de ce lit de douleur, à l'heure, peut-être, qui va me séparer de vous... O mon père ! je ferai ce que vous voudrez ; mais mon cœur est déchiré... Je ne puis, non, je ne puis avoir d'autre sentiment que mon profond chagrin ; ce n'est pas ainsi que je voudrais me marier.

Le colonel n'insista pas, il parut même craindre de ne pouvoir soutenir une telle émotion, et qu'elle avancerait sa fin : il était avare de chaque moment. Un homme de loi fut demandé, et resta deux heures seul avec lui. Il fit ensuite entrer son neveu. Charles, lui dit-il, es-tu convaincu de l'attachement d'Hélène ?

— Comme de mon existence, mon oncle ; j'oserais même dire que je crois être aimé d'elle au-delà de toute expression, si ce n'était montrer trop de vanité.

— Et toi, mon fils, réponds-tu à ce sentiment ?

— De toute mon âme. J'aime Hélène plus que je n'ai jamais aimé aucune femme.

— Tu l'épouseras donc ?

— Mon père, cette inquiétude, ce doute...

— Sont superflus, je veux le croire, pardonne-les à mon âge, à ma situation : on devient défiant à l'heure où je me trouve; mais je n'ai plus de craintes. Voilà mes dernières volontés; elles récompensent le digne fils, l'homme qui tient ce qu'il a promis, et punissent l'ingrat, le parjure.

— Dieu ! mon père ! si je pouvais jamais l'être... Charles ne put continuer ; les larmes coupèrent sa voix. Son oncle lui fit signe de se taire, en lui donnant sa main droite. Charles la couvrit de baisers et de larmes brûlantes. Le malade sourit tristement. Je ne voudrais pas les essuyer ces larmes filiales, lui dit-il, lors même que j'aurais l'usage de ma main gauche. Tu rendras mon Hélène heureuse : fais-la venir. Charles alla la chercher. Le colonel fit entrer aussi ses gens, leur toucha la main à tous. On n'entendit que des sanglots. Il signa son testament, on y apposa son cachet, et le notaire se retira. Il voulut encore

15

parler à ses enfans ; mais tout ce qu'il venait
de faire l'avait trop agité. Peu de momens après,
la prédiction du médecin s'accomplit ; une seconde attaque au moment où il bégayait une
courte prière, termina sa vie. Il est inutile de
parler des regrets de ceux qui perdaient le
meilleur des pères et le meilleur des maîtres ;
ils furent inexprimables. Le lendemain d'un
enterrement digne de son rang, de ses vertus,
on ouvrit son testament, qui contenait ce qui
suit, après les formules d'usage.

« La totalité de mes biens meubles et immeu-
bles est léguée à mon cher neveu Charles de
Moldorf, sous les conditions suivantes :

» Il épousera ma nièce, sa cousine Hélène
de Drevitz, actuellement sa fiancée, au plus
tard dans quatre mois. Il trouvera dans les papiers renfermés dans ma cassette la somme de
huit mille écus, que je donne en toute propriété, et quoi qu'il arrive, à madite nièce,
pour en disposer comme bon lui semblera, et
deux mille écus que mon neveu distribuera
entre mes gens, suivant leurs mérites et leurs
services.

» Jusqu'au moment de sa mort l'homme est
sujet au changement. S'il arrivait à mon neveu
de varier dans les projets que nous avons for-

més ; s'il rompait ce mariage sous un prétexte quelconque, je veux alors que ma fortune entière, qui monte à soixante mille écus, soit partagée par égale portion, moitié à lui, moitié à Hélène de Drevitz. Je laisse à la volonté de Charles, dans ce cas, de garder mes terres par indivis avec sa cousine, ou d'en faire un partage, et au choix d'Hélène d'avoir en sa possession la moitié de l'héritage, ou de la laisser entre les mains de son cousin, qui lui en paierait la rente, sûr que jamais il n'en abusera pour lui faire tort. Mais je crois, j'espère qu'ils en jouiront ensemble dans l'union arrêtée, et qu'ils étaient à la veille de conclure. Quoi qu'il arrive, les huit mille écus légués à Hélène sont à elle, et ne peuvent entrer en partage : ce que m'ont coûté l'éducation et les voyages de Charles en est la compensation.

» Si leur mariage a lieu, et que dans la suite il arrive qu'ils soient dans le cas de divorcer, plaise à Dieu que cela n'arrive jamais (mais quand il est question des hommes il faut tout prévoir)! dans ce cas, donc, ma nièce rentrera dans tous ses droits de partage. »

Comme il arrive toujours, ce testament fut, pendant quelque temps, le sujet des conversations de tout le voisinage. Il est bien facile à

15.

présent de voir que ce pauvre jeune homme a été forcé d'épouser la favorite de son vieux radoteur d'oncle; on voit qu'il n'a pensé qu'à elle. Comment avait-elle fait, la fine mouche, pour gagner ainsi sa faveur, disaient deux vieilles demoiselles qui pendant long-temps avaient espéré que le colonel épouserait l'une d'elles ?... Cela n'est pas difficile à deviner. Si j'étais Charles, disaient les jeunes baronnes à marier, je sais bien ce que je ferais; il y a des circonstances où la moitié vaut mieux que le tout. Une femme jeune et belle le rendrait plus heureux, seulement avec cette moitié, que sa vieille cousine avec la totalité. Vous ne savez ce que vous dites, petites filles, répondait leur père en secouant la tête; on ne renonce pas ainsi à trente mille écus et aux plus belles terres du pays; on ne trouve pas souvent sur son chemin une fille aussi bien dotée. Le colonel était rusé; il savait bien que c'était le meilleur moyen de marier son Hélène : eût-elle encore vingt ans de plus, elle ne restera pas. Au milieu de tous ces propos, deux personnes ne pensaient ni à ces biens, ni à ce partage, ni aux mesures du colonel, que pour les trouver bien inutiles; et c'étaient Charles et Hélène.

Le *tien* et le *mien*, ces deux mots qui sont la source de tant de procès, de disputes, de guerres, depuis le plus petit particulier jusqu'au plus grand monarque, sont presque inconnus à l'amour, et pèsent moins dans sa balance qu'un seul petit grain de jalousie. Qu'est-ce que Charles et Hélène avaient à perdre ou à gagner par ce testament de leur bienfaiteur ? Charles, qui y courait les plus grands dangers, était si sûr de ne pas changer d'avis, et Hélène bien plus certaine encore! Ils ne pensaient qu'au chagrin de la perte qu'ils avaient faite du meilleur des pères, qu'au bonheur de jouir ensemble de ses bienfaits, et quelquefois au retard de leur mariage. L'usage de leur pays leur défendait de songer à des noces avant que les trois premiers mois du deuil fussent écoulés, et la bienséance, de rester ensemble dans leur château sans être mariés. Hélène para à ce dernier inconvénient en prenant chez elle une dame de compagnie, qui la gênait peu : alors il lui semblait qu'elle aurait volontiers ainsi passé toute sa vie. Charles était toujours auprès d'elle; il lui exprimait un sentiment autorisé par le devoir, et qui avait encore toute la chaleur, tout le feu de l'amour, de l'espérance. Cette attente forcée, cette petite contradiction dans

leurs projets, donnaient un degré de plus de
vivacité à leur attachement mutuel. Charles,
assis à côté d'elle, comptait les jours, les
heures qu'il avait encore à passer avant le moment qu'il désirait alors autant que s'il avait
adoré sa cousine depuis bien des années sans
espérer de l'obtenir. Quelquefois il la grondait
de s'être laissé dominer par sa trop grande sensibilité au moment de la fin de leur oncle, et de
n'avoir pas consenti à se marier auprès de son lit
de mort. Depuis deux mois, nous serions heureux, lui disait-il. Et ne le sommes-nous pas?
répondait-elle en lui fermant la bouche avec la
main et quelquefois avec un baiser. Oh! si
j'ai quelque chose à me reprocher, c'est d'être
trop heureuse si peu de temps après avoir
perdu le meilleur des pères. Charles, je voudrais passer ainsi ma vie entière. Il n'était
pas de cet avis; et Hélène elle-même était-elle
bien sincère? Nous le demandons à toutes les
femmes qui ont passé vingt ans; et Hélène en
avait alors trente-trois. Quoi qu'il en soit, rien
du moins ne trahissait son impatience, lorsqu'une circonstance fâcheuse vint ajouter aux
regrets de Charles, de n'être pas encore marié,
et lui en donner à elle-même.

Dans le temps que le colonel servait, il

avait eu l'occasion de rendre un grand service
à l'un de ses camarades, en lui prêtant une
somme considérable. Il la lui laissa aussi long-
temps que le débiteur en eut besoin, ne le
pressant point même pour les intérêts. Mais
cet ami ayant fait un héritage, et le colonel ayant
adopté deux enfans, il lui demanda le rem-
boursement ; et pour le récompenser de l'avoir
obligé, cet indigne débiteur lui fit un procès
sur quelque manque de formalité dans le billet.
Le colonel, justement indigné, avait suivi cette
affaire avec vigueur : le capital et les intérêts
accumulés faisaient une somme de dix mille
écus. Peu de jours avant sa mort, il avait eu
la satisfaction d'apprendre qu'il avait gagné ce
procès ; mais dès qu'il eut fermé les yeux, sa
partie en appela à des tribunaux supérieurs,
trouva des appuis, parce que la méchanceté
et l'injustice en trouvent toujours. Le procès
recommença ; et Charles de Moldorf, comme
héritier du défunt, fut mandé par les avocats
pour aller à la ville.

Cette absence, quoiqu'elle ne dût pas être
longue, lui fit une vraie peine : c'était la première fois qu'il quittait Hélène depuis qu'il
avait appris à la connaître et à l'aimer. Il la
sollicita de venir avec lui, puisque cette affaire

les regardait également; mais la sévère bienséance s'y opposa encore, et il fallut lui obéir
plutôt qu'à l'amour. Ils se séparèrent donc, non
sans un grand chagrin, mais avec l'espoir de
se retrouver bientôt. Charles lui promit de revenir le neuvième jour, et il n'était pas encore
de retour la neuvième semaine.

Charles était entièrement innocent de ce retard. On jouait avec lui le jeu accoutumé des
cours : il était sans cesse renvoyé d'Hérode à
Pilate; on promettait beaucoup et on ne tenait rien. Encore deux jours de patience; encore une audience chez ce conseiller; encore
une visite à cette Excellence : ainsi s'écoulaient
les semaines les unes après les autres. Charles
était au désespoir; son cœur languissait après
Hélène; son orgueil souffrait de revenir sans
avoir rien fait. Il écrivait sans cesse à sa bien-
aimée, lui détaillait tous les obstacles qui s'op-
posaient à son retour. Enfin, ennuyé d'avoir
toujours les mêmes choses à lui dire, il écrivit moins souvent; mais il agit davantage pour
hâter son retour. Les trois premières semaines,
Hélène n'eut pas la moindre inquiétude, et
crut jusqu'à la moindre syllabe de ce qu'il lui
mandait; pendant les trois semaines suivantes,
elle fut inquiète, agitée; et les trois dernières

elle ne crut pas un seul mot de ce que Charles
lui écrivait. Qu'on n'en soit pas surpris, son
amour était trop vif pour pouvoir être bien
tranquille ; mais la méchanceté eut une plus
grande part à ses inquiétudes que son propre
cœur. Si elle n'eût écouté que lui, il aurait
plaidé en faveur de Charles.

Nous avons dit qu'au moment de la mort
de son oncle elle avait pris par bienséance une
dame de compagnie : c'était une jeune veuve,
de l'extérieur le plus agréable. Son aimable
physionomie, qui annonçait à la-fois de la sensibilité, de la candeur et de l'esprit, gagna
d'abord le cœur d'Hélène. Elle se félicita d'a-
voir aussi bien rencontré, et fut long-temps
sans se douter que le caractère le plus dangereux était caché sous ces dehors imposteurs.
Madame Tellman n'avait eu cependant dès sa
jeunesse qu'un seul défaut, qui paraît léger,
mais contre lequel on ne saurait trop prému-
nir les mères : elle était causeuse et babillarde
au suprême degré. Au lieu de la corriger, on
s'en amusa ; et tous les vices qui sont une suite
de ce défaut ne manquèrent pas d'arriver :
d'abord une insatiable curiosité, puis le penchant à la médisance, enfin à la calomnie, avec
une joie secrète du mal qui arrivait à autrui,

pour le plaisir d'en causer et de blâmer à tort et
à travers. Comme elle avait assez d'esprit pour
sentir le tort que lui ferait un tel caractère,
elle sut le cacher avec soin ; la nature, en lui
donnant un air affable, doux, lui en avait
fourni tous les moyens. Avec une adresse inconcevable elle savait d'une étincelle allumer
un grand incendie, trouver l'endroit sensible
en affectant le plus tendre intérêt, et plonger
le poignard au fond d'un cœur en ayant l'air
de vouloir y mettre du baume. Personne n'é-
tait plus insinuant et ne savait mieux s'attirer
la confiance de ceux qu'elle voulait ménager.
Hélène, si bonne, si simple, connaissant si
peu le monde, était plus facile qu'une autre à
tromper, et n'eut aucun secret pour sa compagne, d'autant plus qu'elle n'avait rien à cacher. Son amour pour celui qu'elle allait épouser n'était point un mystère, et dans son absence, son plus grand plaisir était de parler de
lui. Madame Tellman ne pouvait voir deux
personnes unies sans avoir le désir de les
brouiller. De manière ou d'autre elle y trouvait toujours son compte, ne fût-ce que le
plaisir de nuire; mais ici elle fut stimulée par
deux autres motifs qui l'emportèrent encore
sur celui-là. Un homme riche, intéressé con-

voitait la belle dot d'Hélène, et avait promis
un très-beau présent à madame Tellman, si
elle pouvait parvenir à rompre le mariage projeté, et à décider Hélène en sa faveur ; ce qui
lui paraissait facile dans le premier moment de
dépit. Elle désirait ensuite d'autant plus passionnément d'y réussir, qu'elle-même n'avait
pu voir habituellement le beau Charles de Moldorf avec indifférence. Il était entièrement in-
dépendant, très-riche encore, même en par-
tageant avec sa cousine, vif, entreprenant ;
elle était et plus jeune et plus jolie qu'Hélène :
si elle parvenait à s'attirer son attention ; si
elle savait se conduire avec adresse, ne pouvait-elle pas parvenir à se faire épouser ? Son
méchant cœur battait de plaisir à cette idée.
Commençons toujours par les brouiller, pensait-elle. Elle vit bientôt que ce projet serait
impossible tant qu'ils resteraient ensemble ;
mais l'absence prolongée de Charles ranima
ses espérances. Pendant les trois premières semaines, malgré ses insinuations, elle ne put
parvenir à donner à mademoiselle de Drevitz
l'ombre d'une inquiétude ; un mot de Charles
suffisait pour les dissiper, et il écrivait tous les
courriers. Mais madame Tellman avait aussi
des correspondances à la ville avec des gens du

plus grand mérite. On lui parlait du beau Moldorf, et elle lisait négligemment les articles où
il était question de lui : Il était répandu, lui
disait-on, dans le plus grand monde, et paraissait s'y plaire autant qu'il y plaisait lui-
même. Les hommes lui reprochaient un peu
de hauteur, mais les femmes le trouvaient charmant et se l'arrachaient.

Hélène sourit et se tut; madame Tellman ne
savait comment interpréter ce silence. Bientôt
elle reçut une autre lettre : on lui disait que
le procès de M. de Moldorf était sur le point
d'être terminé; que sa partie adverse avait fait
des propositions très-honnêtes, mais qu'il s'é-
tait tenu à une différence de cent écus; ce qui
prolongeait cette affaire et son séjour à la ville.
Est-ce qu'il ne vous écrit pas cela? demanda
madame Tellman. Un *non* très-bref fut la seule
réponse d'Hélène; mais il fut suivi d'un soupir,
et à dîner elle ne mangea presque rien. Le trait
a frappé, pensa la perfide amie; j'arriverai à
mon but. Elle écrira sans doute, mais avec une
aigreur qui révoltera son cousin; il se fâchera
à son tour, et j'aurai dit vrai sans le savoir,
en le supposant infidèle. Commençons toujours
par les brouiller; après, je travaillerai pour moi,
et pour M. de ***, qui sera reconnaissant.

Les lettres de la ville continuèrent : l'une était écrite au retour d'un bal, où M. de Moldorf avait dansé toute la nuit avec la plus jolie demoiselle de la ville ; souvent il se promenait avec elle, et l'on disait assez généralement qu'il pensait à l'épouser ; elle était fille d'un conseiller très-influent dans son procès, et qu'il allait souvent solliciter. On la laissait la maîtresse d'en parler ou non à mademoiselle de Drevitz. Je vous le dis, chère Hélène, ajouta en finissant madame Tellman, parce que c'est une folie, et que vous savez trop bien ce qu'il en est pour être inquiète. Votre cousin vous rassure bien sûrement dans ses lettres plus que les miennes ne peuvent vous alarmer. Hélas ! Hélène n'avait point eu de lettres les deux derniers courriers ; et la méchante veuve, qui les avait dans son porte-feuille, le savait bien. Elle affecta de rire aux éclats de ces bruits ridicules : la pauvre Hélène ne riait pas, et essuyait furtivement une larme, qui n'échappa point à sa compagne. Sans doute elle était profondément affligée, mais pas du tout aigrie ; et madame Tellman, qui ne pouvait avoir aucune idée du noble caractère d'Hélène, en fut très-surprise. Elle avait compté qu'elle lui confierait ses chagrins, et qu'avec ses perfides consolations, elle pour-

rait l'animer toujours davantage contre Charles. Hélène ne lui en dit pas un mot, parla peu
et de choses indifférentes, et se retira de bonne
heure pour réfléchir à sa situation.

Singulière fille ! dit madame Tellman lorsqu'elle l'eut quittée, qui n'aime ni à causer ni
à se plaindre ; mais le coup n'en est pas moins
porté. Ah ! sans doute il l'était. Hélène n'avait
plus le moindre doute, la moindre espérance ;
il lui paraissait prouvé que Charles prolongeait
volontairement son séjour à la ville, qu'il ne
l'aimait plus, ou plutôt qu'il avait découvert
que jamais il ne l'avait aimée. Mais ce ne fut
pas lui qu'elle en accusa ; elle attribua son malheur à la légèreté naturelle des hommes, et sur-
tout des jeunes gens, et bien plus encore à elle-
même. Tout ce qu'elle s'était dit pour combattre la passion qui l'entraînait ; tout ce qu'elle
avait répété à son oncle ; tout... tout ce qu'un
seul baiser de Charles avait effacé se présenta
de nouveau et avec plus de force à sa pensée ;
elle n'accusa que sa propre folie de ses chagrins
actuels. Comment ai-je pu, se disait-elle, me
laisser aller à des illusions que je lui ai fait
partager quelques instants quand il ne voyait
que moi, et que mon amour insensé électrisait
son cœur reconnaissant ? J'ai passé l'âge où l'on

peut inspirer un sentiment vif et durable, lors même que, pour son malheur, on peut encore l'éprouver. Ces huit années que j'ai de plus que lui sont autant de siècles qui doivent nous séparer, et plus encore peut-être la différence de nos caractères : lui, si vif, si gai, si bien formé pour briller dans le grand monde ; moi, timide, sérieuse, aimant par raison et par goût la vie retirée. Non, non, nous ne fûmes pas créés l'un pour l'autre ; ces jeunes et belles personnes qu'il voit à la ville ont dû naturellement le lui faire sentir. Ingénieuse à se tourmenter, elle pensa bien plus de choses que madame Tellman n'aurait osé lui en dire. Mais ce qui honore son caractère, c'est que tout en croyant aveuglément ce que celle-ci lui avait rapporté, elle n'eut pas le moindre soupçon contre elle, et repoussa également toutes ses insinuations contre Charles, quoiqu'elle les crût dictées par l'amitié. Après plusieurs combats, elle prit en silence une ferme résolution ; et la seule personne à qui elle voulut la confier et ouvrir son cœur fut Charles lui-même.

Elle lui écrivit tout ce qu'elle avait appris ; mais elle n'y mêla pas le moindre reproche, pas la moindre nuance d'aigreur. Seulement quelques mots exprimaient un peu d'étonnement de n'en avoir pas été informée par lui-même : d'ailleurs, il était impossible qu'il plaidât mieux sa cause s'il eût été coupable ; elle faisait plus, elle l'approuvait, et lui jurait qu'à ses yeux il était complétement justifié. A présent, disait-elle en finissant ce singulier écrit, soyons amis, Charles, seulement amis, et toujours amis. Chacun de nous doit conserver en son entier l'estime que nous méritons tous les deux et la sainte amitié que nous nous sommes promise : pourquoi même ne lui donnerais-je pas encore, dans son plus noble sens, le nom d'*amour*, d'amour fraternel ? Pour cela, Charles, il faut nous séparer volontairement, avant que nous y soyons obligés. Ce qui vous a empêché de parler, c'est un petit sentiment de fausse honte, et je veux vous l'épargner. Un autre motif plus léger vous retenait aussi, et je puis encore l'anéantir.

Le testament de notre oncle vous lie dans votre opinion. Sans doute il est tout à mon avantage : mais trop de tendresse, trop de bonté ont gâté plus d'un enfant ; il faut que je prenne garde de n'être pas du nombre. Mon bon oncle croyait avoir tout prévu. Il a cependant oublié une chose : c'est le cas où moi, moi seule, par ma propre volonté, sans aucune suggestion, sans être offensée par vous, je voudrais rompre l'union projetée. C'est précisément ce qui arrive, et le testament ne peut vous punir.

Je vous supplie donc de me rendre ma parole ; et pour l'obtenir, je cède avec une vraie joie ma portion de l'héritage. Toutes les terres seigneuriales doivent appartenir au neveu qui porte le nom du testateur, et qui n'a rien fait qui doive l'en priver. Les huit mille écus que mon bon oncle m'a donnés, et une rente annuelle de cinq cents écus, que je me réserve, suffisent de reste à mes besoins. Je ne veux jamais me marier ; après ma mort, vous ou votre fils aîné serez mes héritiers.

Charles attendait avec la plus grande impatience une lettre d'Hélène : pour la première fois, depuis son absence, il n'en avait point reçu par le dernier courrier, et l'on en comprendra facilement la raison. Il n'en imagina pas d'autre qu'une indisposition, qui l'inquiéta vivement, ou peut-être une lettre perdue. Il arrache celle-ci des mains de son domestique, rompt le cachet, lit, ne sait s'il rêve, et reste frappé d'étonnement et d'indignation. Mais, en la relisant encore, le dernier sentiment s'évanouit, ou se reporta en entier sur les calom-

16

niateurs. Sa résolution du premier moment fut
de laisser là son procès, de partir à l'instant
même, de se justifier, et de faire honte à sa
cousine, par cet empressement, d'avoir pu le
juger aussi mal. Une réponse de bouche est ce
qu'il faut, dit-il; la présence, le regard, tout
parlera et réfutera mieux ce qu'elle suppose.
Il demanda des chevaux de poste; il fit dire à
son avocat qu'il partait; il aida son domestique
dans les préparatifs; chaque minute lui paraissait une heure : mais tout-à-coup il s'arrête en
se frappant le front, comme un homme à qui
il vient subitement une idée nouvelle, ou qui
s'éveille d'un songe. Il réfléchit encore. Dans
ce moment son avocat entra; il venait lui demander instamment de rester un seul jour de
plus : il avait l'espoir de pouvoir terminer son
affaire dans cette journée, et la présence de
son client était absolument nécessaire. Charles
était convaincu qu'il en serait de cette journée
comme des neuf semaines précédentes; cependant il y consentit. Les chevaux furent con-
tremandés, et il écrivit à Hélène le billet suivant :

　Mon excellente amie, tout ce qu'on vous a
raconté de ma conduite est exagéré, falsifié, et,
pour la plus grande partie, entièrement faux...

Mais vos considérations sont justes, profondément pensées, et l'offre avec laquelle vous terminez votre lettre est aussi désintéressée que magnanime.

J'accepte en entier votre proposition. Mon attachement pour vous, chère Hélène, était aussi pur que vrai, il est encore ce qu'il a toujours été. Ma volonté, mon ardent désir était de vous rendre heureuse, et non de vous tromper : je ne chercherai donc point à vous entraîner dans ce qui pourrait amener pour vous chagrin et repentir. Je répète que j'accepte vos propositions, j'y joins seulement une prière, c'est que cette nouvelle transaction soit formellement terminée et dans le plus court délai. Sous trois jours, je serai de retour pour la signer. Le jurisconsulte qui a dressé le testament de mon oncle est près de vous ; faites-le venir, donnez-lui vos pleins pouvoirs pour rédiger cet acte d'après votre volonté positive. Tout ce que vous lui dicterez sera signé, sans le lire, par votre ami et cousin,

CHARLES DE MOLDORF.

Certainement Hélène voulait très-sérieusement renoncer à son cousin et à son héritage ;

elle était décidée à persister dans cette résolution, quoi qu'il eût pu lui dire pour l'affaiblir :
mais elle s'était attendue qu'il dirait au moins
quelque chose, qu'il ferait ce que, dans la vie
commune, on appelle des façons, des complimens. Elle ne put donc se défendre d'un peu
de surprise de ce qu'il acceptait tout sans objection, sans regret, en demandant qu'un acte
fût dressé et signé sur-le-champ, comme s'il
eût craint qu'elle pût se dédire. Me serais-je
trompée sur son caractère ? s'écria-t-elle avec
un mélange de douleur et d'indignation ; mais
rejetant à l'instant cette pensée : Non, non, il
a raison ; il y a des choses qui ne peuvent être
faites trop promptement et trop positivement,
si on veut s'épargner des discussions pénibles
et embarrassantes. Ah, Charles ! je vous remercie de ne pas m'obliger à répéter que je ne suis
pas aimée, et de me fournir les moyens de
vous prouver combien je vous aime. L'avocat
fut aussitôt demandé ; elle lui fit d'abord dresser l'acte d'après les intentions qu'elle avait
énoncées, sans écouter ni ses représentations,
ni ses conseils, ni les insinuations de madame
Tellman, à qui quelques mots échappés firent
deviner ce qui se passait, et qui n'approuvait
pas en entier cette mesure. En renonçant à

son héritage et au mariage, elle lui faisait perdre la récompense promise par l'homme qui voulait épouser l'héritière du colonel. Mais tout fut inutile. Hélène n'écouta rien; et lorsque Charles arriva, le troisième jour, l'acte était prêt : il n'y manquait que sa signature, celle d'Hélène et quelques témoins. La conduite de Charles avec Hélène fut décente, convenable, mais contrainte. Il témoignait la plus parfaite estime, l'admiration, le respect, mais pas la moindre nuance d'amour. En l'abordant il lui baisa la main, mais ne l'embrassa pas; il se réjouit de la trouver aussi bien portante, et lui demanda avec assez de vivacité si elle l'était réellement. Il dit, dans la conversation, que, le jour même d'avant son départ, il avait terminé son procès par un accommodement dont il paraissait fort content, quoiqu'il eût sacrifié une somme considérable. Il lui raconta cent nouvelles de la capitale, dont Hélène n'entendait pas le quart; mais il ne le remarqua pas, ou n'eut pas l'air de le remarquer. De son côté, elle lui dit seulement que l'affaire dont il était question était aussi terminée et en état d'être signée; il lui répondit qu'il désirait inviter, le surlendemain, pour cette signature, cinq ou six de leurs voisins.

Hélène parut surprise. Il y a des choses,
ajouta-t-il, qui peuvent être envisagées de deux
manières, et qu'on ne peut pas faire légèrement : celle-ci, par exemple, ne doit pas laisser douter si elle s'est passée amicalement et
d'un accord mutuel. Hélène allait répondre,
et peut-être faire quelques objections; mais
Charles se leva promptement et quitta la chambre. Tout le reste de la journée et la suivante
furent employés à des affaires accumulées par
son absence. Hélène ne le vit qu'aux repas, il
lui parlait avec une extrême affabilité; mais
avec madame Tellman il était d'une froideur
qui allait presque jusqu'à l'impolitesse. Il ne
la regardait pas, et lui coupait la parole quand
elle s'adressait à lui.

Le jour suivant, arrivèrent les invités de
Charles, au nombre de six. Ce n'étaient pas
des *amis* (on en a rarement un tel nombre),
mais c'étaient des connaissances assez intimes.
Ils se réjouirent de son retour en le félicitant
de son prochain mariage. Hélène rougit, et
fit naître un prétexte pour sortir. Alors Charles
s'ouvrit entièrement à ses hôtes, et leur communiqua en peu de mots le changement survenu dans sa vie, et les offres généreuses de
mademoiselle de Drevitz. Tous parurent fort

surpris, admirèrent la noble conduite d'Hélène; deux ou trois firent une mine qui res-
semblait à une félicitation pour Charles; mais
il les arrêta d'un regard. Hélène rentra : elle
s'efforçait de paraître calme et contente, mais
ses yeux portaient encore quelques traces de
larmes, quoiqu'ils fussent alors parfaitement
secs. Charles lui dit que ses amis étaient ins-
truits de sa résolution, et qu'ils admiraient sa
générosité : tous le confirmèrent, Hélène s'in-
clina en silence. Le dîner fut annoncé, et ne
fut pas gai; cependant Hélène en fit les honneurs avec beaucoup de grâce, et Charles la
seconda. On but, on raconta, on plaisanta, on
chercha même à avoir de l'esprit; mais cette
aisance, ce contentement du cœur qu'on
trouve sans le chercher dans un repas d'amis,
n'y étaient pas. Charles regardait souvent sa
cousine avec intérêt, elle pouvait le remarquer peut-être; mais, passé le premier regard, elle baissa les yeux et ne le vit plus.

Après dîner, l'avocat se leva, sortit l'acte de
sa poche, et en proposa la lecture et la signature; ce qui fut accepté. Il le lut, et présenta
la plume à Hélène, qui mit son nom d'une
main très-ferme et avec un air serein; Charles
signa ensuite, puis tous les témoins. Cette af-

faire était donc (comme on dit) tout-à-fait en règle. L'avocat en avait fait deux copies. L'une restait entre ses mains, il présenta l'autre à M. de Moldorf ; mais Charles la repoussa. Non, monsieur, dit-il, c'est de la main de ma cousine que je dois recevoir ce papier qui renferme mon congé ; et s'il n'a pas été dicté par une injuste aversion pour moi, ou par quelque action de ma part qui l'ait mérité ; si Hélène est encore ce qu'elle m'a promis, d'être mon amie, je lui demande de me le donner avec le baiser de paix.

De tout mon cœur, dit-elle en s'avançant ; quand ce baiser devrait être le dernier de ma vie !

—Le dernier ! ma cousine, que le ciel m'en préserve !

Charles s'avança, l'embrassa, et se tournant ensuite du côté de la société : Mes amis, dit-il, vous avez cru seulement être les témoins d'une séparation volontaire et d'un accommodement entre nous ; peut-être êtes-vous surpris que j'en voulusse autant, lorsque deux suffisaient pour la validité de l'acte. A présent, je vous demande d'écouter tout ce que j'ai à dire encore à cette singulière amie ; vous jugerez entre nous : Chère Hélène, depuis le jour où

notre oncle unit nos mains, une seule chose
troublait mon bonheur, c'était la crainte qu'on
n'attribuât mon union avec vous à l'égoïsme
et à l'intérêt. Déjà quelques bruits de cette nature étaient parvenus à mes oreilles; ils aug-
mentèrent depuis la mort de mon oncle; je
regardai cela comme les petites épines qui ac-
compagnent un grand bonheur. Hélène me
connaît trop bien, pensai-je, pour qu'une telle
idée puisse naître en elle; et que m'importe ce
que les autres pensent? Mais votre dernière
lettre a détruit cette sécurité, et m'a prouvé
que vous aussi vous étiez atteinte de cet injuste soupçon. J'espérais le détruire; mais je
n'étais pas sûr qu'il ne revînt pas dans la suite,
et ne fût dans l'avenir un sujet de chagrin domestique et le tourment de notre vie. Chère
amie, pour ce motif, pour ce seul motif, je
vous demande de me pardonner tout ce que
j'ai fait aujourd'hui.

Hélène sourit douloureusement : Vous pardonner! mon cousin; qu'ai-je donc à vous
pardonner?...

Charles l'interrompant : Rien, rien à mon
cœur; mais je n'ai pas fini. Messieurs, dit-il
en se tournant vers ses amis, vous êtes témoins
qu'il ne tient qu'à moi de jouir seul et sans

17

condition de tout le bien de mon oncle, à l'exception d'une petite partie, qu'on assure encore à mes héritiers. A présent donc, chère
Hélène, à présent que je suis riche et que vous
ne l'êtes plus, je vous offre encore ma main et
mon cœur, heureux de pouvoir vous prouver
que je vous aime sans intérêt, et que mon plus
ardent désir est de faire votre bonheur autant
qu'il dépendra de moi!

Votre main, Charles! dit Hélène, extrêmement frappée. Quelle proposition étonnante,
inattendue! Pensez-y bien; ne nous sommes-
nous pas séparés volontairement? N'avez-vous
pas trouvé vous-même que j'avais raison? Est-ce
que mes craintes, mes inquiétudes ont jamais
eu ce misérable argent pour objet? N'y a-t-il
pas entre nous des inégalités bien plus fortes,
et qui doivent me décider à rester ferme dans
mon sens?

Eh bien! alors, interrompt Charles, le
testament de mon oncle doit rester aussi dans
son intégrité. (Il prend l'acte et le déchire.)
Vous devez rester en possession de cet héritage, qui vous appartient, et que vous ne
pouvez dénaturer. Par l'ombre chérie de notre
oncle, je jure que je n'ai jamais eu la pensée
d'en avoir une obole autrement qu'en en jouis-

sant avec vous ; mais je désirais vous convaincre que c'était vous que je voulais, indépendamment de votre fortune. J'en ai saisi l'occasion, et je vous en fais le serment en présence de nos amis. J'avoue que quand je vous offris ma main, j'étais seulement guidé par l'estime et la reconnaissance ; mais en apprenant mieux à vous connaître, l'amour le plus tendre, le plus vrai a bientôt suivi ces sentimens ; mon absence, bien involontaire, n'a fait que l'augmenter et me prouver que, sans vous, ni la vie ni la fortune n'auraient aucun prix à mes yeux. Je n'ai pas, même en pensée, je vous le jure, manqué une minute à la fidélité que je vous avais jurée, et je ne puis vous dire, mon amie, combien il m'en a coûté pour conserver, hier et avant-hier, le masque d'indifférence dont j'avais enveloppé mes sentimens. Si je suis dans l'erreur sur les vôtres, chère Hélène ; si vous rejetez mes vœux, mes espérances, c'est alors que je serai malheureux.

Moldorf aurait pu parler plus long-temps encore sans crainte d'être interrompu. Ce dénouement imprévu, cette demande, le feu avec lequel il parlait, tout devait surprendre les spectateurs, et tous se taisaient d'étonnement. Hélène paraissait irrésolue. Charles lui

tendit la main : elle y posa la sienne, qu'il pressa
de ses lèvres avec ardeur. Tous ses amis l'en-
tourèrent ; tous répétaient en chœur : O mademoiselle de Drevitz ! comment pouvez-vous
persister ?... Il y a toute apparence qu'Hélène
ne les entendait pas ; car sa tête était déjà
penchée sur le cou de Charles ; elle cachait
sa rougeur et ses douces larmes contre son
visage, et lui disait tendrement : O mon Charles ! tu fais de moi tout ce que tu veux, et
ta noble cruauté m'a vaincue. Il y eut ici une
pause, pendant laquelle Charles embrassa avec
le transport le plus vrai son aimable fiancée.
Ils reçurent ensuite les félicitations de leurs
amis, émus de cette scène, de la belle conduite de Moldorf, de sa récompense, et trou-
vant son sort digne d'envie. Leur joie était
sincère, si l'on en excepte madame Tellman,
qui voyait ses plans renversés : le regard de
Charles, sa manière de lui répondre avaient
dû dire qu'il l'avait pénétrée, et que son séjour auprès d'eux ne serait pas long. Ils ne
sont pas encore mariés, pensait-elle cependant ; et je suis encore là. Mais cet espoir fut
de courte durée. Charles s'adressa encore à
son Hélène. Pourquoi, lui dit-il, vous tai-
rais-je ma petite vanité ? Pourquoi, après avoir

obtenu ma première demande, n'en hasarde-
rais-je pas une autre avec la même certitude
d'être exaucé ? Oui, chère Hélène, j'ai osé
compter sur votre cœur comme sur le mien
propre, et je l'ose encore. Qui pourrait me
blâmer de désirer avec ardeur, à présent que
cette légère tempête est passée, d'entrer dans
le port où nous serons à l'abri de l'orage ? (Il
tira un papier.) Voici, chère amie, une permission de nous marier. Voilà nos amis; un
pasteur est près d'ici, il viendra dès qu'il sera
averti. Consentez que je le fasse appeler : ma
première requête m'a valu la promesse du
bonheur, que la seconde me le donne. Chère
Hélène ! consens qu'une aussi belle journée
soit terminée par la plus heureuse soirée.
Hélène n'était pas tout-à-fait de cet avis ; elle
demanda avec tendresse, mais très-sérieusement, deux ou trois jours de délai. Charles
trouva assez d'intercesseurs. On entoura Hélène ; on l'étourdit de sollicitations. Elle
croyait rêver, n'articula pas son consentement,
mais se tut ; et dans ce moment, le pasteur
entra. Alors elle mit sa main dans celle de
Charles avec une expression impossible à rendre, et qui compléta son bonheur. Le pasteur
les bénit, et l'heureuse Hélène fut liée pour

jamais à celui dont elle croyait, il n'y avait
une heure, être séparée pour la vie. Qu'est-il
besoin de rien ajouter ?

Les témoins s'en allèrent raconter dans
leurs familles cette singulière journée ; o
fut la nouvelle du lendemain et circula bientôt
dans toute la province, exagérée, embellie
ou dénaturée. Mais cependant la noble conduite des deux époux en cette occasion ii
posa silence à la malice : à peine osa-t-on
permettre quelques légères railleries. Nous
en excepterons madame Tellman, qui fut
congédiée dès le jour suivant. Hélène obtint
de son mari de ne pas lui faire les reproches
qu'elle aurait bien mérités, et lui fit même
un très-beau présent, qu'elle ne méritait pas.
La récompense de madame de Moldorf fut
qu'elle dit à qui voulut l'entendre, que toute
cette scène avait été amenée par des séductions
pour décider Charles, et qu'elle pariait sa
tête que ce mariage ridicule et disproportionné
entre un jeune homme et une vieille fille serait bientôt un enfer.

Elle aurait perdu. Onze ans se passèrent
sans le moindre nuage, sans le moindre repentir ni d'un côté ni d'un autre. S'ils eurent
peines, leur sentiment mutuel sut les adoucir.

tout était commun entre eux, peines, bonheur, et le bonheur, sous le rapport de leur
union, surpassa de beaucoup celui qu'on goûte
ordinairement en ménage. Il était naturel,
sans doute, qu'une personne accoutumée à
remplir ses devoirs comme nièce d'un homme
âgé, malade, humoriste, les accomplît tous
avec l'époux qu'elle adorait, et que sa vie fût
consacrée à le rendre heureux : mais que Moldorf, plus jeune de huit années, n'ait pas oublié ce qu'il lui avait promis; qu'il ait préféré
la société de sa femme et son intérieur à tous
les plaisirs que le monde lui offrait; qu'il lui
ait gardé une entière fidélité, c'est à quoi l'on
ne pouvait s'attendre.

La belle fortune qu'ils possédaient, l'usage
du monde, une disposition naturelle de M. de
Moldorf pour la gaîté et la vie sociale, faisaient
de leur château le rendez-vous de la bonne
compagnie du voisinage. Ils rendaient aussi les
visites qu'on leur faisait, et jouissaient ensemble de tous les plaisirs que peuvent donner
à-la-fois une grande aisance, une humeur li-
bérale et la vie de la campagne. Moldorf aimait
plus qu'Hélène les rassemblemens nombreux ;
mais comme il ne voulait pas y aller sans elle,
elle conformait, à cet égard comme à tout au-

tre, ses goûts à ceux de son mari. On les voyait toujours ensemble; et dans les sociétés les plus brillantes, il n'avait d'yeux, d'oreilles que pour sa chère Hélène. Lorsqu'on se permettait avec lui, sur cet objet, quelques railleries, il répondait d'un ton si ferme et si sérieux, qu'il imposait silence. Quelques jolies femmes, accoutumées aux hommages, recherchèrent les siens, lui firent même des avances, qu'il n'eut pas l'air de remarquer. S'il trouvait quelque danger à s'approcher trop de la beauté et de la séduction, il savait en éviter l'occasion avec adresse. Il était poli, galant avec toutes les femmes, mais n'était l'amant d'aucune. Il résulta de cette conduite soutenue un degré de confiance entre lui et Hélène qui se trouve rarement, même entre les époux les plus unis. N'ayant jamais une pensée à se cacher, leurs cœurs étaient entièrement ouverts l'un à l'autre; chacun d'eux trouvait au besoin conseil ou consolation. Ils connurent enfin, dans sa plénitude et dans sa pureté, tout le bonheur de cette relation intime où deux âmes et deux destinées, confondues l'une dans l'autre, n'en font qu'une seule.

Un chagrin pourtant troublait cette félicité, qui sans cela eût été déjà le bonheur céleste;

mais il n'en existe point de tel sur la terre.
Hélène n'avait pu conserver un enfant. Deux
fois mère, elle ignorait le plaisir ineffable de
presser sur son cœur un rejeton chéri, gage
de l'amour d'un époux adoré. Un fils, son pre-
mier-né, mourut en commençant la vie; une
fille lui fut enlevée deux jours après sa naissance. Elle arriva à l'âge où elle n'espérait
plus en avoir, elle pleurait en silence, et dans
les courts momens où elle était seule, ceux
qu'elle avait perdus. Elle ne cachait point à
Charles ses regrets, car jamais elle ne lui cachait rien, et elle était bien sûre de trouver
son cœur à l'unisson; mais à côté de lui elle
en sentait moins l'amertume, excepté cependant
lorsque les regards de son mari s'attachaient
sur deux beaux petits garçons, fils de son intendant : alors un soupir involontaire s'échappait de sa poitrine. Hélène lisait dans ses yeux :
Ah ! si mon fils vivait, il aurait cet âge; je
le verrais aussi courir dans le jardin! Mais
dès qu'il voyait qu'Hélène remarquait sa tristesse il souriait, il venait l'embrasser. Ces momens douloureux ressemblaient aux pluies d'un
beau printemps, qui rendent ensuite le ciel
plus serein et plus doux. Leur sentiment, con-
centré sur eux, en devenait plus vif et plus

tendre : ils étaient tout l'un pour l'autre.

Vers le milieu de la onzième année de leur union, leur ménage s'augmenta par l'arrivée d'une jeune belle-sœur d'Hélène. Quelques lecteurs s'étonneront peut-être de cette sœur qui tombe du ciel sans qu'on leur en ait jamais parlé. Ils le pardonneront en apprenant que madame de Moldorf ne la connaissait guère plus. Quelques détails sur l'enfance et la première jeunesse de notre Hélène expliqueront cette énigme.

Elle avait au plus dix ans lorsqu'elle perdit sa mère, sœur du colonel de Moldorf, dont elle était l'unique enfant. Son père, bon, mais très-faible, se remaria, au bout de deux ans de veuvage, avec une demoiselle très-belle, très-vaine, très-dépensière, et qui, depuis la douzième année de la pauvre Hélène jusqu'à sa seizième, la traita fort durement, la rendit très-malheureuse. M. de Drevitz était entièrement subjugué par sa femme; d'ailleurs, Hélène, douce, patiente par caractère, ne se plaignait jamais, pour ne pas augmenter les chagrins de son père. Il était d'une faible santé, et paya, au bout de quatre ans, de sa fortune et de sa vie le bonheur d'avoir été le mari d'une femme citée par sa beauté, par son luxe. A sa mort, elle s'embarrassa peu de la fille

d'un homme qu'elle avait ruiné et fait mourir
de chagrin ; elle la renvoya de chez elle à des
parens éloignés : ce fut là que la pauvre Hélène
mangea le pain de la compassion jusqu'au moment où, pour son bonheur, son oncle se retira du service, et la prit chez lui à l'âge de
vingt ans. Elle trouva alors un second père :
elle reçut enfin la récompense de ses vertus.

Madame de Drevitz, encore jeune, encore
séduisante, tendit de nouveau ses filets ; bientôt un baron qui avait des biens considérables
s'y laissa prendre, l'épousa, et eut exactement
le même sort que son prédécesseur. Un luxe
excessif de parure, d'ameublemens, d'équipa-
ges, la passion du jeu, des prodigalités de
toute espèce consommèrent sa fortune un peu
plus lentement, mais aussi complétement que
celle du père d'Hélène. Comme lui, le baron
mourut de chagrin, laissant un fils à demi élevé, une très-jeune fille, et rien ou presque
rien pour achever l'éducation de l'un et com-
mencer celle de l'autre. Sa veuve sentit trop
tard son imprudence : elle n'avait plus à présent pour une nouvelle conquête les charmes
de la jeunesse et de la beauté. Trop fière pour
solliciter des secours, trop vaine pour habiter,
dans sa misère, un séjour où elle avait paru

avec éclat, elle vendit une partie de ses bijoux, garda le reste pour ses besoins futurs, et
alla avec ses deux enfans s'établir dans un village de la Westphalie, où, pour la première
fois de sa vie, elle vécut avec modération et
dans la retraite. Mais ayant un autre genre de
tort, celui de mettre une différence extrême
entre ses enfans, elle n'aimait que son fils, ne
s'occupait que de lui seul, et négligeait complétement sa jolie petite Euphrosine. Mon fils,
pensait-elle pour s'excuser à ses propres yeux,
est plus âgé, plus avancé; dans peu de temps
il pourra être placé avantageusement, me rendre l'aisance que j'ai perdue : alors il sera temps
de s'occuper de l'éducation de sa jeune sœur.

Elle vendit donc, l'un après l'autre, ce
qui lui restait de bijoux pour l'éducation ou
l'avancement de ce fils chéri, sur lequel repo-
saient toutes ses espérances, et qui en effet annonçait des talens supérieurs. Lorsqu'il eut
dix-huit ans, il entra comme enseigne au service de Hesse, fut envoyé en Amérique, et
dans sa vingtième année son courage lui valut
une compagnie. Mais cet avancement, qui
comblait les vœux de sa mère, causa la perte
de ce jeune militaire. Un officier qui avait es-
suyé dans cette occasion un passe-droit, l'ap-

pela en duel, et le tua. Le désespoir de sa mère
ne connut aucune borne lorsqu'elle reçut cette
nouvelle; depuis quelques jours, elle avait vendu son dernier anneau pour subsister, comptant
pour l'avenir sur l'argent que lui ferait parvenir le capitaine, qu'elle espérait voir général
avant qu'il fût une année. Sa vie dissipée lorsqu'elle était riche, ses chagrins depuis qu'elle
était pauvre, avaient altéré sa constitution;
elle était menacée d'étisie. Ce coup imprévu,
ce malheur, le plus affreux de tous, acheva de
ruiner sa santé, et la conduisit en moins de six
semaines au tombeau, laissant une fille âgée
de douze ans, sans éducation, sans ressource,
et dans un pays où elle n'avait ni parens ni
amis. Une perspective aussi déplorable était
bien faite pour réveiller la sollicitude d'une
mère. Celle d'Euphrosine sentit ses torts, ses
erreurs, sa coupable négligence pour cette
enfant abandonnée, et, ne sachant à qui la
recommander, elle se rappela Hélène, à qui,
depuis son second mariage, elle n'avait pas
donné signe de vie, par orgueil, par oubli
pendant sa prospérité, et par honte lorsqu'elle
fut dans la misère. Mais elle était parvenue à
ce moment où l'on est au-dessus de l'orgueil
et de la honte. Elle écrivit donc de son lit de

mort à son ancienne belle-fille en lui recommandant *sa jeune sœur* Euphrosine, qui n'était pas même sa parente : mais elle employait tous les moyens pour l'attendrir. Elle avait entendu parler vaguement de l'héritage et du mariage d'Hélène, et n'en avait éprouvé qu'un vif sentiment d'envie; mais à ce moment où toutes les erreurs cessent, elle implore de cette belle-fille si maltraitée d'abord, et si négligée ensuite, le pardon généreux de ses torts, et ses bontés pour une jeune orpheline. Peu de jours avant sa mort, elle fit partir cette lettre, et lorsqu'Hélène la reçut, celle qui l'avait écrite n'existait plus. Au premier moment, elle éprouva la plus vive surprise de se trouver une *sœur* dont elle ignorait l'existence; la plus tendre compassion succéda bientôt : sa lettre à la main, elle courut près de Charles et la lui donna. Que devons-nous faire ? lui demanda-t-elle lorsqu'il en eut achevé la lecture. —Ce que notre oncle a fait pour nous, chère Hélène, aller demain chercher Euphrosine et l'adopter.

O Charles, Charles ! lui dit-elle en l'embrassant, toujours tu me parles comme mon âme.

Dès le lendemain, Moldorf se mit en route;

il alla en Westphalie, et ramena bientôt à sa
compagne la plus charmante des élèves. La nature avait donné à Euphrosine une figure ex-
pressive et touchante. Moins régulièrement
belle que sa mère, elle avait toute la douceur,
toute la sensibilité qui manquaient à cette dernière; et d'abord on se sentait entraîné à chérir cette jolie enfant, qui tirait tout son charme
d'elle-même, de son heureux caractère, et ne
devait rien à l'art. Elle ne savait encore ni lire
ni écrire; son éducation s'était bornée à quelques petits ouvrages de femme : Euphrosine
ne savait que se faire aimer, et personne ne le
lui avait appris. Lorsqu'elle vint auprès d'Hélène, avec ses beaux yeux pleins de larmes,
baiser sa main en la nommant sa *bonne sœur*,
le cœur de madame de Moldorf fut vivement
ému; elle pressa la jeune fille contre son sein.
Appelle-moi ta maman, lui dit-elle, car je
veux l'être, oui je jure d'être pour toi la plus
tendre des mères. Euphrosine, à qui ce titre
de mère ne présentait aucun doux souvenir,
aurait préféré l'appeler toujours *sa sœur*;
mais bientôt elle sentit ce que peut être une
mère, et combien elle avait gagné au change.

Hélène se consacra à l'éducation de cette
jeune plante, qui jusqu'alors avait été sans cul-

ture. Euphrosine fit des progrès rapides, et saisit toutes les instructions de son excellente *sœur*, car souvent encore elle la nommait ainsi; ce mot semblait les rapprocher davantage, et promettre plus d'indulgence à la petite Euphrosine. Pour Charles, elle ne put jamais s'accoutumer à l'appeler *son papa*; elle le nommait quelquefois *mon frère*, et plus souvent *mon ami*. Hélène trouva mille jouissances nouvelles dans l'ouvrage qu'elle avait entrepris, et s'attachait chaque jour davantage à son élève. C'était, disait-elle, un diamant brut qui valait bien la peine d'être poli. Son intérieur était plus occupé et plus conforme à ses goûts. Elle resta plus chez elle, et Charles s'y plaisait aussi davantage. La gaîté enfantine d'Euphrosine les animait en réveillant celle de Moldorf : tous avaient gagné à son arrivée. Hélène était trop heureuse sur cette terre, son bonheur ne pouvait plus que décliner.

La vieillesse est une des époques de la vie à laquelle on arrive insensiblement et dont on est averti par le changement graduel de son intérieur, et sur-tout des traits du visage. Chez les femmes, ce changement est beaucoup plus marqué : la délicatesse et la rondeur de leurs formes s'altèrent; la fraîcheur de leur

teint se fane ; les rides changent leurs traits ;
et, sans avoir l'air de s'en apercevoir, une
femme sent dans sa conscience qu'elle a perdu
ses moyens de plaire bien avant l'âge où les
hommes conservent encore des prétentions
bien fondées. Un homme qui ne fait point d'excès dans aucun genre ne vieillit plus de trente-
cinq ans à cinquante, ou du moins si imper-
ceptiblement, qu'on s'en aperçoit à peine. C'est
au contraire l'époque où la vie des femmes,
ou plutôt leur beauté, se précipite avec une
incroyable rapidité, où chaque jour creuse
une ride, efface une grâce, ôte quelque agré-
ment, où le chagrin et la maladie laissent des
traces ineffaçables. Sans doute il y a des excep-
tions à cette règle ; la nature aussi a ses caprices ; plusieurs mères ont l'air d'être la sœur
de leurs filles. Hélène était du nombre de ces
femmes qui ne vieillissent point. Son oncle
avait eu raison lorsqu'il disait que le genre de
sa figure gagnerait plutôt que de perdre par
les années. Lorsqu'Euphrosine arriva chez
elle, Hélène était à cet âge que les femmes
n'avouent jamais. Elle avait quarante-quatre
ans, et toute personne qui la voyait pour la
première fois lui en aurait donné dix de moins.
Ses joues étaient animées par une douce teinte

18

qui s'augmentait à la moindre émotion. Elle
avait assez d'embonpoint sans en avoir trop,
des dents bien conservées, et sur chacun de
ses traits se peignaient la sérénité de son âme et
le bonheur de sa vie. A peine alors paraissait-
elle moins jeune que son mari; et si Charles
n'avait eu cette expression de gaîté qui ra-
jeunit toujours, ils auraient paru du même
âge. Pour cet avantage seul, Hélène attachait
quelque prix à la jeunesse, et tâchait de se
conserver sans les secours de l'art, qu'elle ignorait et dont jamais elle n'avait fait usage.

Peu de mois après l'arrivée d'Euphrosine,
une fièvre nerveuse eut cours dans le village.
Plusieurs personnes qu'Hélène protégeait, et
même une femme de chambre en furent atta-
quées. Malgré le danger de la contagion, Hélène, voulant les soigner, succomba à son tour.
Pendant trois semaines elle fut entre la vie et
la mort. Sa bonne constitution, les soins soutenus de Moldorf et d'Euphrosine la rendirent
à l'existence; mais sa convalescence fut longue et pénible, et son changement tel, qu'elle
était méconnaissable. Ses joues étaient creuses
et livides, ses mains et ses bras décharnés, ses
lèvres pâles, ses dents avaient perdu leur
blancheur. Elle recula d'effroi la première

fois qu'elle se vit dans une glace. Grand dieu !
dit-elle, est-ce que je sors du tombeau ? Son
médecin, son mari voulurent en vain l'assurer
qu'elle reviendrait au même point. Elle se-
coua la tête ; elle n'y croyait pas ; et elle avait
raison. Sa santé revint, elle reprit même ce
qu'on appelle bon visage, mais ses grâces,
son embonpoint, ses couleurs, son regard
animé, son agréable sourire : tout cela était
perdu sans retour.

Mais ce qui fut plus fâcheux encore pour
leur bonheur intérieur, c'est que son humeur,
jusqu'alors si égale, changea tout autant que
sa figure. Elle perdit entièrement cette aimable sérénité, cette douce gaîté qui rendait sa
société si agréable ; elle devint triste, morose,
et quelquefois un peu susceptible et méfiante,
même avec son époux. Elle ne recevait plus
ses petites caresses, ses paroles amicales avec
l'air du doux contentement, mais avec une
mine qui voulait dire : C'est compassion ou
raillerie. Elle ne lui témoignait pas de l'humeur
ou de l'aigreur, car il lui était, dans le fond
de son cœur, plus cher que jamais ; mais elle
avait l'air de le plaindre de la contrainte qu'il
s'imposait, et de désirer la lui épargner. Jadis elle ne parlait jamais de la différence de

leur âge; il semblait qu'elle ne se la rappelait plus, et que l'amour mutuel les avait rapprochés. Maintenant elle paraît se croire elle-
même beaucoup plus vieille qu'elle ne l'est
en effet. Cette fête n'est plus de son âge;
cette société est trop jeune pour elle, cette
couleur trop brillante. Elle invite encore le
voisinage à venir chez elle, mais sans y prendre aucun plaisir. Elle sent bien, dit-elle
en soupirant, qu'un homme jeune encore a
besoin d'une autre compagnie que celle d'une
vieille femme. Dans ces rassemblemens, où
elle n'allait plus qu'à contre-cœur, si deux
personnes parlaient bas; si elle surprenait un
regard dirigé sur elle ou sur son mari, elle
était convaincue qu'on plaignait le beau Charles de Moldorf d'être associé à une compagne
aussi âgée et aussi laide. Cherchant à écouter ce qu'on disait, elle eut le malheur un
soir d'entendre un étranger qui disait à un
de leurs voisins : J'aurais cru que c'était sa
grand'mère......... Elle fut aussi sûre qu'on
parlait d'elle et de son mari, que si on les
avait nommés. De ce moment, elle tâcha d'é-
viter, même en société, d'être près de lui;
de se promener avec lui. Je ne veux pas t'attirer de plaisanteries, lui disait-elle, ni qu'on

te raille de tes soins pour ta grand'mère. Ingénieuse à se tourmenter, elle avait trouvé
le moyen de doubler les huit années qu'elle
avait de plus que lui ; car, disait-elle, je
devrais les avoir de moins : ainsi c'est seize
ans que j'ai de trop. Oh ! comment ai-je jamais
pu croire que cette énorme différence pouvait
être effacée ?

Qu'on ne pense pas cependant que notre Hélène fût changée au point de n'être plus aimable. A l'exception de cette funeste pensée qui
s'était emparée de son imagination, dans les momens où elle n'en était pas trop occupée, elle
était encore très-bien. L'éducation d'Euphrosine n'en souffrait nullement ; au contraire,
vivant plus retirée, elle pouvait y consacrer
plus de soins : seulement, en lui donnant des
conseils pour son avenir, elle y joignait toujours
celui d'épouser un homme beaucoup plus âgé
qu'elle.

Moldorf se désolait du changement moral de
sa femme. Il ne s'était affligé du changement
physique que comme d'une preuve de souf-
france, et se rendait à lui-même la justice que
son Hélène ne lui en était pas moins chère. Il
l'avait toujours vue si raisonnable, si exempte
de prétentions, qu'il ne pouvait concevoir cet

accès de vanité féminine, qui arrivait à l'âge
où d'ordinaire elle passe. Mais bientôt il vit
avec une tendre compassion que c'était un sentiment involontaire, une idée qui s'était emparée de sa tête dans un moment où elle était en-
core·faible et nerveuse, et y avait fait une impression ineffaçable. Il fit tout ce qui lui était
possible pour la tranquilliser ; mais ce fut en
vain. Non, Charles, lui dit-elle, non il est
impossible que tu puisses encore m'aimer
comme tu as cru autrefois aimer ton Hélène.
Ton amante, l'épouse de ton choix n'existe
plus ; laisse seulement espérer à la vieille femme
qui la remplace chez toi, que tu auras encore
pour elle un peu d'amitié ; laisse-moi me flatter
que nos âmes sont encore unies. Charles espérait que lorsque sa santé se fortifierait, elle sur-
monterait cette espéce de tristesse ou plutôt
de découragement ; mais il n'en fut pas ainsi,
cette funeste pensée se fortifia. Le jardin du
château devint sa seule promenade. Elle recevait encore avec beaucoup de politesse ceux
qui venaient les visiter ; mais après quelques
momens elle paraissait si triste, si fatiguée du
monde, qu'on s'en allait et qu'on revenait peu.
Quand Moldorf, en présence de quelques personnes, voulait lui faire une amitié, elle le re-

poussait doucement. Je t'en prie, Charles, lui disait-elle bas, laisse-moi. Ils te plaindront, ils me tourneront en ridicule, ils croiront que c'est moi qui le veux; il se retirait en soupirant.

Si Moldorf avait été un homme à la mode, un des maris du siècle présent, il aurait facilement pris son parti sur cette manière d'être. Avoir une femme qu'on ne regarde pas, dont on ne s'approche guère, à qui on n'a rien à dire, est la chose du monde la plus commune chez les gens du bon ton. Après onze ans de mariage et de bons procédés pour une femme plus âgée que soi, qui n'a jamais été très-belle et qui est devenue laide, plus d'un époux aurait cru en conscience avoir rempli tous ses devoirs et n'être plus tenu à rien qu'à la laisser à la tête de sa maison, d'autant plus qu'elle-même paraissait désirer d'être avec lui sur le pied d'une ancienne amie, et rien de plus.

Quoiqu'elle vécût aussi retirée que dans un couvent, elle était bien loin d'exiger que son mari menât le même genre de vie. Elle était toujours la première à lui rappeler que c'était le temps de la chasse, à le presser de se promener à cheval, de faire quelques visites à leurs voisins, quelques courses dans les villes voisines ou à la capitale. Elle craignait qu'une vie trop sédentaire ne nuisît à sa santé, ou qu'il ne s'ennuyât à côté de sa vieille compagne, et ne cessait de le presser de chercher des plaisirs, des distractions qu'elle ne pouvait plus lui procurer. Lorsqu'il revenait de ses petits voyages, il était reçu de la manière la plus affable; elle lui faisait servir les mets qu'il préférait; elle l'entourait de tous les soins, de tout ce qu'elle savait lui être agréable; elle lui faisait raconter ce qu'il avait fait, ce qu'il avait vu, et semblait y prendre autant d'intérêt qu'autrefois. Il croyait alors avoir retrouvé son Hélène; mais trois ou quatre jours plus tard, elle retombait dans son abattement, et le pressait de nouveau de faire quelque absence, d'aller s'amuser ailleurs. Si l'on ajoute à ce tableau de leur vie que Moldorf était dans la force de l'âge, plein de vigueur, de santé, toujours bien reçu dans toutes les sociétés où il allait, et souvent mieux même depuis qu'il venait seul, on pourra lui trouver quelque mérite à ne pas se livrer aux jouissances de son âge, à ne pas se sentir plus libre, plus heureux qu'il ne l'était auparavant.

Mais avec le bon et sensible Charles il en était autrement. Quoique Hélène ne fût ni jeune ni très-belle lorsqu'il l'avait épousée, il n'en est pas moins vrai qu'il lui avait donné tout son cœur, qu'il l'aimait avec passion. Sans doute elle s'était calmée par onze ans de possession, ce n'était plus que de l'amitié; mais peut-être devrait-on inventer un autre mot plus expressif et moins banal pour cette espèce de sentiment qui succède à l'amour, qui vit encore de doux souvenirs, qui, moins vif, moins exigeant que l'amour, est cependant bien plus tendre, bien plus intime que la simple amitié. C'était là ce que Charles éprouvait pour sa femme. Il ne pouvait jouir d'aucun plaisir, d'aucune joie pendant qu'il pensait qu'elle était loin de lui, triste et malheureuse. Il ne se reposait plus à présent sur son innocence, et se reprochait tout ce qu'il avait fait pour la décider à l'épouser. Il se rappelait cette lettre si noble, si touchante, ce mot si bien vérifié : « Ah ! ce n'est pas cet argent qui nous sépare ! il y a entre nous d'autres différences bien plus importantes, qui s'augmenteront avec le temps, et qui doivent me faire persister. » Il cédait avec peine à ses sollicitations de la laisser ; et ce n'était que par la persuasion intime qu'elle souffrait davantage lorsqu'il était là, parce qu'elle savait qu'il aimait

la société, et qu'elle ne pouvait croire que ce
ne fût pas un sacrifice. Il sortait donc en remerciant la Providence de leur avoir envoyé
Euphrosine, qui, grâce aux soins soutenus
d'Hélène, commençait à devenir une compagnie
agréable. Mais au milieu de ses amis, son
cœur était serré en pensant que sa meilleure,
sa plus ancienne amie n'y était plus avec lui.

Bientôt il eut une autre inquiétude. Ainsi que
le médecin l'avait prévu et que Moldorf le
craignait, un genre de vie trop sédentaire et
le chagrin qu'elle nourrissait dans son âme
altérèrent de nouveau la santé d'Hélène, ou
peut-être n'avait-elle jamais été bien guérie
d'un mal qui avait laissé des traces aussi pro-
fondes. Quoi qu'il en soit, à l'entrée de l'hiver,
elle redevint malade, non pas en danger de
mort comme l'année précédente, mais assez
pour alarmer son mari. Elle eut des retours de
bien, puis des rechutes; une toux opiniâtre
faisait craindre que sa poitrine ne fût attaquée.
On espérait que le printemps la remettrait, il
fit peu d'effet. Sa maigreur, sa faiblesse aug-
mentèrent, et souvent elle était forcée de passer plusieurs jours de suite dans son lit.

Trois années s'écoulèrent dans cette alterna-
tive et cet état habituel de langueur. Moldorf

résista alors à toutes ses sollicitations, et ne
voulut plus la quitter. Dans les intervalles où
elle se sentait un peu mieux, Hélène témoigna
elle-même le désir de revoir un peu de société.
Charles, enchanté de ce changement de disposition, sa hâta d'inviter celles de leurs connaissances qu'elle préférait. Elle parut y prendre
quelque plaisir, et s'amuser de celui d'Euphrosine; en sa faveur, il y eut même au château
quelques soirées dansantes, où Charles prit part
avec sa gaîté naturelle, augmentée par le meilleur état de sa chère Hélène. Mais ce moment
de bonheur fut court. Elle retomba plus malade
encore, et le fut cette fois plus long-temps.
Charles ne la quittait presque point, rien ne
pouvait l'engager à s'éloigner de plus de cinq
cents pas du château. Il cherchait à l'égayer,
à la distraire; et jamais aucune plainte, aucune
impatience, aucun air d'ennui ne purent faire
penser qu'il eût mieux aimé être ailleurs.

Pendant que la pauvre Hélène dépérit, et
que Moldorf remplit avec tant de zèle le triste
office de garde-malade, la jeune Euphrosine,
au milieu d'eux, grandit, s'embellit et devient
la plus charmante fille de la contrée. Moldorf
l'aimait comme le plus tendre père peut aimer
une fille unique et chérie; il se plaisait à lui

donner avec profusion non-seulement ce que
la bienséance exigeait, mais ce qui pouvait lui
faire plaisir ; il faisait de plus pour cette aimable enfant tout ce que la plus vive reconnaissance ne peut payer qu'à demi : il cultivait son
esprit, lui donnait de l'instruction, des talens.
Hélène s'était attachée à Euphrosine avec une
extrême tendresse. Elle eût été vraiment sa
sœur ou sa fille, qu'elle n'eût pu ni l'aimer
davantage ni lui en donner plus de preuves.
Euphrosine ne la quittait presque jamais le jour
que pour prendre, par ses ordres, l'exercice
nécessaire à son âge ; la nuit même, elle cou-
cha dans sa chambre jusqu'au moment où la
maladie d'Hélène fit craindre que la santé de
la jeune fille fût en danger. On la plaça dans
un cabinet voisin de la chambre de sa mère
adoptive. Autant que ses forces le lui permi-
rent, Hélène continua les instructions commencées avec succès ; mais enfin l'excès de sa
faiblesse la contraignit à les cesser. Elle ne
pouvait supporter l'idée de se séparer de son
élève, et de la remettre en des mains étrangères. Chaque jour, elle essayait encore de s'en
occuper elle-même, et toujours elle était forcée d'y renoncer. Elle priait alors Moldorf de
la remplacer. Le désir d'ôter à sa femme ce

souci ou cette peine, l'intérêt qu'il prenait lui-même à cette jeune personne, peut-être un peu d'ennui, lui firent accueillir avec empressement cette proposition. Peu à peu il devint entièrement l'instituteur d'Euphrosine, et chaque heure de la journée fut remplie par quelque étude. Il lui enseigna les langues modernes, que lui-même avait très-bien apprises dans ses voyages, la musique, les principes du dessin, ce qu'une femme doit savoir d'histoire et de géographie, la botanique, et mille autres connaissances utiles ou agréables. Il ne donnait pas ses leçons avec la pédanterie d'un pédagogue, mais comme un amateur de la bonne littérature, et formait en même temps son goût et son tact naturels par d'excellentes lectures et les réflexions qui en étaient la suite. On ne savait lequel admirer le plus du zèle de l'instituteur, ou de la facilité avec laquelle son élève saisissait ses leçons. En peu de mois, elle parlait le français, l'anglais et l'italien aussi bien que son maître, dessinait assez correctement, jouait assez bien du forté, lisait avec intelligence, et, ce qui vaut mieux encore, était aimable sans prétention, savait beaucoup de choses sans orgueil, sans pédanterie. Lorsque la société du voisinage revint au château, elle

fut généralement admirée, quoique par égard
pour Hélène, qui le demanda, on le lui témoi-
gnât peu : mais elle vit avec une bien grande
satisfaction que cette petite fille, qui lui était
arrivée à douze ans presque à demi sauvage,
l'emportait, à seize, sur toutes les demoiselles
dont on avait soigné l'éducation depuis leur
enfance. Toutes les mères auraient voulu l'a-
voir pour fille ou pour bru, et tous les jeunes
gens pour femme.

Il est facile de comprendre que Moldorf était
fier de son ouvrage. Quel plus grand plaisir
en effet que de pouvoir se dire : C'est moi qui
ai développé toutes ces perfections; la nature
lui a donné cette figure charmante, mais j'ai
formé son âme ; c'est à moi qu'elle doit ces
talens enchanteurs, ces connaissances agréables, ce maintien noble et décent ! Mais combien n'y avait-il pas de dangers pour l'un et
pour l'autre dans une telle relation ! Ce mo-
derne *Abailard* aimait chaque jour davantage
son écolière, et cette nouvelle *Héloïse* ne pouvait assez sentir à son gré toutes les obligations
qu'elle lui avait. L'amitié d'un homme pour
une jeune et belle femme touche de si près à
l'amour, et la vive reconnaissance dans un
cœur neuf, sensible devient si facilement une

tendresse exaltée! C'est ce qui arrive généralement, et qui ne pouvait manquer d'avoir lieu dans ce cas particulier. Qu'on pense que Moldorf, marié avec une femme plus âgée que lui, maladive, voit sans cesse une jeune fille éblouissante de beauté et de fraîcheur; qu'Euphrosine passe souvent des mois entiers sans apercevoir un autre homme que celui qu'elle regarde à-la-fois comme un bienfaiteur, un appui, un maître, un ami, un Dieu sur la terre; qu'elle entendait tous les jours la femme qui devait si bien le connaître faire son éloge; qu'elle pouvait elle-même admirer à chaque instant ses vertus domestiques, sa patience, sa bonté, sa bienfaisance, et que Moldorf était pour elle l'idéal de la perfection. Ah! déjà lorsqu'il vint dans le village où sa mère était morte, l'arracher à la misère, à l'abandon, lui faire mille caresses, l'emmener dans sa belle voiture, il lui avait paru un ange envoyé du ciel exprès pour elle. Ce sentiment de tendre respect, d'admiration, de reconnaissance n'avait fait qu'augmenter; il était à son comble depuis les soins qu'il donnait à son éducation. Elle le voyait au milieu du cercle de ses voisins l'emporter sur tous les autres hommes par la noblesse de sa figure, par son aimable physio-

nomie, son parfait usage du monde, et son
entretien à-la-fois instructif et agréable. On
ne peut s'étonner que, quoiqu'elle aimât tendrement Hélène, elle éprouvât quelquefois un
peu d'ennui dans la chambre d'une malade
triste et vaporeuse. Moldorf entrait, et, comme
par magie, l'ennui disparaissait. Il en était de
même de Moldorf. Euphrosine, par un mot,
par un sourire, dissipait à l'instant la tristesse
habituelle que lui donnait l'état d'Hélène, ou
du moins l'adoucissait. Toujours ensemble,
s'affligeant, se consolant mutuellement, le
danger croissait avec les charmes d'Euphrosine.
Quand elle entra dans sa dix-huitième année,
Moldorf accomplissait sa trente-septième. Elle
était bien plus pour lui que la sœur adoptive
de sa femme, il était bien plus pour elle que
le mari de sa sœur.

Sur cinquante de mes lecteurs, il y en aura
quarante-neuf qui croiront savoir d'avance ce
qu'ils vont lire : des scènes d'amour, des remords de conscience étouffés par une passion insurmontable, la vertu et l'innocence aux prises
avec cet amour, qui finit toujours par être
vainqueur; des aveux, des combats, des promenades au clair de la lune, des rencontres
sous l'épais feuillage; enfin une surprise d'Hé-

lène, qui ouvre, par hasard ou par soupçon,
la fenêtre ou la porte, et qui entend ce qu'on
voudrait lui cacher, des pleurs, des reproches.
On se trompe, on ne verra rien de tout cela. C'est
l'histoire commune des âmes faibles et romanes-
ques, et Moldorf n'était ni l'un ni l'autre. Se re-
posant sur ses principes, sur la longue habitude
de la tranquillité de son cœur, l'amour s'en
empara sans qu'il y fût préparé. Mais il ne
chercha pas long-temps à se faire illusion sur
ce qu'il éprouvait; et dès qu'il connut le pas
glissant qui l'entraînait vers un précipice, il
n'y eut plus pour lui de danger d'y tomber.
Une bagatelle l'éclaira sur ses sentimens pour
Euphrosine. Les années précédentes, lorsqu'elle était encore enfant, son plus grand
plaisir, sa plus douce jouissance étaient d'entendre faire son éloge et de la voir admirée.
Il s'aperçut à cette époque que cette admiration, ces éloges lui plaisaient mieux dans la
bouche d'une femme que dans celle d'un
homme. Un matin, il arriva de la ville des
visiteurs inattendus, qui venaient dîner au
château. Hélène était ce jour-là hors d'état de
paraître, elle dit à Euphrosine d'aider à Moldorf à faire les honneurs de la maison à cette
compagnie. Dans le nombre des convives était

un baron de Wels, jeune fat de la cour, qui avait eu déjà l'occasion de rencontrer Euphrosine, et s'était déclaré son admirateur. Il l'aborda en lui offrant une très-belle rose, qu'elle plaça dans son sein en le remerciant avec politesse. Moldorf se sentit pâlir ; il aurait voulu arracher, jeter bien loin cette fleur. Au dîner, Euphrosine se trouva placée à côté du baron ; elle lui parlait, lui souriait même : il fut impossible à Moldorf de manger. Après le dîner, une dame s'assit au piano, et joua une walse. Le jeune baron passa hardiment son bras autour d'Euphrosine, et dansa avec elle. Moldorf, tourmenté, fut obligé de quitter le salon, et forcé d'y rentrer bientôt : la danse avait fini ; mais le baron, appuyé sur le dos de la chaise d'Euphrosine, lui parlait avec vivacité. Il la pressait de chanter une romance nouvelle qu'il lui avait apportée. Elle allait céder, pour se débarrasser de ses persécutions, et s'approchait déjà du piano, lorsque Moldorf, venant au-devant d'elle, lui dit d'une voix altérée, qu'Hélène était plus souffrante. Le ton ému avec lequel il parla l'effraya. Elle se hâta d'aller auprès de sa sœur, qu'elle trouva tranquille et qui la renvoya bientôt au salon. Le jeune baron parut enchanté de ce prompt retour : Char-

les en était mécontent, mais plus encore de
lui-même ; car sa jalousie venait de lui découvrir en entier le secret de son âme, et la nature
de ses sentimens pour sa charmante élève. Il
en frémit ; malgré tous ses efforts, il ne put
dissimuler entièrement l'impression douloureuse que cette découverte lui fit éprouver.
Euphrosine, qui ne le perdait pas de vue, eut
bientôt remarqué qu'il était mal à son aise ;
et, de ce moment, toutes les galanteries du
jeune baron, tous ses beaux complimens furent perdus. Elle ne vit plus que son cher
Moldorf et son air triste, souffrant. Enfin la
compagnie partit, au grand soulagement de
tous les deux ; mais elle n'en fut pas plus heureuse. Charles se plaignit d'un mal de tête
extrême ; il la chargea de l'excuser auprès
d'Hélène s'il ne venait pas pour souper. Il alla
s'enfermer dans sa chambre, et ne reparut pas.

Il ne put dormir de la nuit, et réfléchit beaucoup sur le danger de sa situation. En faisant
un examen sévère de son cœur, il y trouva l'i-
mage d'Euphrosine gravée en traits de feu,
se rappela tout ce qui avait amené insensiblement une passion sur laquelle il ne pouvait
plus se tromper ; ces duos qu'il répétait avec
elle au clavecin, en conduisant sa main dans

les passages difficiles ; ces longues lectures tête
à tête, assis à côté d'elle, et respirant sa douce
haleine. Ah! combien de fois déjà l'émotion
qu'il éprouvait en lisant avec elle un sonnet
de Pétrarque, une scène de *Bérénice*, ou du
Roméo de Shakespeare, aurait dû l'éclairer! Il
l'attribuait au style des poëtes, il sent à présent que la lectrice en était la seule cause. En
portant la sonde au fond de son cœur, il craint
que celui de la jeune fille n'ait reçu la même
atteinte; il ne peut même en douter lorsqu'il
se retrace mille circonstances où, dans son innocence, elle a dévoilé une passion aussi forte
que celle qu'elle inspire. Lorsque Hélène était
un peu mieux, c'était dans sa chambre, à côté
de son lit, que l'on faisait les leçons et les lectures; mais le plus souvent elle en était fatiguée, et priait ses amis de passer dans le salon d'étude. Seule alors avec son maître, Euphrosine paraissait plus heureuse, plus animée.
Quelquefois ils se plaignaient, il est vrai,
d'être renvoyés et de l'humeur de leur chère
malade; mais alors encore leurs cœurs étaient
à l'unisson. Quand ils étaient seuls, on dînait
auprès d'Hélène, qui après faisait un long
somme. Euphrosine voulait étudier sa musique; mais elle voyait Charles se promener sur

la terrasse, et ne pouvait résister au désir d'aller le joindre. Avec une joie, une reconnaissance enfantines, elle l'embrassait lorsqu'il lui faisait un présent, et depuis quelques mois, elle avait eu bien souvent l'occasion de le remercier.... Enfin tout, pendant cette nuit d'insomnie, éclaira Moldorf sur ses sentimens, sur ceux de sa jeune amie. La jalousie insensée que les assiduités du baron lui avaient donnée, fut, il est vrai, complétement dissipée ; mais il n'en fut pas moins malheureux par ses remords. Il ne pouvait se pardonner d'avoir développé dans le cœur innocent de cette intéressante fille un sentiment coupable, et qui ferait le malheur de sa jeunesse. Ce qui aurait enchanté un libertin, un homme sans principes, fut ce qui le confirma dans la résolution sévère, mais ferme et positive, de rendre à tout prix la paix à Euphrosine. Si jeune encore, ne connaissant pas elle-même le sentiment qui s'était établi peu à peu dans son âme, il espéra qu'elle l'oublierait facilement ; et si cette idée le fit soupirer douloureusement, elle n'ébranla pas ses projets. Il aurait voulu les exécuter sans délai, car celui qui renvoie à remplir un devoir pénible ne le veut pas sincèrement ; il espère en être dispensé. Mais il était aussi difficile à Moldorf de s'éloigner que d'en avoir le désir. Sous quel prétexte quitter une femme malade, dont sa présence seule adoucit les maux ? Le peut-il sans confirmer par là de cruels soupçons sur son indifférence, ou lui en donner un plus cruel encore et bien plus fondé ? Et ses affaires domestiques, son économie, qu'il surveillait seul depuis que sa femme ne le pouvait plus : peut-il tout quitter, tout abandonner dans ce premier moment ? C'était presque impossible. En attendant qu'il en eût trouvé le moyen, il se promit du moins de veiller sur lui-même avec un soin scrupuleux, et d'éviter, autant qu'il lui serait possible, d'être seul avec Euphrosine.

Plus content de lui, il descendit pour le déjeûner, qu'on prenait dans la chambre d'Hélène; mais il trouva Euphrosine établie au salon, contre sa coutume, à cette heure. Elle y était pour le voir une minute plus tôt ce jour-là. Son mal-aise de la veille, sa prompte retraite, l'avaient vivement alarmée; elle avait aussi bien peu dormi. On pouvait le remarquer à ses yeux, animés seulement par la plus tendre sollicitude. Avec quel feu elle s'exprime! Elle prend la main de Charles, elle pose la sienne sur son front: Il est brûlant, dit-elle, et vos joues si pâles! Ah! bien sûrement, vous allez aussi être malade; et que deviendra la pauvre Euphrosine? et ma sœur, ma bonne sœur!.... Mon ami, mon frère, ne soyez pas malade; pensez que vous seul au monde.... Allons chez ma femme, dit Charles avec un effort de courage, en éloignant les mains de l'aimable fille, tandis qu'il aurait donné sa vie pour les retenir, pour les presser sur son cœur, contre ses lèvres. Je suis bien, ajouta-t-il en s'efforçant de sourire. J'eus hier une migraine que l'air achèvera de dissiper. Calmez votre imagination, chère Euphrosine, et gardez-vous bien d'inquiéter Hélène. Ils entrèrent chez elle. Charles fut d'abord plus gai, plus tendre même avec sa femme qu'à l'ordinaire, par le sentiment de ses torts et la crainte d'être pénétré; mais bientôt il devint sombre, rêveur. Euphrosine ne le perdait pas de vue, ouvrait la fenêtre, parce qu'il avait dit que l'air lui ferait du bien, la refermait de peur de faire du mal à Hélène, servait mal le déjeûner, et prouvait toujours davantage à Moldorf la nécessité de s'éloigner, en même temps qu'elle en augmentait la difficulté; car, dans les commencemens d'une passion, l'amour se double en étant partagé.

Hélène parla de la société de la veille, Eu-

phrosine témoigna vivement combien les attentions du baron de Wels lui étaient importunes.
D'abord, dit-elle, sa fatuité m'a divertie, mais
ensuite elle m'a été insupportable. Oh! comment est-il possible, ajouta-t-elle en regardant
Charles avec la plus vive tendresse, que tous
ceux qui voient mon frère ne le prennent pas
pour modèle? Hélène appuya cette idée. Moldorf fut cacher son trouble vers la fenêtre,
puis se rapprocha de sa femme, parla légèrement de son mal de tête, dit qu'il voulait faire
une longue promenade à cheval, et qu'il ne
donnerait pas de leçon. Ah! guérissez votre
tête, dit Euphrosine; c'est, aujourd'hui, tout
ce que je veux apprendre. Charles étouffa un
soupir, baisa la main de son Hélène. Euphrosine avançait la sienne avec l'espoir de recevoir le même hommage; mais ce fut en vain.
Elle n'obtint qu'un triste sourire, et ne revit
qu'un instant, le soir, son maître bien-aimé.
Il avait dîné chez un ami, prétendit être fatigué de sa course, et se retira chez lui.

Nous n'entrerons pas dans le détail des premiers jours qui suivirent cette fatale découverte. Moldorf, avec toute la force d'un honnête homme, persista dans le plan qu'il s'était
tracé, et fit si bien que, sans trop d'affectation,

il fut rarement seul avec Euphrosine. Il sus-
pendit plusieurs leçons, sous le prétexte qu'elle
en savait assez; les autres se donnaient dans
la chambre de madame de Moldorf ; et les
jours où elle était trop faible, Charles avait
quelque course à faire dans le voisinage. Mais
ce ne fut pas sans peine qu'il soutint cette noble et sage conduite. Outre son propre cœur,
il avait encore à combattre celui d'Euphrosine.
L'innocente fille mettait plus de soin à le chercher, qu'il ne pouvait en mettre à l'éviter. Sans
cesse il la trouvait sur ses pas ; souvent même
elle entrait dans son cabinet d'étude, ou pour
prendre un livre, ou pour lui demander l'explication de quelque phrase de ses lectures dans
les différentes langues qu'il lui avait apprises,
et qu'elle oubliait, lui disait-elle, depuis qu'il
ne lui donnait plus de leçons. Pauvre Euphrosine! chaque jour, chaque instant augmentaient
cette passion dont elle ne se doutait pas encore
elle-même. Elle aimait plus encore qu'elle n'é-
tait aimée, car c'était son premier amour. La
nouvelle conduite de Moldorf avec elle la sur-
prit d'abord, puis l'affligea profondément. Elle
allait au piano, dans l'espoir qu'il viendrait,
comme à l'ordinaire, chanter avec elle, et
commençait ses airs favoris. Quand il les en-

20

tendra, disait-elle, il faudra bien qu'il vienne.
Hélas! il ne les entendait que trop pour son
repos, mais il ne venait pas. Peu à peu la voix
baissait, puis s'éteignait tout-à-fait, et souvent
était remplacée par des sanglots. Que lui ai-je
fait? pensait-elle; pourquoi me traite-t-il à
présent avec cette froideur? Je croyais qu'il
m'aimait. Ah! combien je me suis trompée!
Mais peut-être, sans le savoir, j'ai fait quelque chose qui l'a mécontenté? Si je pouvais le
deviner, et lui en demander pardon! Elle re-
passait alors dans sa mémoire toute sa conduite, jour par jour, semaine par semaine, et
ne trouvait que tendresse, docilité pour celui
qui la traitait actuellement avec tant de ri-
gueur. Elle le voyait trop peu seul, pour entrer dans quelque explication avec lui sur sa
manière actuelle; d'ailleurs, elle ne l'aurait
pas osé. Quelque chose qu'elle ne pouvait définir la retenait lorsqu'elle voulait se plaindre;
elle craignait de l'éloigner plus encore par des
reproches. Mais dans les momens, toujours
plus rares, où elle se trouvait avec lui, elle
redoublait ses amitiés, ses caresses, et y mettait presque cet art naturel aux femmes pour
regagner ce qu'elle avait perdu. Alors Moldorf, au contraire, devenait plus sérieux, plus

contraint, et s'éloignait avec plus de promptitude.

Enfin, ne pouvant plus supporter cet état,
ce fut à Hélène elle-même que l'innocente
jeune fille ouvrit son cœur, et se plaignit, avec
tendresse, avec douleur, de l'*indifférence* de
Moldorf. Je ne puis comprendre ce que je lui
ai fait, disait-elle en fondant en larmes, ni
pourquoi il m'a retiré son amitié. Comme la
vôtre, elle faisait tout mon bonheur.

Pourquoi ne lui demandes-tu pas à lui-
même ? répondit Hélène.

— Je l'ai fait à demi, car je n'ai jamais osé
m'expliquer tout-à-fait, et il m'a paru qu'il
était plus fâché encore. Son visage s'altérait ;
il se dégageait de mes mains qui pressaient les
siennes, et sortait sans me répondre. Hier encore je lui dis bien doucement : Mon frère, vous
n'aimez plus Euphrosine. Eh bien ! il me
quitta sans me dire un seul mot ; je jurerais
pourtant, oui, je jurerais que j'ai vu des larmes dans ses yeux. Ah ! c'étaient bien sûrement des larmes de colère et d'impatience !

Hélène parut frappée. Comment ! depuis
quand.... Elle s'arrêta, parut réfléchir quelques
momens en silence, puis, en souriant, elle
dit à Euphrosine que Moldorf n'avait sûrement

aucun grief contre elle. Les hommes, ajouta-
t-elle, sont sujets, en général, à ces momens
d'humeur et de tristesse : peut-être a-t-il dans
la tête quelque affaire.... ; mais cela ne peut
te regarder, et passera avec le temps. Le soir
même, elle donna à Euphrosine quelque occupation qui devait la retenir dans sa chambre,
et, seule avec son mari, elle lui fit part des
inquiétudes, des craintes de sa jeune élève.
Charles fut d'abord étonné de les entendre de
cette bouche, le regard pénétrant d'Hélène
augmenta son embarras. Cependant il se remit, et ce qu'il répondit, sans être la vérité
tout entière, ne fut pourtant pas une fausseté.
Il lui dit qu'il était vrai qu'il avait trouvé superflu, et peut-être inconvenant, de continuer
à instruire une fille si grande, si formée ; que
ses soins, son assiduité pouvaient être mal in-
terprétés ; que déjà il avait entendu quelques
plaisanteries, qui lui avaient fait prendre la
résolution de cesser les leçons qu'il lui donnait, et dont elle n'avait d'ailleurs plus besoin, pouvant à présent s'instruire elle-même
par ses lectures ; que, ne voulant point expliquer à Euphrosine ses motifs, et redoutant
les explications, il n'avait pas mis, peut-être,
la mesure nécessaire ; mais que lui-même.....

Il s'arrêta ; Hélène l'interrompit. Charles, lui dit-elle en prenant sa main qu'elle serra tendrement, mon Charles, je n'avais pas besoin de cette nouvelle preuve que tu es vraiment un honnête homme.... Je tranquilliserai Euphrosine. Cherche de ton côté à te tranquilliser toi-même. Elle s'était levée pour cet entretien, et subitement elle entra dans son cabinet.

Moldorf n'eut le courage ni de la suivre, ni de lui demander l'explication de ces paroles. Il ne sut pas non plus ce qu'elle avait dit à Euphrosine. Mais, le lendemain matin, celle-ci était plus sérieuse et plus triste qu'à l'ordinaire. Ses yeux baissés ne suivaient pas, comme auparavant, tous les mouvemens de Moldorf ; son maintien annonçait la retenue, la crainte. Cette gaîté naïve de la jeunesse, qui souvent, malgré ses douleurs, faisait sourire la malade était évanouie, et ne revint pas. Ceux qui connaissent le cœur humain et la force impérieuse des passions, conviendront que le sacrifice que Moldorf faisait à la vertu était méritoire. Le meilleur des hommes est cependant un homme ; l'amour peut être comprimé, mais point anéanti. Semblable au feu caché d'une mine de charbon, il consume d'autant plus qu'il ne peut faire explosion au dehors. C'était la situation de Moldorf. Par ses efforts et ses réflexions, il était parvenu à raisonner sa conduite, mais non à maîtriser ses sentimens. Il y avait des momens où cette renonciation volontaire au bonheur lui paraissait au-dessus des forces humaines; d'autres, où une voix intérieure criait au fond de son cœur que c'était une folie. Insensé! se disait-il, pourquoi veux-tu faire plus que mille autres à ta place ne feraient? Pourquoi te refuser au moins la félicité céleste d'ouvrir ton cœur à celle qui le remplit en entier, et de lire dans le sien? Ensemble, nous trouverions plus de force pour soumettre notre passion aux lois sévères de la vertu. Je ne porterai nulle atteinte à la sienne, je respecterai son innocence comme un dépôt sacré; mais que, pour prix de tant d'efforts, elle sache combien je l'aime, et que j'entende de sa bouche que je suis aimé! Ah! Moldorf sentait lui-même au fond de sa conscience tout le danger de cet aveu; il savait que le premier pas sur une pente rapide entraîne sans qu'on puisse se retenir, et il rejetait bientôt ce prestige de son imagination. Mais combien de fois encore cette séductrice combattit contre le sentiment de ses devoirs avec des forces inégales! A côté même du lit de sa femme, elle lui présentait une image, une possibilité qu'il repoussait avec horreur. Mais quel mortel est maître de ses pensées? Ah! plutôt que de condamner Moldorf, admirons le courage avec lequel il sut résister et imposer silence à une passion violente, que tout favorisait. Il essaya mille moyens de la vaincre. De nouveau il invita une société nombreuse. Dès qu'Hélène, plutôt languissante que malade, était un peu mieux, il donnait de petites fêtes, pour éviter, autant qu'il le pouvait, ou de passer les journées avec Euphrosine, ou dans une solitude qui nourrissait et augmentait son amour. Il eut même le courage de penser que, dans le nombre des jeunes gens qui viendraient à ces rassemblemens, il s'en trouverait un qui ferait quelque diversion dans le cœur d'Euphrosine, pourrait prétendre à sa main, et la séparer ainsi naturellement de lui. Ah! ce qu'il dut lui en coûter pour avoir même cette pensée, pour la favoriser, doit le justifier aux yeux des lecteurs les plus sévères.

Elle ne réussit qu'à demi. Euphrosine, embellie encore par un doux voile de mélancolie, fit la conquête de tous les hommes qui la virent, aucun ne produisit sur elle la plus légère impression. Elle reçut avec politesse tous les hommages qui lui furent adressés, mais sans donner l'ombre d'espérance, sans qu'aucun de ses admirateurs pût obtenir une réponse favorable. Quelquefois, entourée de cet essaim d'aspirans à son cœur ou à sa main, un regard jeté à demi sur Moldorf le mettait dans un tel trouble, qu'il était tenté de tomber aux pieds de cette charmante créature, de s'écrier avec l'ardeur qui le consumait : Moi, moi seul j'ai des droits sur elle, car elle m'aime, et je l'idolâtre! Il se hâtait alors de quitter le salon, et tâchait, en se promenant dans sa chambre, de rendre quelque repos à son âme agitée. Il lui paraissait inconcevable que tout le monde ne remarquât pas l'orage continuel de son cœur; et plus inconcevable encore de n'avoir jamais rencontré le regard observateur d'Hélène; il ne savait, hélas! où il trouverait à l'avenir des forces pour soutenir un combat et une situation dont le danger s'augmentait chaque jour.

Plus de vingt fois il fut sur le point de se choisir un confident, à qui il pût demander un conseil salutaire...... Et ce confident, c'était Hélène elle-même. A elle seule, au monde, il voulait ouvrir son cœur; et s'il craignait de

trop blesser le sien par la peinture de l'excès
de son amour pour Euphrosine, il voulait du
moins lui avouer qu'il sentait le danger de
vivre avec elle, et la conjurer de trouver un
moyen plausible de l'éloigner quelque temps,
ou de consentir que lui-même s'éloignât. Pendant ses longues nuits d'insomnie, il avait ar-
rangé jusqu'au moindre mot de ce qu'il voulait
lui dire, et il renvoyait toujours au lendemain ce difficile aveu. Il se persuadait que
c'était plutôt pour Hélène que pour lui qu'il
ne pouvait s'y décider. Si, dans son état
de faiblesse, l'impression qu'elle en recevrait
augmentait son mal; s'il allait réveiller dans
cette âme sensible et blessée le soupçon qu'elle
n'avait jamais été aimée, et le remords d'avoir
consenti à se lier à son sort; si elle ne pouvait se résoudre à se priver de sa sœur, de sa
compagne, d'une amie dont les soins lui sont
si nécessaires, devait-il proposer ce moyen?
Quant à son propre éloignement, il avait
déjà sondé Hélène depuis qu'il avait le projet
de se séparer d'Euphrosine. Charles, lui avait-
elle répondu avec une extrême tendresse, ne te
donne pas le chagrin d'avoir hâté ma fin par
ton absence, ne la rends pas mille fois plus
douloureuse en me quittant avant que je sois

forcée de te quitter. Toutes ces considérations
le retenaient. Il résolut de renfermer plus que
jamais ses peines, de ne pas les faire partager
à sa femme, de ne plus user ses forces dans
des combats inutiles, et de les employer seulement à concentrer en lui-même une passion
qu'il ne pouvait vaincre, lorsqu'une circonstance inattendue vint soudainement changer
sa situation.

Près de trois années s'étaient écoulées. Sur
la fin de la troisième, Hélène fut beaucoup
plus malade, et pendant l'hiver il y eut des
semaines où l'on crut qu'elle allait s'éteindre.
Mais au contraire, dès les commencemens du
printemps de la quatrième année, elle se ranima, reprit peu à peu des forces, du courage.
Elle restait des demi-journées sur son balcon
ou dans le jardin à respirer un air vivifiant.
Elle hasarda ensuite des promenades en voiture d'une ou deux heures, qui ne la fatiguè-
rent pas. Elle ne toussait plus à chaque coup
de vent, et son état annonçait plus de vie et
de gaîté. Nous devons à Charles la justice de
dire qu'il en reprit aussi lui-même en voyant cet
heureux changement dans la santé de son Hélène. C'était à présent sa propre fin qu'il désirait avec ardeur, et non celle d'une épouse

qu'il chérissait, quoiqu'il adorât Euphrosine
de toute la force de son âme. Cette aimable enfant
jouissait aussi avec bonheur du rétablissement
de la santé de sa sœur bien-aimée. On l'attribuait moins au printemps qu'à l'habileté d'un
nouveau médecin qu'Hélène consultait. Elle
avait changé le vieux et prudent praticien de
son oncle, qui traitait toutes les maladies avec
des yeux d'écrevisse et du tamarin, contre un
jeune docteur entreprenant, qui remplaçait l'expérience par beaucoup d'étude, de zèle et de
promptitude dans ses ordonnances. Il avait,
il est vrai, donné quelque occupation aux fos-
soyeurs; mais, depuis quelque temps, trois ou
quatre cures de personnes abandonnées des
autres médecins avaient fait sa réputation et
décidé Hélène à le prendre. Elle s'en trouva
bien. Il supprima la litanie des herbages, le
thé pectoral, les poudres absorbantes du vieux
docteur, prit une route complétement oppo-
sée, et la confiance de la malade augmenta
l'efficacité des remèdes. Outre son habileté, le
docteur Wendler était très-aimable; il parlait
très-bien sur d'autres objets que la médecine.
Hélène ne faisait plus rien que d'après ses conseils, et Moldorf l'appelait, en plaisantant,
son conseiller. En effet, la confiance d'Hélène

21.

augmentait avec son bien-être. A chaque visite du docteur intime elle lui témoignait vivement sa reconnaissance, assurait qu'elle lui
devrait le retour à la vie, à la santé et qu'elle
suivrait aveuglément tout ce qu'il lui or-
donnerait. Eh bien! madame, lui dit-il, je
vais vous mettre à l'épreuve. Ce que j'ai fait
jusqu'à présent est peu de chose : la saison
favorise mes remèdes; mais le moindre vent
d'automne peut en détruire l'effet. Profitez du
moment où vous êtes mieux, pour prendre
le seul dont je puisse en conscience vous promettre le succès. Allez aux bains de Pise : ces
eaux salutaires peuvent seules assurer votre
guérison; et si vous suivez mon conseil, j'ose
vous promettre avec certitude une parfaite
guérison.

Moldorf appuya fortement l'avis du docteur.
Il était bien aise pour lui-même de rompre
cette vie casanière, de voir d'autres objets
que la dangereuse Euphrosine, de donner un
cours différent à ses pensées. Il pressa donc
Hélène sérieusement et avec la plus tendre
amitié de ne pas rejeter ce moyen de guérison, et lui promit que, dans trois semaines,
tout pouvait être prêt pour une absence de
six mois. Il ne négligea rien pour qu'Hélène

pût voyager commodément et sans aucune inquiétude. Cependant elle paraissait irrésolue.
Sans prononcer un non positif, elle alléguait
tantôt la longueur du voyage, la pénible traversée des Alpes, son peu d'habitude de voyager, son ignorance de la langue italienne;
bref, des objections qu'un mot pouvait détruire. Mais il était facile de voir, au son de
sa voix, à sa physionomie, qu'elle cachait encore quelque chose, et que, pour d'autres motifs, ce voyage ne lui plaisait pas.

M. Wendler renouvela son conseil, et plus
vivement encore, à mesure que la saison s'a-
vançait; il alla même jusqu'à dire qu'on gé-
mirait de ne l'avoir pas suivi pendant qu'il en
était temps. Alors Moldorf alarmé pressa Hélène, lorsque le médecin fut parti, de se décider; il y mit beaucoup d'instance, d'amitié.
Sa femme en parut touchée, et après quelques
minutes d'un combat intérieur et très-visible,
elle prit la parole.

Eh bien! oui, mon cher ami, lui dit-elle,
je crois même que les bains de Pise me feront
beaucoup de bien. Je te remercie du tendre
intérêt que tu me témoignes; il doublera, sois-
en sûr, le bon effet de cette cure. Mais s'il est
vrai que tu désires le retour d'une vie qui pour

bien des maris serait plutôt un embarras, il
faut, mon Charles, que tu consentes à quelque
chose qui peut seul me décider à ce voyage,
lors même que ce ne serait pas ton opinion.
Veux-tu me le promettre ?

— Eh ! pourquoi ces préparatifs ? Parle, je
veux tout ce que tu voudras.

— Eh bien ! que moi seule.... que toi du
moins tu ne m'accompagnes pas à Pise.

Charles était accoutumé, depuis la longue
maladie de sa femme, à ses singuliers caprices ;
cependant celui-là l'étonna beaucoup. Quoi
donc, Hélène ! s'écria-t-il, ta misantropie est-
elle poussée au point que ma société te soit
importune ?

— Oh ! elle a été pendant quinze ans ma
seule consolation, mon plus grand bonheur ;
à présent encore j'en sens le prix autant, je te
le jure, qu'au moment où, près du lit de mon
oncle, je tombai dans tes bras. Mais ce qui
causa si souvent mon chagrin en vivant chez
moi, ce qui a donné lieu à ma retraite, aug-
menterait mon mal dans l'étranger. Non, Charles, je ne me fais plus d'illusion ; je connais
le disparate de nos figures, de nos âges, de
ma vieillesse hâtée par les maux, et de la
beauté, qui t'ôte encore des années. Ce n'est

plus huit ans, c'en est vingt, trente; c'est tout
ce qui peut et doit rendre une femme ridicule,
et même plus encore, donner l'air à son mari
d'une victime. Si j'ai eu tant de peine à supporter cette différence dans le petit cercle de
nos connaissances, qui m'avaient vue dans
l'heureux temps où elle était moins frappante,
comment supporterais-je la surprise de ceux
qui nous verront ensemble pour la première
fois, et qui certainement me croiront ta mère?
Juge, Charles, de mon embarras, du tien
même quand je devrai répondre à la question :
C'est là, sans doute, monsieur votre fils? Ne
vois-tu pas le sourire ironique, les hausse-
mens d'épaules, les chuchoteries? N'entends-tu
pas dire : C'est le supplice d'un être plein de
vie lié à un squelette! Moi, je vois, j'entends
tout, et je sens que je ne pourrais supporter
ces railleries. Tous les remèdes seraient pour
moi un poison; ces bains, au lieu de me re-
donner la vie, me tueraient, sois-en sûr. Non,
non, Charles, il ne faut pas que tu viennes
avec moi à Pise, si tu veux qu'ils me soient
salutaires.

— Mais, Hélène, serait-il convenable que,
dans ton état de santé, tu fisses un aussi long
voyage sans être accompagnée d'un homme

pour te protéger, te secourir au besoin ?

Aussi ne le veux-je pas. Peut-être... je crois même être sûre que M. Wendler m'accompagnera, si je le lui demande. Nous pouvons facilement reconnaître cette obligation. Tu seras tranquille si tu me sais avec mon médecin, homme vraiment estimable et très-aimable sur-tout.

Moldorf rougit et pâlit successivement. Le docteur était en effet très-aimable ; il avait une belle figure ; il était fort bien vu des femmes. Déjà quelquefois Charles avait remarqué, avec un sentiment pénible, les regards ardens du jeune médecin se porter sur la belle Euphrosine. Au moindre mal de tête dont elle se plaignait, il prenait sa main, touchait son front ; et l'idée de ce long voyage avec elle, dans la même voiture, logeant ensemble, lui devint insupportable.

Mais Euphrosine, dit-il en bégayant un peu... Ton docteur, chère Hélène, est fort estimable sans doute ; mais il est bien jeune ! Toi, si souvent malade, trouves-tu qu'il convienne que ta sœur... Et tu ne peux non plus la laisser seule ici avec moi.

— Ni l'un ni l'autre, tu as raison. Mais Euphrosine peut passer ce temps-là à la capitale, ch ez notre amie la baronne de B***. Elle y perfectionnera son éducation, qui te fatigue. A cet âge, on a besoin d'émulation, de stimulant pour suivre ses études. Elle néglige celles que tu as commencées ; mais elle trouvera là de bons maîtres pour les continuer. Il est temps aussi qu'elle prenne un peu plus d'usage du monde qu'elle n'en pouvait acquérir dans notre retraite ; et je crois qu'à tous égards ce séjour à la ville lui fera du bien.

Moldorf était près d'étouffer, et pour en cacher la vraie cause, il feignit d'être un peu irrité. Fort bien ! dit-il ; et moi tu me laisses sans regret, seul, abandonné, veuf, dans mon château !

Non pas ainsi, mon cher Charles ; je n'ai garde d'imaginer que tu doives y rester. Le monde est ouvert devant toi. Au lieu de faire avec ta vieille épouse malade un voyage commandé par le devoir, fais-en un de plaisir. Ta santé se trouvera à merveille de ce changement de vie et de climat. Tu as souvent exprimé le désir de revoir Londres, vas-y ; retourne en Italie, où tu voudras enfin. Nous nous réunirons tous en automne.

—Mais ne crains-tu pas que nos connaissances ne soient un peu scandalisées de nous voir ainsi voyager l'un au nord et l'autre au sud?

—Non, non, mon excellent ami; je prends tout sur moi; on ne dira jamais rien d'aussi faux, d'aussi invraisemblable. Notre union n'est-elle pas citée dans la province, pour être la plus constante, la plus intime, la plus rare? Mon Charles n'est-il pas connu pour le meilleur des maris? S'il s'élevait l'ombre d'un soupçon; si j'entendais la plus légère expression de doute sur la bonne intelligence qui règne entre nous, je te promets de la détruire aussitôt; je dirai que c'est moi qui l'ai exigé, que tu voulais absolument venir avec moi; enfin, mon cher, tu seras pleinement justifié. D'ailleurs un homme tel que toi doit être au-dessus du soupçon; le témoignage de ton propre cœur et la reconnaissance du mien doivent te suffire. Je sais qu'en ne m'accompagnant pas à Pise tu me fais un sacrifice, et je t'en remercie de toute mon âme. Tu ne veux pas m'ôter la seule espérance de guérison qui me reste, par la puérile crainte de propos qui tomberont d'eux-mêmes, et dont le bonheur de notre réunion prouvera la fausseté.

Qu'est-il besoin de prolonger plus longtemps cet entretien? On comprend assez quelles en furent les suites. Hélène persista à déclarer qu'elle irait à Pise sans Moldorf, ou qu'elle resterait au château. Il céda enfin, mais sous la condition positive que M. Wendler le remplacerait. Le docteur, à qui Moldorf confia tout, leva les épaules, en disant que cette manie tenait à la maladie de madame de Moldorf, mais qu'il ne fallait pas la contrarier, et qu'il croyait qu'un parfait repos d'esprit était absolument nécessaire pendant cette cure. Il promit à Moldorf d'accompagner sa femme, d'avoir d'elle tous les soins imaginables. Que lui restait-il à objecter ? Il se résigna, et finit même par voir un beau côté à cet arrangement. Si l'on avait suivi sa première pensée, Euphrosine aussi aurait été du voyage ; et rouler à côté ou vis-à-vis d'elle des journées entières, n'était pas un moyen de cesser de l'aimer. Il espérait au contraire que six mois d'absence feraient pour tous les deux une diversion avantageuse. Il pourra voyager encore ; quant aux propos qu'on peut tenir, une heureuse idée et un léger mensonge pouvaient les arrêter. Sa famille était originaire du Holstein, et l'on savait qu'il y avait encore des parens. Un vieux cousin riche, sans enfans, habitait Copenhague, et l'avait souvent sollicité de lui faire une visite. Il dit à ses amis qu'il le demandait avec

instance pour faire son testament en sa faveur.
Hélène déclara qu'elle prendrait le moment de
cette absence pour aller à Pise; on trouva cela
tout simple, tout naturel.

Elle fit ses préparatifs avec une grande célé-
rité. Ils décidèrent que Charles et elle partiraient le même jour. Moldorf s'offrit avec un
peu d'embarras à mener Euphrosine à Berlin ;
mais Hélène réclama ses droits de sœur, et dit
qu'elle se détournerait avec plaisir pour la conduire elle-même chez leur amie. En général,
on aurait dit que les eaux de Pise la guérissaient
d'avance, tant elle avait de courage et de sérénité. Elle se soutint ainsi jusqu'au dernier
jour. Mais la veille du départ, on découvrit en
elle des traces de douleur et de mélancoliques
pressentimens, malgré ses efforts pour les cacher. Elle alla se promener dans toutes ses
places favorites, comme si elle voulait en prendre congé. Elle rassembla ses domestiques,
leur fit de touchansadieux et de beaux présens.
Le soir, plusieurs de leurs voisins vinrent,
sans être invités, prendre congé d'eux ; elle
les retint à souper, et tâchait, mais en vain,
de les égayer. On but à la ronde, à leur bon
retour chez eux, et à la parfaite guérison
d'Hélène. Ses yeux se mouillèrent; et tendant

la main à son mari, placé vis-à-vis d'elle :
Promets-moi du moins, mon cher Charles,
lui dit-elle, de te souvenir toujours de notre
amitié. Tous les yeux étaient humides ; il y
eut quelques minutes d'un profond silence.
Charles retint sa main et la couvrit de baisers.
Euphrosine, qui pleurait aux sanglots, fut obligée de sortir. Hélène sourit la première, fit
changer la conversation et y donna, si ce n'est
une tournure gaie, ce qui n'était pas possible,
du moins assez sereine. En sortant de table,
elle s'échappa pour rentrer dans son appartement. Elle évita ainsi des adieux qui l'auraient
trop attendrie ; et le médecin dit qu'il avait
ordonné qu'elle se couchât de bonne heure.

Le lendemain matin, elle avait retrouvé
toute sa fermeté en déjeunant avec son mari.
Elle lui parla de mille choses relatives, soit à
leur correspondance, soit à leur retour. Elle
railla doucement Euphrosine, qui, moins raisonnable qu'elle, portait sur son charmant visage les traces d'une nuit passée dans les larmes.
Lorsqu'on vint lui dire que sa voiture était attelée, elle prit le bras de son mari pour des-
cendre l'escalier : elle tremblait moins que lui.
Nous ne voulons pas, dit-elle en montant dans
la voiture, rendre notre séparation encore plus

pénible ; mon cœur me promet que je reverrai mon Charles et mon Euphrosine plus
joyeux, plus heureux que dans ce moment.
Un serrement de main, un embrassement fut
son adieu. Charles, ému à l'excès, ne pouvait se détacher d'elle. N'embrasses-tu pas aussi
ton élève ? lui dit-elle en lui montrant Euphrosine qui était baignée de larmes. Moldorf obéit.
Il serra contre son cœur celle qu'il adorait, et
dont il se séparait avec l'espoir et la crainte
d'en être oublié. Il la plaça près de sa sœur,
pressa encore dans ses mains leurs deux mains
réunies, sans pouvoir dire un mot. Wendler
suivait dans une chaise de poste jusqu'à Berlin,
où il devait remplacer Euphrosine dans la
voiture d'Hélène.

Ils partirent, et dix minutes après Charles
était aussi dans son coupé. Un poids énorme
pesait sur son cœur ; dans ce moment, il aurait eu peine à définir ses sentimens. Le plus
tendre intérêt pour Hélène, dont il se séparait
pour la première fois, se confondait presque
avec sa passion pour Euphrosine. Peu à peu
cependant, celle-ci prit le dessus, et jamais encore il n'en avait si bien senti toute la force. Il
ne comprenait pas où il trouverait celle de soutenir cette absence. La présence de cette fille

adorée était devenue nécessaire à son existence ;
et les distractions qu'il avait espérées dans son
voyage manquèrent entièrement leur effet. Il
vit une quantité de femmes charmantes avec
la plus grande indifférence, ne les regardant
que pour penser et se dire combien l'image
gravée dans son cœur était mille fois plus charmante encore. Par-tout il éprouva un ennui,
une tristesse, que ses propres efforts, les soins
empressés de ses parens, les plaisirs qu'on
cherchait à lui procurer ne purent surmonter.
Quelquefois il s'efforçait de se persuader à lui-
même qu'il regrettait seulement la douceur
de sa vie domestique, ou que c'était Hélène
qui lui manquait ; mais bientôt il sentait que
c'était Euphrosine. Dans ses songes, dans ses
rêveries, il ne voyait qu'elle, et son amour
augmentait plutôt que de diminuer.

Cependant, Hélène aussi avait une grande
part à ses pensées. Elle était toujours présente
à son esprit par leur correspondance, qui fut
suivie de part et d'autre avec exactitude. Ses
premières lettres réjouirent beaucoup Moldorf.
Son voyage s'était fait heureusement, sans
trop de fatigue ; elle commençait déjà à éprouver un bon effet des bains ; et bientôt après
elle parut presque rétablie. Son style gai et

badin en était la preuve. Ces eaux, disait-elle,
sont la chaudière dans laquelle Médée rajeu-
nit le vieil Éson. Attends-toi, mon ami, à me
retrouver de dix ans plus jeune; mais ne crains
rien. Lors même que ce serait de vingt ou de
trente, je te resterai fidèle, et tu seras toujours
mon premier ami et le seul que j'aimerai. Elle
parlait ensuite de M. Wendler comme d'un
autre ami, et se louait beaucoup de ses soins.

Deux mois plus tard, le mieux s'étant sou-
tenu, Hélène parla de son retour et le fixa à
la quinzaine. Moldorf, après avoir parcouru
le Holstein, le duché de Schleswick, et fait
un petit séjour à Copenhague, venait d'arriver
à Hambourg, où il devait encore trouver des
lettres d'Hélène. Il n'y en avait point; le second courrier manqua aussi. Moldorf prit de
l'inquiétude, qui ne fut que trop confirmée.
Le troisième courrier, il reçut une lettre de
Wendler, qui lui mandait ce qui suit :

« Je suis vraiment affligé, monsieur le baron,
d'avoir à vous apprendre qu'au milieu du plus
heureux succès, madame de Moldorf a tout-à-
coup été saisie d'une fièvre ardente et conti-
nuelle, dont les symptômes sont très-alarmans.
Elle n'a aucun rapport à ses maux précédens,
et elle est bien plus dangereuse. Il est de mon

devoir de vous prévenir que je crains qu'elle
n'y succombe. C'est d'après ses instantes prières
et même ses ordres que je ne vous ai point
écrit par les deux derniers courriers. Elle espérait pouvoir le faire elle-même, et vous
apprendre à-la-fois sa maladie et sa convalescence. Mais le mal ayant augmenté, je la
trouve en danger : vingt-quatre heures déci-
deront son sort. Puissé-je pouvoir vous dire
que mes craintes étaient exagérées ! Les noms
de son époux et de sa sœur sont continuellement sur ses lèvres. »

Certainement, bien des maris n'auraient
pas été plus atterrés en apprenant le danger
d'une épouse adorée, que le fut Moldorf en
recevant cette lettre. Plusieurs fois, dans le
cours des trois dernières années, il avait pu
prévoir la possibilité de la mort d'Hélène et
la voyait avec résignation ; mais à présent cette
pensée le met au désespoir. Sa digne et vertueuse compagne, cette cousine toujours si
dévouée, cette amie de tous les temps, au milieu d'étrangers d'une autre croyance, sans
parens, sans amis pour la soutenir, souffrant,
s'affaiblissant peu à peu, et rendant enfin le
dernier soupir loin de lui, loin de sa patrie !
Cette pensée le met au désespoir. Ah ! combien

il se repent de l'avoir laissée partir seule ! Combien ses remords augmentent sa douleur ! Il serait parti avec toute la vitesse possible, s'il avait eu le moindre espoir de la retrouver encore. La lettre du docteur lui en laissait bien peu ; il fallait au moins attendre la suivante, et ce fut avec une anxiété qui ne lui laissa pas un moment de repos. Elle vint, et confirma toutes ses craintes. Hélène n'était plus.

La lettre de Wendler était très-brève : « Madame de Moldorf, écrivait-il, s'est endormie hier matin d'un sommeil doux et tranquille ; mais pour elle sur cette terre il n'y aura plus de réveil. » Peu d'heures avant sa mort, elle lui avait dicté un billet pour son époux, un pour sa sœur, et d'une main affaiblie et tremblante elle les avait signés tous les deux. Celui pour Moldorf était inclus.

Wendler aurait désiré pouvoir amener les restes de madame de Moldorf en Allemagne ; mais le genre de sa maladie ne permettait pas de l'embaumer. Il en avait d'autant plus de regret, qu'il était difficile d'enterrer une réformée dans un pays catholique. Cependant un digne prêtre qui la voyait souvent, et qui, malgré la différence de leurs dogmes, l'avait consolée à son lit de mort, travaillait pour ob-

tenir la permission de l'ensevelir en terre
sainte ; et s'il réussissait, la cérémonie aurait
lieu le lendemain de la date de sa lettre ; le
jour suivant, il se mettrait en route avec les
gens de la défunte. Moldorf ouvrit le billet de
sa femme, il contenait ses adieux en ces termes : Je meurs loin de toi, mon Charles, sans
doute avec le désir de te voir encore une fois,
mais sans murmure. Ton amitié a rendu ma
vie sereine, ta présence me rendrait la mort
pénible. Le nom de l'Éternel soit béni ; il fait
tout pour le mieux. Je ne meurs pas sans m'y
être attendue. Depuis plusieurs années, j'espérais en silence la fin de mon pélerinage, non
qu'il fût amer pour moi, mais parce que je
craignais de rendre le tien difficile. Je te remercie mille fois, toi le meilleur des hommes,
de ne me l'avoir jamais fait sentir. Ma dernière volonté est écrite depuis long-temps ;
cherche-la dans mon secrétaire. Elle est sans
formes légales ; elles auraient été une offense
entre des amis tels que nous. Adieu, mon Charles, vis long-temps, vis heureux ; et, si ton
cœur te le permet, rends mon Euphrosine heureuse. Je ne puis faire un plus beau legs à ma
sœur adoptive. Je ne puis rien désirer de plus

à mon époux, que d'être un jour l'époux de cette fille si chère.

Non-seulement une, mais dix et vingt fois ce touchant écrit fut lu, relu, et couvert d'abondantes larmes. Le même soir, il partit de Hambourg et prit la route de Berlin. C'était autant le besoin de pleurer avec Euphrosine que celui de la revoir, qui le décida à partir à l'instant et à ne point s'arrêter. Il la trouva déjà dans le deuil le plus profond. Elle avait été instruite de ce cruel événement. A cette affreuse nouvelle, elle s'était évanouie; et quoiqu'il y eût six jours que cette indisposition avait eu lieu lorsque Moldorf arriva, elle n'était pas encore en état de sortir de sa chambre. Pendant quelques minutes, les sanglots les empêchèrent de prononcer un seul mot. Le nom d'Hélène s'échappa de leurs lèvres en même temps avec un redoublement de larmes, mais peut-être avec moins d'amertume que lorsque chacun d'eux le prononçait seul en lui-même. Peu à peu ils se calmèrent, et purent, au milieu de leur chagrin, se dire qu'ils étaient heureux de se retrouver. Une douleur commune, un même intérêt, des larmes qu'on répand pour le même objet ne sont pas sans une espèce de douceur; et ici il y avait un mélange de peines senties vivement, sincèrement, et d'espérance cachée au fond du cœur, qui rendait cette peine moins amère. Ce grand deuil, cette pâleur, ces yeux rougis de pleurs augmentaient encore la beauté d'Euphrosine. Elle parut plus intéressante pour Charles qu'elle ne l'avait été dans tout son éclat. Il ne pouvait cesser de la regarder après une si longue absence. Ses yeux toujours fixés sur elle lui donnaient un si aimable embarras! Elle baissait les siens à demi; ils se relevaient avec une tendresse timide; elle le priait de lui continuer ses bontés et son amitié paternelles. Ah! combien alors Moldorf était troublé! comme il était sur le point d'oublier le temps, les lieux, les convenances, tout ce qui lui imposait encore silence, et de lui dire en la serrant dans ses bras : Non pas ton père, Euphrosine, mais ton époux, ton heureux époux, par l'ordre de cette Hélène si chérie et si regrettée, qui nous a légués l'un à l'autre, qui veut l'éternel bonheur de son Charles. Il ne fallait pas moins que la présence de la dame chez qui Euphrosine demeurait, pour le ramener à la décence sévère que ce moment exigeait. Il baisa cependant la main de sa jeune amie, et lui dit quelques mots sans aucun sens;

puis il se hâta de la quitter en promettant de
revenir le lendemain.

Il n'avait compté rester que trois jours à
Berlin : deux semaines s'étaient écoulées et il
y était encore. Il se persuada qu'il valait
mieux y attendre l'arrivée de Wendler. On
comprend où il passait sa vie, Charles croyait
aussi qu'il était de son devoir de consoler Euphrosine. Leur deuil mutuel les éloignait d'ailleurs de toute société. Sans doute que dans ces
soirées le bonheur l'emportait peu à peu sur le
chagrin, mais ils ne se l'avouaient pas; et jamais Hélène n'était oubliée. Ils n'étaient pas
un quart d'heure sans parler de ses vertus, de
son attachement, et sans donner à sa mémoire
des regrets bien réels. Enfin Wendler arriva. Il
rapportait tous les papiers d'Hélène et la clef de
son bureau. La femme de chambre qu'elle avait
emmenée s'était mariée avec un Italien qui l'aimait passionnément. Hélène, qui savait avant
sa mort ce projet de mariage, avait laissé à cette
fille, dont elle était satisfaite, à peu près tout
ce qu'elle avait apporté à Pise, à l'exception
de quelques bijoux d'affection. Elle avait donné
à Wendler sa boîte d'or, sur laquelle était le
portrait de Moldorf, qui le récompensa d'ailleurs avec générosité. Il sut de lui jusqu'au

moindre détail de la dernière maladie de sa femme, qu'il désirait vivement connaître. Il apprit que sa mort avait été douce, sans agonie, sans grandes souffrances, et que, dans ses prières, ses vœux, ses regrets, ses espérances, son mari et sa sœur étaient toujours réunis.

Il n'avait plus de prétexte pour rester à Berlin. Ses affaires domestiques le rappelaient dans sa terre ; il fallait avoir le testament d'Hélène et remplir ses dernières volontés. Il partit donc avec Wendler, et son cœur fut de nouveau déchiré en prenant congé d'Euphrosine. Vous êtes à présent, dit-elle avec naïveté, mon seul protecteur, mon seul ami, le seul objet qui m'intéresse sur cette terre. Oh ! n'abandonnez pas la pauvre Euphrosine. Il lui promit de revenir passer l'hiver à Berlin ; et les yeux de l'aimable fille, mieux encore que ses paroles, témoignèrent sa reconnaissance.

Le premier soin de Moldorf, en arrivant chez lui, fut de demander des témoins pour ouvrir devant eux le bureau de la défunte. Elle avait si parfaitement indiqué à Wendler la place où était le testament, qu'il le trouva d'abord. Il contenait ce qui suit :

« Mon excellent mari me donna, le jour de

notre mariage, les huit mille écus que mon
oncle m'avait légués en billets de banque; depuis ce moment, il n'a plus parlé de cette
somme et ne m'a jamais demandé à quoi j'em-
ployais les revenus ou le capital. Je le prie
de n'être pas surpris s'il n'en trouve plus que
moitié, et de rester convaincu que j'ai fait un
bon usage de ce qui manque à cet héritage :
mon cœur m'approuve ainsi que ma conscience. Je le prie aussi de n'être pas fâché si
je dispose des quatre mille écus qui me res-
tent, en faveur de ma chère *sœur* Euphrosine, pour sa dot; j'y mets cependant pour
condition expresse que son mariage aura l'entière approbation de mon époux. Si elle se
marie sans son aveu et contre son avis, cette
somme de quatre mille écus retombe en propriété à mon époux, Charles de Moldorf.
Puissent-ils être heureux! puisse-t-elle.......
Mais le vœu de mon cœur n'a pas besoin d'être
écrit. Celui qui devina toujours mes pensées
et mes désirs, avant que je les eusse expri-
més, me comprendra encore, quand même
il ne les lira ni sur cet écrit ni sur mon visage; car, même après la mort, nos cœurs,
toujours si unis, s'entendront encore. Tout
ce qui m'appartient d'ailleurs est à lui et il

peut en disposer comme bon lui semblera.

HÉLÈNE DE DREVITZ,
baronne de Moldorf.

Un tel testament n'avait pas besoin d'être revêtu des formes judiciaires pour que Charles l'acceptât dans son entier. Dès le lendemain, il en envoya une copie à Euphrosine; il y ajouta qu'il renonçait absolument à la condition prescrite, et qu'il voulait qu'elle fût aussi entièrement maîtresse de cette portion d'héritage que de son cœur. « Si ce cœur, lui disait-il, a deviné le dernier vœu d'une tendre sœur, et des sentimens brûlant depuis long-temps sous la cendre, et comprimés par la vertu, le devoir; si les siens... » Ici il s'arrêta; on pouvait deviner à son écriture le tremblement de sa main: cette phrase ne fut point achevée. Par un post-scriptum, il disait qu'il ne demandait pas une réponse par écrit, que bientôt il irait lui-même la chercher. Il ne pouvait plus exister seul dans un lieu où tout lui retraçait ou la perte d'Hélène ou l'absence d'Euphrosine.

Ce que sentit Euphrosine à la lecture de ce billet, à cette nouvelle preuve de la générosité de l'homme qui était si cher à son cœur, à cet

aveu d'un amour sur lequel elle avait à peine
osé arrêter sa pensée, toujours repoussée avec
effroi et remords, ne peut s'exprimer. Elle
n'eut pas de peine à deviner un vœu que sa *sœur*
lui avait aussi exprimé dans son billet d'adieu :
Mon plus ardent désir, lui disait-elle, est que
mon Charles et mon Euphrosine unissent leur
sort, comme ils uniront leur douleur en apprenant la mort de leur meilleure amie. Puisse-
t-il me remplacer par ma sœur si tendrement
aimée! Puisse-t-elle ne pas rejeter le bonheur
s'il lui est offert! Puisse le jour où leur deuil
finira éclairer leur union!

Charles arriva; et la réponse qu'il sollicitait
avec ardeur fut ce billet qu'Euphrosine lui remit en tombant dans ses bras. L'hiver s'écoula
rapidement; et dès les premiers jours du printemps, l'heureux Moldorf reçut à l'autel la
main de son Euphrosine, il l'emmena dans ce
château où il avait combattu avec toutes les
forces humaines cet amour qui va faire le bonheur de sa vie. Ses vassaux reçurent l'heureux
couple avec des transports d'allégresse. Tous
ses voisins, tous ses amis vinrent le féliciter.
Il était tellement estimé dans le cercle de sa
société, que personne n'aurait osé se permettre le moindre soupçon, la moindre malignité.

On savait d'ailleurs par Wendler que ce mariage avait été le vœu d'Hélène ; et il fut trouvé
très-naturel. Tout le monde jouit de son bonheur, qui fut aussi complet qu'il l'avait mérité.
Dans le cours de deux années, il se vit père
d'une fille et d'un fils. Euphrosine se releva
de ses couches plus belle encore. Charles, à
quarante ans, paraissait au plus en avoir trente.
La santé la plus florissante était pour tous les
deux la suite de la sérénité parfaite de leurs
âmes et d'un bonheur tel qu'on en trouve rarement sur cette terre. Cependant, au milieu
de ce bonheur, Hélène ne fut jamais oubliée.
Euphrosine parlait sans cesse de sa bien-aimée
sœur, et Charles de sa digne compagne. Lorsqu'ils se rappelaient les commencemens de leur
amour, renfermé et combattu avec tant de
peine, plusieurs discours de leur chère défunte leur prouvaient qu'elle s'en était aperçue, que, prévoyant sa fin prochaine, elle s'en
était félicitée, et qu'elle avait aussi vu combien leur attachement pour elle et le sentiment du devoir l'emportaient encore sur l'a-
mour. Le silence qu'elle avait gardé avec eux,
ses soins pour assurer leur bonheur excitaient
également leur plus vive reconnaissance. Son
portrait resta placé au-dessus du bureau de

23.

Moldorf; souvent, en le regardant avec tendresse et vénération, il s'écriait : Excellente et noble femme, tu n'aurais dû ni vieillir ni mourir! Wendler, s'il en eût été besoin, aurait entretenu ces souvenirs. Il était resté le médecin de la maison et l'ami de Moldorf. Les soins qu'il avait donnés à Euphrosine dans ses couches, ceux qu'il prenait des enfans, lui avaient aussi acquis toute sa confiance et toute son estime; et lors même qu'on n'avait pas à le consulter, il était souvent invité à dîner au château. Moldorf, sa jeune épouse ne tarissaient pas alors en questions sur son voyage d'Italie. Hélène était presque le seul sujet de leur entretien. Le récit de sa dernière maladie, de ses derniers instans, répété plus de cent fois, laissait encore à apprendre quelque circonstance intéressante; et toujours leurs yeux se mouillaient de larmes.

En épousant une jeune femme, Moldorf avait changé quelque chose à son plan de vie précédent. Il ne voulait plus rester stationnaire dans son château, ou ne s'en éloigner que de quelques milles. Tous les hivers, il passait deux ou trois mois à la capitale, et tous les étés, il consacrait quelques semaines à de petits voyages avec son Euphrosine. La première année, ce projet s'exécuta dans son entier; la seconde et la troisième, tout voyage un peu long fut interdit à Euphrosine : mais, dès les premiers jours du printemps suivant, il espéra réaliser un projet qui lui tenait au cœur depuis long-temps. Il désirait connaître la Suisse. Pendant l'hiver, il avait lu plusieurs ouvrages sur cette contrée si remarquable par ses sites pittoresques, ses beaux points de vue et toutes ses beautés naturelles. Il voulait, pendant qu'il en avait encore la force, gravir les montagnes, visiter les glaciers et les sources du Rhin au Saint-Gothard. Il se promettait de ce voyage non-seulement des jouissances actuelles, mais aussi d'intéressans et longs souvenirs. Euphrosine, qui venait de sevrer son fils, était partagée entre la peine de se séparer de ses enfans et le désir de connaître un pays dont elle entendait dire tant de merveilles. Elle brûlait de voir la belle chute du Rhin près de Schaffouse, le pont du Diable, sur-tout le beau Léman et ses rivages si rians, si cultivés, la florissante Genève, le célèbre Mont-Blanc; tant et tant de sites variés, dont les peintures et les descriptions ne lui donnaient qu'une faible idée. Tout cela faisait pencher la balance en faveur du voyage; mais ce qui la décida fut le plaisir extréme qu'elle ferait à Moldorf, qui ne voulait pas y aller sans elle, et l'heureuse idée qui leur vint à tous deux de prier le docteur Wendler de venir habiter le château pendant leur absence, et de veiller sur la santé de ces chers petits êtres qui n'avaient encore besoin d'aucun autre soin. Tranquille alors sur cet objet, la jeune et tendre mère consentit à accompagner son époux. Nous ne les suivrons point pas à pas dans ce pays déjà connu. Nous dirons seulement que leur attente ne fut pas trompée; que l'été entier fut employé à leurs courses, et passa rapidement. A peine eurent-ils assez de temps pour voir tout ce qui mérite d'être vu. Au commencement de l'automne, ils songèrent au retour, et prirent le chemin de Bâle pour entrer dans leur patrie.

Cette ville n'était pas alors ce qu'elle a été depuis, quand, plus brillante, plus animée et moins heureuse, elle est devenue le rendez-vous des puissances de la terre, des ambassadeurs, d'armées innombrables, de curieux de tous les pays de l'Europe, que ses murs pouvaient à peine contenir. Temps de troubles, de craintes, de désolations! O Dieu! redonne-nous la paix, conserve-la du moins dans ce pays si long-temps tranquille, et l'asile des infortunés!

Moldorf savait, par ses lectures et par ce qu'il avait entendu dire, que Bâle, remarquable par sa belle position sur le Rhin, par ses richesses et la simplicité des mœurs, était d'ailleurs un séjour assez ennuyeux. Par cette raison même, il l'avait gardée pour la fin de son voyage : c'était un moyen de quitter la Suisse avec moins de regrets. Il voulait y rester seulement deux ou trois jours, faire dans la même minute ses adieux à la Suisse libre (ou qui croyait l'être), à son beau Rhin, et se trouver en Allemagne, traverser rapidement la Souabe sans s'arrêter, et se retrouver dans son château avec l'imagination toute fraîche encore des tableaux sublimes qu'il venait de contempler. Peut-être y avait-il un peu d'exaltation dans ce plan; mais une teinte d'enthousiasme n'est-elle pas permise à l'homme sensible qui vient de visiter les Alpes et les glaciers? En entrant à Bâle, dans la célèbre auberge des Trois-Rois, il courut à la fenêtre; ses premiers regards se portèrent sur ce fleuve, qui, dans son cours majestueux et rapide, sert de frontière à deux grands États, en traverse une foule de plus petits, et si

près de sa source était déjà si beau. Cette
vue magique, étonnante, le saisit au point de
ne pouvoir contenir ses sentimens. Euphrosine vint à côté de lui ; il la serra contre son
cœur en s'écriant : Regarde, ma bien-aimée ;
nous voyons ces eaux rouler au loin dans notre patrie ; et cependant nous sommes encore
en Helvétie ! Oh ! combien de fois cet hiver
nous nous retracerons ce sublime aspect avec
un mélange de plaisir et de tristesse ! Il ne
savait pas encore combien il disait vrai.

Ils étaient arrivés à Bâle à près de midi, qui
n'est que onze heures par-tout ailleurs, et furent bientôt appelés, pour le dîner, dans cette
belle chambre à manger, sur le Rhin, qui
jouit d'une réputation bien méritée. Ils y entrèrent des premiers : il n'y avait encore qu'un
homme, qui s'y promenait en attendant le reste
de la société. Moldorf l'avait déjà aperçu à la
fenêtre de la chambre voisine de celle qu'ils
occupaient ; elle y communiquait même par
une porte fermée des deux côtés. Euphrosine
avait fait la remarque que l'on pouvait facilement entendre ce qui se disait d'une chambre
à l'autre. Comme ils n'avaient rien à cacher,
cela leur était assez égal ; mais cette circonstance engagea Moldorf à s'informer au som-

melier du nom de son voisin. Il apprit que
c'était un ecclésiastique réformé, pasteur d'un
village dans les vallées des Grisons. Il était
déjà venu quelquefois à Bâle, loger aux Trois-
Rois. Cette fois, il y était avec sa femme. Cette
dernière était tombée malade en arrivant, ce
qui les avait empêchés de repartir après avoir
fait quelques emplettes, ainsi qu'ils l'avaient
projeté ; mais elle était mieux, et M. Nist-
cher (c'était son nom) venait de dire au som-
melier que, le surlendemain, ils reprendraient
le chemin de leur village. Déjà, de la fenêtre,
la physionomie de cet homme avait frappé
M. et madame de Moldorf. Elle annonçait entre cinquante et soixante ans, et avait un tel
caractère de bonté, qu'au premier regard elle
inspirait la confiance. Son habillement était
propre, mais dans le simple costume des ec-
clésiastiques réformés. Quelques mots qu'il
adressa poliment à Moldorf sur l'aspect qui
s'offrait à leurs yeux, étaient si bien à l'unisson de ses pensées, qu'il se sentit attiré à lier
conversation avec cet étranger. Il chercha à
se placer à côté de lui à table. Euphrosine était
vis-à-vis d'eux, et souvent elle trouva le regard
de M. Nitscher attaché sur elle, au point de
l'embarrasser, si ce regard avait eu moins de

bienveillance et d'honnéteté. Au commencement, il parla peu ; mais la conversation s'a-
nima insensiblement. On n'était pas alors dans
ces temps de trouble et d'agitation, où la po-
litique et l'attente des grands événemens qui
doivent décider du sort des nations occupaient
tous les esprits, où l'on ne pouvait parler d'autre chose, et où la différence d'opinion amenait bientôt l'aigreur et les disputes. Ici, tout
le monde était d'accord, aussi ne fut-il question que de la beauté du pays en général, de
la situation de Bâle, et des différens sites de la
Suisse. Chacun vantait celui qu'il préférait.
M. Nitscher se trouva presque toujours de l'a-
vis de Moldorf. Il parlait agréablement, avec
justesse, avec calme, comme un homme qui a
beaucoup vu et jugé sans prévention. Moldorf
reconnut bientôt qu'il avait à côté de lui non-
seulement un bon et simple ministre de campagne, mais un homme extrêmement instruit,
ayant voyagé dans la plupart des contrées de
l'Europe, parlant également bien les différens
dialectes, et traitant les divers sujets de conversation avec force, avec clarté. Il s'éleva
entre Charles et lui une légère contestation sur
l'Allemagne, que M. Nitscher mettait au-des-
sous des autres pays pour les beautés naturelles.

Il citait les immenses bruyères près de Hanovre et de Haarbourg; les plaines de sable, dans le Brandebourg; les tristes et monotones forêts de la Westphalie. Moldorf crut qu'il était de son devoir de prendre le parti de sa patrie. Il opposa à ses tableaux la situation de Dresde et celle de Cassel, plusieurs sites romantiques dans le Holstein, les montagnes du Hartz et d'autres exemples. Chacun soutint son opinion avec chaleur, mais sans obstination, et cédant ce qu'il pouvait céder. De la nature inanimée on en vint à la nature animée. On discuta les différens caractères des divers peuples de l'Europe, la forme des gouvernemens. Moldorf ne pouvait se lasser d'écouter l'intéressant étranger. Une heure s'écoula sans qu'on sût comment, et l'entretien se serait encore prolongé, si Euphrosine n'avait rappelé à son mari qu'ils avaient bien des choses à faire et à voir. Mais ayant remarqué combien la conversation de cet étranger plaisait à Charles, elle ajouta, avec la grâce qui lui était naturelle, qu'ils rentreraient pour l'heure du thé, et que si M. Nitscher voulait leur faire le plaisir de venir le prendre avec eux, ils seraient charmés de le retrouver. Nous sommes si voisins, ajouta-t-elle en souriant, qu'un léger coup contre la porte qui nous sépare, vous avertira du moment de notre retour ; j'espère que madame Nitscher voudra bien aussi être des nôtres. Je désire faire sa connaissance. Le pasteur remercia, accepta, et l'on se quitta avec l'espoir de se retrouver bientôt.

L'après-midi se passa à voir ce que Bâle offre de curieux, la *Danse des morts* de Holbein, la belle collection de tableaux et de gravures de Mechel. Ils en admirèrent plusieurs, achetèrent quelques *Vues* de la Suisse ; mais Moldorf, toujours homme de parole, attiré d'ailleurs par le désir de retrouver son aimable ecclésiastique Grison, rentra aux Trois-Rois d'assez bonne heure avec sa femme, se hâta de frapper à la porte de communication. Nitscher s'y attendait : il tira son verrou et parut aussitôt. Il était seul et demanda excuse pour sa compagne : elle était faible encore, redoutait un peu des étrangers aussi élégans, étant dans son négligé de malade et préférait rester chez elle. Euphrosine n'insista pas. A la manière dont Nitscher et Moldorf s'abordèrent en se serrant la main, on n'aurait pas pensé que ce fussent des connaissances d'une heure.

Me pardonnerez-vous une curiosité bien naturelle? dit le pasteur lorsqu'il fut assis. En
parlant avec vous à dîner, j'ai reconnu que
vous étiez sujet du Grand Frédéric; j'ai désiré de savoir votre nom, que vous ne me refuserez pas d'écrire dans mon *album* (1).—Et
qui restera, j'espère, gravé dans votre cœur
comme celui de Nitscher dans le mien? s'écria
Charles. En même temps il prit l'album du
bon pasteur, le feuilleta pour trouver une page
blanche. Tout-à-coup il s'arrête : Grand Dieu!
que vois-je? s'écria-t-il. C'était l'écriture bien
connue de sa chère Hélène, c'était son nom
au bas de quelques lignes : *Hélène de Drevitz,
baronne de Moldorf*. Grand Dieu! répéta-t-il
encore, c'est elle, c'est bien elle qui a tracé ces
lignes; vois, mon Euphrosine, c'est ta sœur
chérie, c'est ma digne et chère épouse. Oh!
dites, dites, parlez, où l'avez-vous vue? Parlez-
nous de notre Hélène, lui disaient-ils en même
temps, en saisissant chacun une de ses mains
et la serrant avec effusion.

Nitscher était attendri. Je vois aujourd'hui

-----

(1) Livret de souvenir, fort en usage en Allemagne.

par mes yeux, s'écria-t-il, je vois la vérité de
ce que j'ai si souvent entendu. Oui, depuis
long-temps j'avais appris à vous connaître, à
vous apprécier comme vous méritez de l'être.
Il y a quatre ans que j'étais aux bains de Pise;
c'est là que j'ai connu votre excellente et digne
femme. Non-seulement je l'ai vue, mais j'ose
dire que j'ai obtenu sa confiance, son amitié,
et que pendant six semaines je n'ai pas passé
un jour, à peine même une heure sans jouir
de sa société. Oh! que j'ai entendu de fois les
noms de *Charles*, d'*Euphrosine* s'échapper de
ses lèvres! Combien de fois, avec le pinceau
de l'amour, de l'amitié, elle a tracé votre
image! Au premier moment où je vous ai vus
tous les deux, vos traits ne m'étaient pas
étrangers; je les avais déjà admirés à Pise,
dans deux miniatures que ma digne amie m'a-
vait montrées. Le nom d'Euphrosine que j'en-
tendis prononcer réveilla clairement ce souvenir. Oh! que je m'estime heureux de vous
avoir rencontrés!

Moldorf se sentait profondément ému. Mon
digne ami, lui dit-il, permettez que je nomme
ainsi celui qui fut l'ami de ma chère Hélène,
mon cœur avait deviné que vous n'étiez pas
un étranger pour moi; j'en ai eu le pressenti-

ment au moment où je vous ai vu. Hélène vous
a donc parlé de....

— De son cousin, de son amant, de son
époux adoré. Avec quel feu, quel sentiment,
elle me racontait votre noble conduite après
la mort de votre oncle! Comme vous l'aviez
amenée de nouveau à vous accorder sa main,
qu'un sentiment trop délicat l'engageait à vous
refuser!

Mon étonnement augmente à chaque minute, dit Charles. Ah! je vois que vous êtes
bien plus pour elle qu'une simple connaissance,
elle vous a ouvert son cœur en entier. Mais
comment se fait-il que Wendler ne m'ait jamais parlé de vous?

J'en suis surpris, reprend Nitscher. Cette
feuille, ajouta-t-il, cherchant dans son album, vous prouvera que lui aussi me regardait comme un ami.

Moldorf vit en effet quelques lignes écrites
de la main de Wendler; il relut encore celles
d'Hélène qui suivaient immédiatement, et con-
tenaient seulement ces mots : *Je suis l'amie de
peu de gens, mais je le suis au-delà du tombeau.* Moldorf, ému au dernier point, pressa
cette feuille contre ses lèvres, et ses yeux étaient
pleins de larmes. Elle a écrit dans ce peu de

mots l'histoire de notre vie! s'écria-t-il : Euphrosine et moi nous en sommes la preuve. O
mon respectable ami! pensez combien votre
présence et cet écrit réveillent de souvenirs!
Vous voyez le couple le plus heureux qu'il y
ait sur la terre; et nous ne pouvons nous dissimuler que c'est à la mort de notre chère Hélène que nous devons ce bonheur. Mais notre
conscience nous rend le témoignage de l'avoir
pleurée dans la sincérité de notre cœur, comme
elle méritait de l'être. Puisque vous aviez obtenu sa confiance, vous savez déjà peut-être
que notre union fut le dernier de ses vœux et
son ordre positif? Ah! sans doute, elle est,
même après sa mort, notre amie, une amie
comme il n'en fut jamais; aussi vit-elle dans
mon cœur et dans celui de sa sœur adoptive.

Elle fut pour moi plus qu'une sœur! s'écria
Euphrosine. N'était-elle pas mon amie, ma
bienfaitrice, ma mère? Mon bonheur n'a-t-il
pas été constamment l'objet de ses soins? N'a-
vait-elle pas pénétré jusqu'au fond de mon
cœur pour y découvrir ce que je me cachais
à moi-même? Aussi, ce que j'éprouve pour
elle est inexplicable. J'adore mon Charles,
sans lui je ne pourrais vivre; et cependant il
me semble quelquefois que je donnerais ma

vie pour revoir ma sœur... Ici, ses larmes ar-
rétèrent sa voix. Le calme Nitscher en versait
aussi. Ah! s'écria-t-il, quel plus bel éloge ho-
nora jamais la tombe d'une mortelle, et sortit
d'un cœur plus pur et plus vrai? Il allait continuer, lorsqu'une voix se fit entendre dans la
chambre voisine; et ces accens, trop bien
connus de Charles et d'Euphrosine, les firent
frémir. Non, non, s'écriait cette voix, je ne
puis y résister plus long-temps! La porte s'ouvre, une femme paraît, fait quelques pas, s'arrête, leur tend les bras, prononce leur nom...
Dieu tout-puissant! c'était Hélène, ou sa parfaite image..... C'est elle-même, puisqu'elle
les nomme, puisqu'elle leur ouvre ses bras,
puisque cette voix si bien connue répète avec
l'expression du sentiment le plus prononcé:
Mon Charles, mon Euphrosine! encore une
fois sur cette terre nous nous retrouvons!
Euphrosine ne l'entendait pas: à l'apparition
d'Hélène, elle était tombée en arrière privée
de tout sentiment. Nitscher l'avait soutenue,
grondait Hélène avec raison de sa précipitation,
et disait: Grand Dieu! pourquoi si tôt? pourquoi
dans ce moment? La première idée de Moldorf
fut qu'il voyait un spectre; mais il n'était pas
crédule, elle s'évanouit bientôt. Hélène, en le

24

serrant contre son cœur, dont il sentait les bat-
temens, la dissipait tout-à-fait. Il ne put douter
que ce ne fût un être très-réel... Mais à l'effroi
succéda la surprise. Un frémissement involontaire, un sentiment vague de colère, de doute
et de conviction, de bonheur et de désespoir,
s'emparèrent de son âme dans l'espace de deux
secondes. Les morts sortent-ils donc de leurs
tombeaux? s'écria-t-il enfin; ou quelque illusion incompréhensible fascine mes yeux. Ai-je
été trompé? est-ce par Hélène? O chère et
coupable amie! qu'as-tu fait? qu'as-tu voulu?

Elle se détacha doucement de lui, et le regardant avec une tendresse mêlée de fermeté:
J'ai voulu ton bonheur, lui dit-elle, et je l'ai
fait: puis-je être coupable si mes intentions
ont été pures et bonnes? N'est-ce pas l'intention et le succès qui sanctifient toutes les ac-
tions? Ah! Charles, ne dis pas que je t'ai
trompé. Elle voulait l'embrasser de nouveau,
mais tout-à-coup, comme par une réflexion
subite, elle vola auprès d'Euphrosine, qui
était encore évanouie malgré les soins que lui
prodiguait Nitscher. Il ne la quitta que pour
aller fermer aux verroux la porte de l'appartement, afin qu'aucun témoin indiscret ne vînt
les surprendre. Il tàchait aussi de rendre un

peu de calme à ses amis. Quoique très-sensible,
il était le moins troublé. Il pria Hélène de
parler bas; il rassura Moldorf sur l'évanouis-
sement d'Euphrosine; il fit respirer des sels à
cette dernière, et parvint enfin à la ranimer.
Elle ouvrit les yeux, mais les referma à l'instant, car ses premiers regards tombèrent sur
Hélène. Euphrosine, ma sœur, mon amie, reviens à toi, lui disait cette dernière. Ce n'est
point un spectre que tu vois; c'est moi; c'est
ton Hélène, qui ne vient point troubler ton
bonheur; elle a voulu seulement en être une
fois le témoin et en jouir. Pardonne-lui cette
faiblesse; tu la trouveras forte sur tout autre
point. Chère petite sœur! regarde sans effroi
celle qui t'aima plus qu'elle-même.

Euphrosine reprenait lentement ses sens;
ses yeux étaient attachés sur Hélène, mais sans
frayeur. Elle se laissa embrasser par elle, et
l'embrassa à son tour sans proférer une parole. Cependant elle tendit sa main à Moldorf, qui était immobile comme une statue à
côté d'elles. Charles, lui dit-elle, à laquelle
des deux es-tu maintenant? A laquelle veux-tu
être à l'avenir.....

Peux-tu le demander? interrompit vivement
Hélène. Tu es sa seule femme légitime, sa

seule compagne ; tu l'es devenue aux pieds des
autels, d'après mon consentement et mes ordres. Tu l'aimes ; il t'adore ; tu es la mère de
ses enfans ; tu es à lui, Euphrosine, par toutes
les lois divines et humaines. Réfléchis un instant, et tu n'auras plus la cruauté de m'outra-
ger au point de craindre que je vienne t'enlever des droits sacrés que je t'ai cédés volontairement, et auxquels j'avais renoncé bien
long-temps avant que je disparusse pour jamais du monde, où je vous laissais pour être
heureux ensemble. En disant cela, elle se laissa tomber sur un siége voisin, cacha son visage
dans ses deux mains, porta ensuite des yeux
attendris sur Nitscher, et reprit d'une voix plus
forte : Oh ! mon ami, je vois, je sens à présent combien vos conseils étaient bons ! Je ne
devais pas quitter la place que le ciel m'avait
assignée ; je ne devais pas reparaître, même
pour une minute : ma vue n'inspire que la
crainte et l'horreur. J'ai tout perdu, même ce
qui jusqu'à présent a fait ma consolation, le
souvenir, l'attachement de mes seuls amis, de
ceux que j'ai aimés bien plus que moi-même.
Qui me rendra jamais le doux sentiment que
j'éprouvais il n'y a qu'un quart d'heure, et
que ma présence a détruit.... Elle fondait en

larmes. Euphrosine et Moldorf volèrent auprès d'elle ; chacun d'eux se saisit d'une de ses mains. Ma mère, ma bienfaitrice, disait Euphrosine, ne soyez pas fâchée contre moi ; pardonnez-moi ce premier mouvement d'une si grande surprise, en voyant le vœu que mon cœur formait de vous embrasser encore une fois, exaucé comme par miracle. Femme généreuse ! ne sois pas injuste envers toi et envers nous, balbutiait Moldorf ; ton aspect devait, au premier moment, nous surprendre, nous effrayer. O mon Hélène! jamais homme s'est-il trouvé dans une telle situation ? Où prendrai-je des expressions pour peindre ce que j'éprouve ? comment pourrais-je…. Oh ! parle ; explique-nous ta conduite, tes motifs ; dis-nous pourquoi tu nous a quittés : ne savais-tu pas combien tu nous étais chère ?

Le regard d'Hélène avait repris sa sérénité. Elle releva avec tendresse Euphrosine, qui s'était jetée à ses pieds ; elle contempla successivement, et de l'air le plus satisfait, Moldorf et sa belle compagne. Vous voulez que je vous explique ma conduite ? leur dit-elle : j'y consens ; mais dites-moi, avant, un mot, un seul mot : Etes-vous heureux ?

— Oui, oui! s'écrièrent-ils tout d'une voix.

L'étiez-vous déjà, reprit-elle, quand, près de mon lit de langueur, vous vous aimiez sans vous le dire, et que vous souffriez de ce sentiment combattu; quand le présent ne vous offrait que gêne, abnégation, et l'avenir qu'une perspective éloignée, incertaine, sur laquelle vous n'osiez même arrêter votre pensée?

Chère Hélène! s'écria Moldorf, pourquoi?...

— Ne détourne pas la question. Dis-moi la vérité. Etiez-vous heureux alors?... Vous restez muets! Eh bien! Charles, tu viens d'expliquer toi-même le motif pour lequel je pris le parti de m'arracher d'auprès de toi. Non, Charles, je ne pouvais plus supporter l'idée d'être une barrière insurmontable entre vous et le bonheur. Je te devais tout, je te devais la félicité parfaite dont j'ai joui pendant douze ans. N'est-ce pas toi seul qui as rendu ma vie aussi heureuse qu'elle a pu l'être, tant que le ciel m'a conservé la santé, et qui m'as tout sacrifié lorsque j'en ai été privée? C'eût été la plus noire ingratitude que de troubler plus long-temps ton existence, de te laisser livré à un amour sans espérance, à des combats si pénibles pour un cœur sensible et vertueux, quand je pouvais les faire cesser en te rendant ta liberté.

— Dieu! quelle *exagération* de générosité!
quel excès de méfiance de soi-même, et pourtant quel courage, quel magnanimité, quel
désintéressement inouï!

— Ne nomme pas ainsi ce que j'ai fait. Ce
n'était que le sentiment de mon devoir, et le
désir de faire ton bonheur et celui de l'aimable fille qui m'était aussi bien chère. Je m'a-
perçus bientôt de l'inclination qui s'allumait
pour toi dans ce cœur innocent, et de la passion qui remplissait le tien. Ah! combien je la
trouvais naturelle! combien vous me paraissiez
formés l'un pour l'autre! Maintenant, pen-
sais-je sans cesse, je pourrai mourir contente,
puisque les deux êtres qui me sor si chers
seront heureux, et trouveront dans leur union
la récompense de leurs vertus. Je pensais alors
que ma frêle et déplorable existence allait s'é-
teindre. De semaine en semaine, de jour en
jour j'en espérais la fin. Mais lorsque je sentis
que ma maladie n'était pas mortelle; lorsque
je m'aperçus que mes forces commençaient à
revenir; lorsque je te vis supporter mes maux
et ton triste sort avec une si touchante résignation : alors je fis le vœu de ne pas attendre le moment où ta patience se lasserait, où
tu trouverais peut-être toi-même que ta pau-

vre Hélène te devenait à charge. Mille projets traversèrent mon âme. Je m'arrêtai enfin à celui de feindre une profonde mélancolie, même une espèce de folie, et de disparaître... J'hésitai à l'exécuter, plutôt par la crainte de te blesser, que par celle de ma propre honte ou du blâme. D'ailleurs tu ne te serais pas remarié tant que tu aurais été incertain sur mon sort, et si j'en avais disposé comme souvent j'en ai eu le désir, le moindre soupçon aurait empoisonné ta vie, troublé tout le bonheur que tu pouvais attendre, le mien aussi. Celui que j'osais espérer après cette vie, devais-je, pouvais-je te le sacrifier ? Je pesais tour à tour ces considérations, et je ne savais quel parti prendre, quand Wendler eut l'idée de m'ordonner les bains de Pise. Je la saisis avec empressement, et je n'ai pas besoin de t'expliquer à présent mes motifs pour t'empêcher de m'accompagner. De ce moment, je résolus de mourir pour toi sans cesser de vivre.

Femme étonnante ! s'écria Moldorf, mais pourquoi, pourquoi, puisque tu voulais absolument te séparer de moi et me rendre une liberté que j'étais loin de désirer, malgré le sentiment involontaire qui s'était emparé de mon cœur, pourquoi ne pas choisir un moyen plus doux et plus simple? Nous vivons dans un pays où des lois sages autorisent un divorce à l'amiable : fallait-il donc t'éloigner à jamais pour renoncer au titre de mon épouse?

— Oui, Charles, il le fallait. Interroge ton cœur, je me flatte de bien te connaître : aurais-tu jamais consenti à demander ce divorce d'un commun accord avec moi? Souviens-toi du testament de notre oncle, et de ce qu'il prescrivait dans le cas d'une séparation entre nous. Quel moyen me restait-il alors de te laisser ta fortune? Aurais-tu voulu l'accepter? Penses-y un instant et décide de toi-même. Mon seul but, en me séparant de toi, que j'aimais plus que moi-même, était de favoriser votre amour mutuel, de rendre heureux Charles et Euphrosine. Je le lui demande aussi à elle : aurait-elle consenti à épouser le mari de celle qu'elle nommait sa sœur pendant que cette sœur vivait encore? N'aurait-on pas dit que tu avais divorcé pour satisfaire une passion coupable? Mon Charles, je connaissais ta façon de penser, si noble, si délicate! Tu aurais sacrifié le bonheur de toute ta vie plutôt que de porter la moindre atteinte à ton honneur et à celui d'Euphrosine. Ah! puisqu'il fallait un sacrifice pour assurer votre félicité, c'était

à moi seule à le faire, à moi qui ne sacrifiais
que moi-même.

Et tu as pu, mon Hélène, prendre un tel
parti sans regret? Au moment d'une séparation que tu voulais rendre éternelle, pas un
mot, pas une larme ne t'ont trahie? Tu as
pu quitter ainsi de plein gré ta patrie, ta
maison, tes domestiques, tes amis, tout ce
qui t'avait été si cher jusqu'alors? Tu as pu
même, dans notre dernier entretien, nous
donner des espérances, tandis que tu n'en
avais aucune?

— Tu te trompes, Charles. C'était l'espérance seule qui soutenait mes forces et mon
courage; c'était celle de te rendre heureux
déjà sur cette terre, et de nous réunir pour
l'éternité. Des âmes telles que les nôtres ne
peuvent être séparées que pour peu de temps.
A quoi servirait le sentiment de la conscience
lorsqu'elle approuve au moins notre intention,
s'il ne nous donnait le courage de subir une
courte épreuve?

— Mais comment... Pardonne, chère Hélène, je te vois, je t'entends; mais il y a encore tant de choses que je ne puis expliquer!
Comment as-tu pu tromper tous ceux qui t'en-
touraient; feindre ta maladie, ta mort et dis-

paraître? Le projet et l'exécution me paraissent
également surnaturels.

— Tu ne me crois cependant plus un esprit, et cette main qui presse la tienne est bien
celle de ta cousine Hélène. Tout ce que j'ai fait
a été bien plus facile que tu ne peux l'imaginer, dans un endroit où je n'étais point observée par toi, où je n'étais pas entourée de
la tendresse de mon Euphrosine, où je vivais
avec des gens à qui mon existence était assez
indifférente, ou qui étaient d'accord avec moi ;
dans un pays enfin où tout peut se faire avec de
l'argent, où l'on peut acheter le ciel et l'enfer, les absolutions d'un prêtre ou le poignard
d'un assassin. Il ne m'a fallu qu'une bourse
de cent sequins, et le P. Eusèbe, membre
respecté de l'Ordre de Saint-Dominique, m'a
prêté son assistance, sous le prétexte de ramener une âme au sein de la vraie église.
Ce fut lui qui me prépara une habitation mo-
mentanée dans un lieu isolé, qui éloigna de
mon lit de mort tout témoin indiscret, qui fit
ensevelir mon cercueil vide, et qui me procura
un asile sûr dans un couvent de religieuses,
jusqu'à ce que je pusse m'éloigner sans danger.
Voilà, mon cher ami, l'esquisse abrégée de
ma fuite de Pise. Il ne fut pas difficile d'écar-

25.

ter mes deux laquais. Ma femme de chambre,
ma fidèle Éléonore, qui est encore avec moi,
était gagnée ; Wendler était à-la-fois mon médecin, mon ami et mon confident.

— Wendler ! reprend Moldorf, ah ! j'ai
bien pensé que cet hypocrite...

— Non, mon ami, ne l'accuse pas, tu te
rendrais coupable d'erreur et d'ingratitude. Ce
n'est qu'à force de sollicitations que j'ai pu le
gagner. Lorsque nous partîmes pour Pise il
ignorait entièrement un projet auquel il n'aurait pas voulu se prêter. Ce n'est qu'à Pise
qu'il l'apprit avec la plus extrême surprise. Il
crut d'abord que c'était un caprice roma-
nesque, et il le combattit sérieusement. Lorsqu'il me trouva inébranlable ; lorsque je fis
devant lui le serment que je me donnerais la
mort, si je ne pouvais feindre de mourir, il
céda et devint le complice actif et zélé de mon
plan. C'est lui qui m'aida à gagner le P. Eusèbe. Par ses conseils, il m'empêcha de faire
plusieurs démarches inconsidérées. Ce fut lui
qui me procura la connaissance d'un homme
excellent, et qui me rendit en cette occasion
le plus éminent service. L'amitié que j'eus le
bonheur d'inspirer à cet être sensible, vertueux, et dont il n'a cessé de me donner des

preuves, en a été pour moi une bien frappante que Dieu ne désapprouvait pas mon entreprise, puisqu'il m'envoyait un tel soutien. Je lui ouvris mon âme en entier; et cet homme généreux m'offrit un asile tel que mon imagination l'avait souvent désiré, sans espoir de le trouver.

— Et cet homme généreux, quel est son nom? et cet asile, où est-il?

— Comment: Moldorf, ne l'as-tu pas déjà reconnu? Il est devant tes yeux; c'est ce respectable vieillard, c'est le digne Nitscher.

— Comment, monsieur! dit Moldorf d'un air irrité, et vous aussi vous avez pu prêter la main à l'exécution d'un tel projet! Un homme de votre état, un saint pasteur a pu conseiller à une épouse...

— Pardon, monsieur, interrompit vivement Nitscher, je ne puis vous laisser achever; à Dieu ne plaise que j'aie jamais donné un tel conseil! Lorsque j'eus l'honneur de faire la connaissance de madame de Moldorf, son projet était non-seulement décidé, mais à demi exécuté. Déjà le P. Eusèbe était gagné; Wendler m'avait prévenu d'avance que toute objection serait inutile, et bientôt j'en fus convaincu. Il n'est pas question, dans ce moment, de mettre en avant l'opinion que j'ai, malgré mon état, sur la possibilité de la dissolution des liens du mariage. Mais je vous dirai seulement que j'ai été homme avant d'être ecclésiastique, et que je craignais bien plus de voir une femme intéressante sous tous les rapports, vouée au malheur pour le reste de sa vie, conduite peut-être à la terminer elle-même, que de voir rompre par une mort supposée un lien qui faisait trois malheureux, trois coupables peut-être. Voilà pourquoi j'ai du moins tâché de mener à bien ce que je ne pouvais empêcher ; voilà pourquoi j'ai essayé de détruire une des parties du plan de madame de Moldorf, qui l'aurait rendue plus malheureuse qu'elle ne peut se l'imaginer. Elle était alors décidée à passer le reste de sa vie dans le couvent, exposée à toutes les persécutions pour lui faire abjurer la religion dans laquelle elle a été élevée.

— Dieu, chère Hélène ! quel projet !

— Ah ! je sens à présent que j'aurais mieux fait peut-être. Dans les murs d'un couvent tu aurais toujours ignoré mon existence ; je n'aurais pas été exposée à la tentation à laquelle j'ai succombé.

— Et tu aurais passé et fini ta triste existence au milieu d'étrangers, sans secours, sans consolation, enfermée dans les murs d'un cloître, n'ayant pas une main amie pour essuyer tes larmes! Hélène, je frémis à cette pensée! Grâces vous soient rendues, M. Nitscher; ma chère Hélène, accoutumée si long-temps aux soins d'un ami, n'en a pas été privée.

— Ni de ceux d'une amie, reprend Nitscher, elle en avait aussi la douce habitude. Mon excellente femme et moi nous avons fait tout ce qui dépendait de nous pour remplacer Charles et Euphrosine. Dès que j'eus persuadé madame de préférer à un couvent notre village solitaire et mon paisible presbytère isolé, j'écrivis à ma femme que je lui amènerais une compagne, qu'elle devait annoncer d'avance comme une de ses parentes. Je promis à madame de Meldorf tous les secours que l'amitié, la probité, la médiocrité de ma fortune pouvaient lui offrir. Elle accepta ma proposition avec joie et l'exécuta avec courage. Elle a vécu trois ans avec nous comme une sœur chérie, et n'a.... cessé.... Mais je m'arrête, mes éloges feraient souffrir sa modestie; celui qui m'écoute sait encore mieux que moi tout ce que j'aurais à ajouter. C'est à madame à dire si nous avons tenu nos promesses.

— Ah! mille, mille fois plus que je n'au-

rais jamais pu l'espérer, M. Nitscher. Séparée
de mes premiers amis, j'ai trouvé près de vous
tout le bonheur dont on peut jouir loin de sa
patrie et de ceux qu'on aime; j'ai trouvé la
paix intérieure et extérieure, la tranquillité
d'une vie à-la-fois champêtre et solitaire; entourée de paysans honnêtes, simples, rappelant les vertus de l'âge d'or, et jouissant de
cette amitié active, éclairée, qui supporte mes
faiblesses, allège mes maux, me console. Je ne
parlerai pas non plus devant M. Nitscher des
ressources de son esprit, de son entretien, toujours instructif, animé. Mais sous ce rapport
encore je n'avais rien à désirer dans ma retraite. Ton image, mon Charles, m'y a suivie
et ne me quitte pas. A chaque instant, je pense
aussi à toi, bonne Euphrosine; mes pensées
volent à vous dès le matin, vous suivent toute
la journée, et je vous retrouve encore dans
mes songes. Mais jamais je ne me suis repen-
tie de ce que j'ai fait. Le sentiment de vous
avoir rendus heureux m'a toujours soutenue et
consolée lorsque le chagrin d'être morte pour
vous s'emparait de moi. La nouvelle de votre
mariage, de votre tendresse mutuelle, de la
naissance de vos enfans, que j'ai appris successivement par Wendler, avec qui j'entretiens

une correspondance suivie, a rempli mon cœur
d'une joie telle que je puis à peine croire
qu'on puisse en éprouver dans une meilleure
vie. Mais lorsque Wendler m'écrivait que vous
pensiez à moi avec le sentiment le plus tendre, que mon souvenir faisait encore couler
vos larmes, ah! seulement alors, mes amis,
il s'élevait dans mon âme un désir si passionné
de vous revoir encore une fois, que j'avais
toutes les peines à y résister. Il ne fallait pas
moins que la distance qui nous séparait et l'im-
possibilité de retourner jamais en Allemagne,
pour me retenir. Je n'aurais pas même osé former ce vœu devant mon ami Nitscher... Mais
lorsque j'ai su que vous étiez si près..... Oh!
pardonnez-moi ma faiblesse, mais je n'ai pu
résister au désir ardent de mon cœur; pour le
satisfaire, j'ai risqué de troubler votre bonheur, et peut-être plus encore. O mon Euphrosine! quand je t'ai vue là, privée de tout
sentiment par l'excès de ta terreur, combien
je me suis détestée! combien j'ai maudit ma
coupable fantaisie! Mais, grâce au ciel, te
voilà rendue à la vie et à ton Charles. Dites
tous deux que vous me pardonnez, demain je
retournerai contente dans ma paisible vallée;
et nous ne nous reverrons plus ici-bas.

Oh! non, non, s'écrièrent à-la-fois Moldorf et Euphrosine, plus de séparation; nous ne voulons plus quitter notre Hélène! Tous deux volèrent de nouveau dans ses bras, et l'embrassèrent tour à tour.

Je ne te laisserai plus t'éloigner, ô la meilleure des sœurs! disait Euphrosine.

Nous ne te quitterons pas plus que ton ombre, s'écriait Charles. Il la serra plus de dix fois contre son cœur; Euphrosine couvrait de baisers son visage et ses mains; l'heureuse Hélène perdit quelques instans la faculté de parler. Nitscher aussi s'approcha d'elle et lui dit tout bas : Femme unique, femme excellente, non, je ne puis dans cet instant me repentir d'avoir cédé à vos instantes prières de les revoir une fois; le ciel vous devait ce moment de félicité pour votre récompense. Hélène ne put lui répondre que par un serrement de main et par un regard plein d'expression. Mais bientôt elle se releva avec force; une dignité inexprimable régnait sur sa physionomie. Oui, dit-elle, ils sont bien heureux ces momens; ils peuvent dédommager d'un siècle de peine. Je l'avoue, j'avais osé y compter; je connaissais leur cœur, et je suis bien aise d'en avoir joui.

Tu en jouiras tout le reste de ta vie, dit Moldorf; nous ne voulons plus te quitter. Je comprends que tu serais chagrine en Allemagne, nous ne pourrions même y vivre tous les trois ensemble sans attirer sur nous le blâme; mais ne ferions-nous pas à notre tour le léger sacrifice de notre patrie à celle qui nous a sacrifié bien davantage? M. Nitscher consentira peut-être à nous recevoir aussi quelque temps dans sa paisible vallée; j'irai chercher nos enfans. Fie-toi à moi du soin de pallier notre expatriation. Si tu te crois encore trop près de l'Allemagne, nous pouvons aller vivre ensemble en Angleterre, en Amérique, par-tout où tu le voudras, où tu croiras être le mieux cachée. Tu seras notre ange tutélaire, la seconde mère de nos enfans, la nôtre même, si tu le veux; mais je ne me sépare plus de toi ni d'Euphrosine.

Hélène, extrêmement émue, serra avec transport sa main contre son cœur et contre ses lèvres, tandis qu'un de ses bras était passé autour du cou d'Euphrosine, qui disait aussi comme Charles : Ne nous quittons plus ; ne nous séparons jamais volontairement; par-tout nous serons heureux avec vous.

Chers enfans, leur dit-elle dès qu'elle put

parler, demain nous nous occuperons de ce
projet, dont mon cœur vous remercie. Je choi-
sirai pour notre demeure le lieu et le pays qui
nous conviendront le mieux à tous. Ce soir,
je veux jouir paisiblement du bonheur dont
j'ai été si long-temps privée; mais il faut que
je vous quitte encore quelques instans. Je sens
que mes nerfs ne sont pas assez forts pour des
émotions aussi vives ; ils sont cruellement
ébranlés, j'ai besoin de quelques momens de
repos. Ma bonne Euphrosine, viens avec moi ;
toi, Charles, fais-moi le plaisir d'éloigner ton
domestique. Si je ne me trompe, j'ai reconnu
la voix de ton vieux valet de chambre François ; il est essentiel qu'il ne se doute pas encore de la résurrection de son ancienne maîtresse. Elle se leva en chancelant ; et, appuyée
sur le bras de sa sœur, elle rentra dans sa
chambre. Moldorf envoya François en avant,
sous le prétexte de leur assurer des logemens,
en disant qu'ils suivraient le lendemain. Les
autres domestiques étaient nouveaux et n'a-
vaient point connu Hélène. Son projet était,
en effet, de partir le plus tôt possible, laissant Euphrosine et Hélène aux soins de Nitscher, d'aller, avant l'hiver, arranger ses affaires
pour une longue absence et chercher ses en-

fans. Sans doute il lui en coûtait de quitter sa
patrie, sa belle terre, ses vassaux, ses amis;
mais il avait offert de bon cœur ce sacrifice à
sa cousine, et ne balançait pas à le faire. Il
rentra ensuite auprès de Nitscher, à qui il
avait encore bien des questions à faire. Semblable à un homme placé dans une route obscure, dont les yeux commencent peu à peu à
entrevoir quelques objets, il commençait à
saisir la marche de ce singulier événement
et à croire que ce n'était pas un rêve; mais
il ne comprenait point encore comment elle
avait pu se trouver à Bâle au moment précis
de leur passage, et pourquoi Nitscher ne les
avait pas prévenus tous les deux avant l'entrée d'Hélène. Nitscher lui prouva facilement,
en lui rappelant leur entretien, qu'au moment
où Hélène avait ouvert la porte, il allait lui
apprendre son existence. Je l'avais conjurée,
lui dit-il, d'attendre que vous-même vinssiez
la chercher : l'émotion de son cœur, en en-
tendant les expressions de votre tendresse pour
elle, l'a entraînée sans savoir ce qu'elle faisait. Je ne vous cache point, ajouta-t-il, que,
si elle avait suivi mes avis, vous auriez toujours ignoré son existence; mais elle aurait
fini réellement, si je m'étais opposé plus long-

temps au désir qui la tourmentait, depuis qu'elle avait su par Wendler votre voyage en Suisse. Avant ce moment, l'air pur de notre vallon, la vie paisible qu'elle y mène, le contentement de son âme en sachant combien vous étiez heureux, avaient ranimé sa santé, au point qu'elle était méconnaissable pour ceux qui ne l'avaient vue que pendant sa maladie. Elle avait repris de l'embonpoint, des couleurs, et vous venez de voir à quel point elle est maigre, faible, abattue. Hélène ne vit que par le cœur, le sien est tout à vous et à son Euphrosine. Il y a deux mois qu'en visitant les glaciers vous passâtes dans notre village, et que vous vous arrêtâtes deux heures à l'auberge pour reposer vos chevaux. Nous l'apprîmes par hasard de l'hôte, qui vint chercher quelque chose à la cure, et qui vous nomma. J'eus déjà mille peines alors à empêcher Hélène de voler dans vos bras. Elle céda enfin à la crainte qu'une telle scène ne fît trop d'éclat dans ce petit endroit, à celle plus puissante encore d'interrompre ou de troubler votre voyage, à mes prières, à mes sollicitations. Mais depuis ce moment, je l'ai vue dépérir, elle n'a pas eu un instant de repos ni de calme. Wendler lui avait envoyé votre itinéraire, que vous lui

aviez donné exactement, pour avoir par-tout
des nouvelles de vos enfans ; elle vous suivait
pas à pas. Lorsque le temps approcha où vous
deviez vous trouver à Bâle, son agitation ne
connut plus de bornes. Elle eut journellement
des attaques de nerfs, qni finissaient par des
torrens de larmes ; enfin elle m'avoua qu'il
lui était impossible de résister au désir de vous
embrasser encore une fois, et qu'elle était sûre
après de retrouver sa tranquillité. Mon attachement pour cette digne femme est tel, que
je ne pus résister à sa touchante prière, à la
crainte de la voir succomber à son chagrin si
je m'y opposais plus long-temps. Dès que j'eus
cédé, elle voulut partir, de peur de vous manquer, et nous sommes ici depuis huit jours,
où, passant pour ma femme et prétextant une
maladie, elle n'a pas quitté sa chambre.

Moldorf ne savait ce qu'il devait le plus admirer, ou de ce coup-d'œil froid et réfléchi
avec lequel elle avait pris et suivi son étonnante résolution, ou du sentiment si tendre,
si délicat, qu'elle avait pour Euphrosine et
pour lui. Mais tout excitait au plus haut point
sa reconnaissance.

Euphrosine vint leur annoncer que sa sœur
les attendait. Ils passèrent dans sa chambre, et

la trouvèrent couchée sur un sopha, avec un air serein. Elle reçut Charles comme un ancien ami qu'on revoit avec plaisir, et ne l'appelait que son *cousin* ou son *frère*. Ils s'assirent autour d'elle, et la conversation s'anima. La soirée se passa comme un éclair; ils avaient mutuellement tant de choses à se demander, à se dire! La joie, le bonheur alternaient avec une douce mélancolie. Il serait superflu de décrire la situation de leurs âmes. Le lecteur qui ne sait pas ajouter au récit, qui ne trouve pas dans son propre cœur l'explication de mille choses, est aussi à plaindre que le narrateur, obligé de tout raconter. Il suffit de dire qu'ils ne se séparèrent qu'à minuit. et que, sans leurs craintes pour la santé d'Hélène, ils auraient encore prolongé cette heureuse veillée; que le lendemain de bonne heure, Charles et Euphrosine étaient déjà près du lit d'Hélène, et qu'il était aisé de voir que leur sommeil n'avait été ni bien long ni bien calme.

Ils restèrent ensemble toute la journée. Moldorf voulut plusieurs fois parler de leur réunion comme d'une chose arrêtée. Toujours Hélène rompit cet entretien d'un air si ferme, si sérieux, qu'on n'osait y revenir. Moldorf voulut aussi la conjurer de partager avec lui ses revenus. Je suis assez riche pour vivre loin de vous dans la retraite, et si nous vivons ensemble, nous ferons bourse commune. Ne te rappelles-tu pas ces quatre mille écus qui manquaient à ma fortune, et dont je te priais de ne pas t'inquiéter? Tu comprends maintenant à quoi je les ai employés. Mes précautions s'étendirent plus loin encore; je laissai, en partant, mes bijoux. Si je les avais emportés, et qu'on ne les eût pas retrouvés après ma mort prétendue, cela pouvait éveiller des soupçons. Mais, depuis quinze ans, je n'avais pas dépensé la moitié de mes revenus; mes épargnes étaient considérables, et j'emportai avec moi une cassette assez bien pourvue de numéraire en or. Les services du P. Eusèbe, les présens que je fis à Wendler consommèrent à peine un tiers de cette somme; j'ai vécu sur le reste, et, dans ma retraite, il me fallait si peu de chose! Je te prie de consentir que, si je quitte mes hôtes, je leur laisse, en me séparant d'eux, tout ce que je possède encore. Si je vis plus long-temps; si l'âge et les infirmités demandent plus de dépenses : alors, Charles, j'aurai recours à toi, bien sûre que tu ne me laisseras manquer de rien. Un doux embrassement fut la réponse de Moldorf.

26

Hélène, fatiguée, se retira dans sa chambre
plus tôt que la veille. M. Nitscher rappelé
chez lui par son église leur fit sentir aussi
qu'un plus long séjour à Bâle pourrait être
dangereux pour leur secret. On s'étonnerait
avec raison que des gens qui étaient censés ne
point se connaître, passassent leur vie ensemble. On découvrirait peut-être que la personne
qu'il faisait passer pour sa femme ne l'était pas.
Ses raisons étaient bonnes, il fallut bien y céder, et se décider à partir. Euphrosine ne voulait plus quitter sa sœur. Il fut convenu qu'ils
partiraient tous le lendemain, chacun de son
côté, comme ils étaient venus; mais qu'on se
donnerait rendez-vous dans un village, à quelques lieues de Bâle; que, de là, Nitscher, Hélène, Euphrosine iraient dans la vallée des
Grisons s'établir au presbytère; et que Moldorf
retournerait seul en Allemagne pour mettre
ordre à ses affaires et chercher ses enfans. Il
voulait dire à leurs amis que sa femme était
tellement enchantée de la Suisse, qu'il s'était
décidé à y passer quelques années. Lui-même
avait formé ce plan, comme le seul qui pût
les rapprocher d'Hélène; il en désirait de
bonne foi l'exécution. Mais au moment de se
séparer de ces deux femmes chéries, qu'il ne

rejoindrait qu'en faisant le sacrifice de sa patrie, de ses amis, du genre de vie le plus adapté à ses goûts, son cœur se serra douloureusement. Il avait cru remarquer aussi dans sa jeune épouse des combats et une résolution positive de vivre désormais fraternellement avec lui, qui ne pouvait que l'affliger. Il passa la nuit sans dormir, à réfléchir fortement. Le lendemain, Hélène et Nitscher partirent les premiers. Les adieux furent courts, puisqu'on devait se rejoindre à la dînée; les Moldorf suivirent une heure après. Arrivés au village convenu... point d'Hélène, point de Nitscher; mais une lettre à l'adresse du baron de Moldorf, y était arrivée le matin et l'attendait. Il reconnut bientôt l'écriture d'Hélène; il se hâta de briser le cachet. Voici ce qu'elle contenait.

« J'ai pris congé de vous, mes enfans bienaimés, pour toute une année. Je retourne dans ma retraite, avec le sentiment du bonheur de vous avoir vus, d'être sûre que mon sacrifice a rempli le but que je m'étais proposé, et que tout ce que je chéris sur la terre est heureux. Je suis heureuse aussi à présent, que j'ai satisfait le désir brûlant de mon cœur, de vous revoir encore une fois sur cette terre; et, s'il

plaît à Dieu, ce ne sera pas la dernière fois.
Tous les étés nous nous donnerons rendez-vous
dans quelque partie de la Suisse. Une fois, vous
m'amenerez vos enfans, dont le nombre s'augmentera, j'espère. Une famille nombreuse est
une bénédiction du ciel; qui la mérite mieux
que mon cher Charles et mon Euphrosine?
Chère petite sœur, abandonne des scrupules,
suite d'une délicatesse exaltée, et qui devien-
draient condamnables, s'ils te faisaient renoncer
à ton époux. Charles t'appartient et n'appartient
qu'à toi seule. J'ai résigné tous mes droits sur
lui; si notre divorce n'a pas été prononcé devant le tribunal des hommes, il l'a été devant celui de Dieu, qui a reçu mon serment
de renonciation au titre d'épouse de Moldorf,
protégé ma résolution, et béni votre union.
Jamais il n'en fut de plus sainte, de plus légitime! Si quelque chose pouvait y porter atteinte, ce serait ce projet de votre constante
et vive amitié, de vivre avec moi. Non, mes
chers enfans : je suis morte civilement, puisque
j'ai voulu l'être. Me punirez-vous aussi cruellement de n'avoir pas su résister à revivre
quelques instants pour vous? Si mon aventure
était connue (et elle le serait certainement, si
vous abandonniez pour moi votre patrie), je

passerais généralement pour une insensée, une
tête exaltée, qui a voulu être une héroïne de
roman, et vous entraîner dans un lien réprou-
vé par les lois; peut-être même on croirait que
j'ai été d'accord avec vous. Mille fables absurdes viendraient ternir votre réputation, et dénaturer une action dont je m'applaudis tant
qu'elle est ignorée, mais qui me rendrait peut-
être coupable aux yeux de bien des gens, si
elle était connue; et un homme estimé, aimé,
comme l'est Moldorf, ne peut disparaître sans
attirer sur lui l'attention, sans qu'on sache ce
qu'il est devenu. Non, non, ma résolution
est inébranlable. Je reste où j'ai vécu jusqu'à
présent, l'amie, la parente des bons Nitscher;
et vous, restez dans votre patrie. Soyez toujours cet heureux, cet estimable couple qui
donne autour de lui l'exemple de toutes les
vertus. Je sais, par Windler, jusqu'au moindre détail de votre vie. Vous unissez, pendant quelques mois d'hiver, les jouissances du
séjour de la ville à la simplicité de la vie de
campagne. Le reste de l'année vous nourrissez
votre esprit en faisant de petits voyages, qui
vous rendent ensuite votre repos plus agréable.
L'éducation de vos enfans complétera le tableau d'un bonheur qui ne doit être troublé

d'aucune manière. Ah! lors même que vous
feriez sans peine de si grands sacrifices, et
que rien, de votre part, ne me le ferait sentir, une voix intérieure me crierait sans cesse
que je n'aurais jamais dû vous mettre à même
de les faire en reparaissant à vos yeux, et je
maudirais ma faiblesse. C'est de cet instant
seulement que je serais malheureuse. Jusqu'à
présent je n'ai rien eu à me reprocher; et si
vous retournez paisiblement chez vous, sans
que notre rencontre ait d'autres suites qu'un
doux souvenir et ma tranquillité future, alors
je me pardonnerai ces deux jours de bonheur
que je viens de passer avec vous.

» J'ai fini; et sans doute je vous ai persua-
dés. Mais, que vous le soyez ou non, cela
ne changera rien à ma décision; et il serait
peu facile de me retrouver. Notre vallée et le
village où mon ami est pasteur sont peu connus, vous en ignorez le nom; vous ne l'ap-
prendrez que lorsque j'aurai reçu votre promesse de consentir à notre séparation. Nous
l'adoucirons par une correspondance suivie,
et par le rendez-vous annuel que je demande à
votre amitié. Soyez tranquilles sur mon sort.
Mes amis Nitscher sont pour moi tout ce que
des amis peuvent être; ils allègent mes maux;

ils ont de l'indulgence pour mes faiblesses.
Avec eux, mes souvenirs, mes espérances,
j'achèverai doucement et paisiblement ma car-
rière; quand le moment de ma mort sera arrivé, je rendrai avec joie le dernier soupir, en
disant : Mes enfans sont heureux, ils n'ont jamais oublié leur Hélène.

» J'ai encore une chose à exiger de votre
amitié, je dirai même de votre reconnaissance,
c'est de ne confier mon existence à personne au
monde. Vous pourrez parler avec Wendler de
votre amie ; mais que ce secret reste entre nous
trois tant que je vivrai. »

Euphrosine versa beaucoup de larmes en
lisant cette lettre, Moldorf en fut aussi trè-
attendri. Qu'avaient-ils à faire que de lui obéir
en tout point ? Ils la regardaient comme leur
ange tutélaire. La perspective de se revoir tous
les ans fut une grande consolation ; ils se pro-
mirent bien que rien ne les arrêterait pour
revoir leur Hélène, selon les désirs qu'elle
exprimait, et se remirent tout de suite en
route. On comprend aisément que dans la disposition où ils étaient aucun objet ne leur parut digne d'attention. Moldorf prit congé de
la Suisse pour une année seulement, avec un
sentiment bien différent de ce qu'il avait at-

tendu lorsqu'il ignorait qu'il devait y laisser
le second objet de ses affections. Hélène fut
l'unique objet de leur entretien. Quelquefois
il leur semblait qu'ils avaient fait un rêve :
alors ils relisaient sa touchante lettre, et disaient d'un commun accord : C'est elle, c'est
toujours elle, la meilleure, la plus désintéressée des femmes. Ils auraient voulu la faire
admirer à tout le monde comme ils l'admiraient eux-mêmes; mais ils sentaient bien que
c'était impossible; et à cet égard aussi ils res-
pectèrent ses ordres. Ils arrivèrent. Wendler
leur présenta leurs enfans bien portans, et
tomba des nues lorsqu'il apprit la rencontre
qu'ils avaient faite; Hélène ne lui en avait
point parlé, elle était trop sûre qu'il blâmerait
cette fantaisie. Ils lui firent amicalement quelques reproches; mais il lui fut aisé de se justifier
par les lettres mêmes d'Hélène, qui furent
pour les deux époux la plus intéressante lecture et la preuve la plus forte de son attachement sans bornes.

Deux étés de suite ils se revirent comme ils
en étaient convenus, une fois dans le domicile d'Hélène chez les bons Nitscher, l'autre
près de Constance. Moldorf et Euphrosine
restèrent huit jours près d'elle, et s'arrangè-

rent de manière à n'avoir que peu de suite,
et des gens qui, ne connaissant point Hélène,
n'avaient aucun soupçon de leur relation précédente.

A la première entrevue, ils la trouvèrent
beaucoup mieux portante et plus forte. Elle
insista pour que, l'année suivante, les enfans
fussent du voyage. La fille se nommait Hélène,
comme elle; et le fils Léopold, comme le colonel. Elle les trouva charmans, les bénit, les
caressa, et jouit du bonheur de voir ces petits
êtres qui lui devaient leur existence. Mais
Moldorf et sa femme furent affligés de voir
comme elle était changée : elle était d'une
maigreur frappante, et elle avait peine à respirer. Elle se jugeait elle-même assez mal,
leur parla de sa fin prochaine avec un tel calme,
une telle sérénité et des expressions si amicales, que le froid Nitscher la conjura, les
larmes aux yeux, d'épargner à lui et à ses
amis la peine qu'ils éprouvaient. En prenant
congé d'eux, elle semblait ne pouvoir s'arracher des bras d'Euphrosine. Ce n'était plus
cet embrassement tendre et calme des deux
précédentes années, mais des étreintes vives
et répétées. Des sanglots étouffèrent ses adieux.
Dans ses lettres, qui devinrent plus fréquen-

tes, elle ne se plaignait pas de sa santé, mais elle parlait de son abattement, qui s'augmentait chaque jour. Enfin au milieu du mois de janvier, arriva une lettre de M. Nitscher, ainsi conçue :

« Probablement quand vous recevrez cette lettre, notre excellente amie n'existera plus. L'hydropisie s'est jointe à ses autres maux, et les progrès ont été rapides. D'après l'opinion d'un savant médecin que nous avons fait venir de Coire, elle n'a plus qu'un mois à vivre. Elle voit approcher le terme de son existence avec le même calme qu'elle a toujours montré. Elle ne sait pas que je vous écris, et m'a même prié instamment de n'en rien faire ; cependant je crois qu'il est de mon devoir de lui désobéir en cette circonstance. »

Cette lettre arriva au milieu d'un hiver très-rigoureux, où les voyageurs les plus passionnés n'auraient point entrepris la plus légère course, et moins encore dans les montagnes de la Suisse, couvertes de neige. Euphrosine était sur le point d'accoucher d'un troisième enfant ; cependant Moldorf n'hésita pas un instant ; il partit dès le lendemain. Euphrosine aurait ardemment désiré l'accompagner, mais la chose était impossible. Elle le pressa du moins de partir et de porter ses derniers adieux à sa sœur chérie. Ni la saison ni les mauvais chemins n'arrêtèrent Moldorf. Il courut jour et nuit sans se permettre une heure de repos, il voulait revoir encore Hélène, et apprit en arrivant qu'elle avait tout au plus trente-six heures à vivre. Hélène fut bien surprise en voyant tout-à-coup Charles à côté de son lit. Un léger coloris se répandit sur ses joues déjà couvertes de la pâleur de la mort. Elle lui tendit la main. Je connais trop mon Charles, lui dit-elle, pour craindre qu'il veuille troubler mes derniers momens par le spectacle de sa douleur : il vient, au contraire, les rendre plus doux par sa présence, et va se réjouir avec moi du bonheur qui m'attend. Elle le blâma cependant d'avoir quitté sa femme dans un moment aussi critique, tout en avouant que la présence de Moldorf était pour elle le prélude de la félicité dont elle allait jouir.

Elle expira dans ses bras la nuit suivante, en implorant la bénédiction du ciel pour eux et balbutiant le nom d'Euphrosine. Au moment où elle rendit le dernier soupir, l'aurore d'un beau jour d'hiver colora l'horizon; image belle et frappante de la mort du juste. Malgré sa défense, Moldorf la pleura amèrement, ainsi que les bons Nitscher. Une simple pierre marqua le lieu de sa sépulture, avec cette inscription : *Ci gît une femme vertueuse et peu connue.* Elle laissait encore un millier d'écus, légués, avec tous ses effets, à Nitscher et à sa femme. Moldorf doubla cette somme, à la prière de la défunte. Elle fut inscrite sur les registres mortuaires sous le nom supposé qu'elle avait pris, et personne, en Suisse, ne se douta de la relation qui avait existé entre elle et Moldorf; mais de retour dans sa patrie il ne se crut plus obligé d'en faire un mystère. Pendant son absence, sa femme était accouchée heureusement d'un second fils. Tout le monde avait été surpris du voyage de Moldorf dans un tel moment, des larmes que répandait Euphrosine et de son redoublement de tristesse au retour de son mari. On formait à cet égard les conjectures les plus absurdes; il fut donc obligé d'apprendre à ses amis la cause de son voyage, et ce qu'Hélène avait fait pour Euphrosine et pour lui. On crut entendre un conte de fée, et chacun, comme cela arrive, jugea d'après son opinion l'action de cette généreuse femme. Elle fut tour à tour blâmée et louée; mais tout le monde convenait que jamais on n'eut moins d'égoïsme. Bientôt, malgré les

recommandations de Moldorf, cette histoire se
répandit dans le pays. Chacun la faisait à sa
manière : Charles l'écrivit, et la voilà. Il fit
placer au bas du portrait d'Hélène les mots
qu'elle avait écrits elle-même dans l'album.
*Elle fut notre amie, et l'est encore au-delà
du tombeau.*

FIN.

TABLE DES NOUVELLES

CONTENUES DANS CE VOLUME.

Imprimerie de Mme. Huzard (née Vallat la Chapelle),
rue de l'Éperon, n°. 7.

www.ingramcontent.com/pod-product-compliance
Lightning Source LLC
Chambersburg PA
CBHW050207030726
47505CB00005B/1551